瓊瑤經典作品全集
⑥⑨

# 梅花英雄夢

## 第四部：飛雪之盟

# 繁花盛開日，春光燦爛時

我生於戰亂，長於憂患。我瞭解人事時，正是抗戰尾期，我和兩個弟弟，跟著父母，從湖南家鄉，一路「逃難」到四川。六歲時，別的孩子可能正在捉迷藏，玩遊戲，我卻赤著傷痕累累的雙腳，走在湘桂鐵路上。眼見路邊受傷的軍人，被拋棄在那兒流血至死，也目睹難民爭先恐後，要從擠滿了人的難民火車外，從車窗爬進車內，車內的人，為了防止有人湧入，竟然拔刀砍在車窗外的難民手臂上。我們也曾遭遇日軍，差點把母親搶走，還曾骨肉分離，導致父母帶著我投河自盡……這些慘痛的經驗，有的我寫在《我的故事》裡，有的深藏在我的內心裡。在那兵荒馬亂的時代，我已經嘗盡顛沛流離之苦，也看盡人性的善良面和醜陋面。這使我早熟而敏感，堅強也脆弱。

抗戰勝利後，我又跟著父母，住過重慶、上海、最後因內戰，又回到湖南衡陽，然後

到廣州，一九四九年，到了臺灣。那年我十一歲，童年結束。父親在師範大學教書，收入微薄。我和弟妹們，開始了另一段艱苦的生活。可喜的是，這段生活裡，沒有血腥，沒有別離，沒有遷徙，沒有朝不保夕的恐懼。我也在這時，瘋狂的吞嚥著讓我著迷的「文字」。中國的《西遊記》《三國演義》《水滸傳》……都是這時看的。同時，也迷上了唐詩宋詞，母親在家務忙完後，會教我唐詩，我在抗戰時期，就陸續跟著母親學的唐詩，這時，成為十一、二歲時的主要嗜好。

十四歲，我讀國二時，又鑽進翻譯小說的世界。那年暑假，在父親安排下，我整天待在師大圖書館，帶著便當去，從早上圖書館開門，看到圖書館下班，看遍所有翻譯小說，直到圖書館長對我說：「我沒有書可以借給妳看了！這些遠遠超過妳年齡的書，妳都通通看完了！」

愛看書的我，愛文字的我，也很早就開始寫作。早期的作品是幼稚的，模仿意味也很重。但是，我投稿的運氣還不錯，十四歲就陸續有作品在報章雜誌上發表，成為家裡唯一有「收入」的孩子。這鼓勵了我，尤其，那小小稿費，對我有大大的用處，我買書，看書，還愛上了電影。電影和寫作也是密不可分的，很早，我就知道，我這一生可能什麼事業都沒有，但是，我會成為一個「作者」！

這個願望，在我的成長過程裡，逐漸實現。我的成長，一直是坎坷的，我的心靈，經常是破碎的，我的遭遇，幾乎都是戲劇化的。我的初戀，後來成為我第一部小說《窗外》，發

表在當時的《皇冠雜誌》，那時，我幫《皇冠雜誌》已經寫了兩年的短篇和中篇小說，和發行人平鑫濤也通過兩年信。我完全沒有料到，我這部《窗外》會改變我一生的命運，我和這位出版人，也會結下不解的淵源。我會在以後的人生裡，陸續幫他寫出六十五本書，而且和他結為夫妻。

這世界上有千千萬萬的人，每個人都有自己的一本小說，或是好幾本小說。我的人生也一樣。幫皇冠寫稿在一九六一年，《窗外》出版在一九六三年。也在那年，我第一次見到鑫濤，後來，他告訴我，他的一生貧苦，立志要成功，所以工作得像一頭牛。「牛」不知道什麼詩情畫意，更不知道人生裡有「轟轟烈烈的愛情」。直到他見到我，這頭「牛」突然發現了他的「織女」，顛覆了他的生命。**至於我這「織女」，從此也在他的安排下，用文字紡織**

## 出一部又一部的小說。

很少有人能在有生之年，寫出六十五本書，十五部電影劇本，二十五部電視劇本（共有一千多集，每集劇本大概是一萬三千字，雖有助理幫助，仍然大部分出自我手。算算我寫了多少字？）我卻做到了！對我而言，寫作從來不容易，只是我沒有到處敲鑼打鼓，告訴大家我寫作時的痛苦和艱難。「投入」是我最重要的事，我早期的作品，因為受到童年、少年、青年時期的影響，大多是悲劇。**寫一部小說，我沒有自我，工作的時候，只有小說裡的人物。我化為女主角，化為男主角，化為各種配角。寫到悲傷處，也把自己寫得「春蠶到死絲方盡」**。

5

寫作，就沒有時間見人，沒有時間應酬和玩樂。我也不喜歡接受採訪和宣傳。於是，我發現大家對我的認識，是：「被平鑫濤呵護備至的，溫室裡的花朵。」一個不食人間煙火的女子！」我聽了，笑笑而已。如何告訴別人，假若你不一直坐在書桌前寫作，你就不可能寫出那麼多作品！當你日夜寫作時，確實常常「不食人間煙火」，因為寫到不能停，會忘了吃飯！**我一直不是「溫室裡的花朵」，我是「書房裡的癡人」！因為我堅信人間有愛，我為情而寫，為愛而寫，寫盡各種人生悲歡，也寫到「蠟炬成灰淚始乾」。**

當兩岸交流之後，我才發現大陸早已有了我的小說，因為沒有授權，出版得十分混亂。臺灣方面，仍然是鑫濤主導著我的「全部作品」。愛不需要簽約，不需要授權，我和他之間也沒有簽約和授權。從那年開始，我的小說，分別有「繁體字版」（臺灣）和「簡體字版」（大陸）之分。因為大陸有十三億人口，我的讀者甚多，這更加鼓勵了我的寫作興趣，繼續做一個「文字的織女」。

一九八九年，我開始整理我的「全集」，分別授權給大陸的出版社。

時光匆匆，我從少女時期，一直寫作到老年。鑫濤晚年多病，出版社也很早就移交給他的兒女。我照顧鑫濤，變成生活的重心，儘管如此，我也沒有停止寫作。我的書一部一部的增加，直到出版了六十五部書，還有許多散落在外的隨筆和作品，不曾收入全集。當鑫濤失智失能又大中風後，我的心情跌落谷底。鑫濤靠插管延長生命之後，我幾乎崩潰。然後，我又發現，我的六十五部繁體字版小說，早已不知何時開始，大部分的書，都陸續絕版了！簡

體字版，也不盡如人意，盜版猖獗，網路上更是零亂。

我的筆下，充滿了青春、浪漫、離奇、真情……的各種故事，這些故事曾經絞盡我的腦汁，費盡我的時間，寫得我心力交瘁。我的六十五部書，每一部都有如我親生的兒女，從孕育到生產到長大，是多少朝朝暮暮和歲歲年年！到了此時，我才恍然大悟，我可以為了愛，犧牲一切，受盡委屈，奉獻所有，無需授權。卻不能讓我這些兒女，憑空消失！我必須振作起來，讓這六十幾部書獲得重生！這是我的使命。

所以，今年開始，我的全集經過重新整理，在各大出版社爭取之下，最後繁體版「花落城邦」，交由春光出版。城邦文化集團春光出版的書，都出得非常精緻和考究，深得我心。說來奇怪，我愛花和大自然，我的書名，有《金盞花》《幸運草》《菟絲花》《煙雨濛濛》《幾度夕陽紅》……等，和「春光出版」似有因緣。對於我，像是繁花再次的綻放。這套新的經典全集，非常浩大，經過討論，我們決定「分批出版」，第一批十二本是由我精選的「影劇精華版」，然後，我們會陸續把六十多本出全。看小說和戲劇不同，文字有文字的魅力，有讀者的想像力。希望我的讀者們，能夠閱讀、收藏、珍惜我這套好不容易「浴火重生」的書，它們都是經過千淬百煉、嘔心瀝血而生的精華！那樣，我這一生，才沒有遺憾！

瓊瑤　寫於可園

二〇一七年十一月十日

# 63

雪如被緊急送回她的臥房，躺在床榻上，吟霜還穿著胸前有血點的衣服，在雪如床邊幫

雪如扎針，秦媽在一邊侍候著。

剛剛醒轉的雪如，眼光直愣愣的看著吟霜，滿心被憐惜的情緒牢牢的鎖住，掙扎的說：

「妳還來照顧我？妳胸口的傷也沒治一下！那麼一大把針，就這樣扎下去！一定痛死了

吧？別管我了，娘陪妳回畫梅軒，先治妳的傷吧！」說著，就要起身。

「娘，別動別動，您身上還插著針呢！我沒事，這銀針插不深，只是一點皮肉傷，娘放

心！」憂心的說：「倒是娘的身體，讓吟霜有點擔心，脈象不穩，好像受到很大刺激！」就

安慰雪如道：「娘，放寬心，別為公主、皓禎和我的事傷腦筋！影響了娘的身體，我和皓禎

都會很不安！」

吟霜說著，就去拔針，拔完針，從藥箱裡拿出藥包，交給秦媽。

「秦媽，這藥趕快去熬，要熬一個時辰，然後給娘喝了，我再去配藥，會讓香綺送過來，現在我得趕去公主院，看看公主好一點沒有？」

秦媽接過藥包，著急的說：

「吟霜夫人，妳就別管那公主了！她真的很可怕，妳離開她遠一點吧！這藥我馬上去熬！」

雪如一聽吟霜還要趕去公主院，不禁大急，一把就握住了吟霜的手腕，急切的說：

「別去公主院，趕緊去治療妳自己！答應娘，離開公主院遠遠的，最好再也不要進去！」

「皓禎呢？他怎麼不來陪著妳？」

「皓禎還在公主院，不知道公主是不是還在發瘋？」

❖

現在的蘭馨，不大喊大鬧了，她坐在地上，雙手抱著膝，瑟縮在屋角哭泣。崔諭娘和宮女們試圖把她從地上拉起來。皓禎、寄南、靈兒、漢陽都圍著她。崔諭娘輕言細語的說道：

「公主，您肯定累了！您先去房裡躺著好嗎？」

「我不要躺著，如果我睡著了，白狐會來霸佔我的身體，把我變成白狐，我不要成為狐

群裡的一個！」蘭馨啜泣著說。

漢陽忍不住對蘭馨誠摯的說道：

「公主，不要再相信那個清風道長的胡說八道了！昨天我們兵分四路，去徹查清風道長抓妖的案例，他沒有成功的逼出任何妖孽的原形，還逼瘋了很多人！妳，也是清風道長的受害人！」

蘭馨抬眼可憐兮兮的看著漢陽：

「可是……他是對吟霜作法呀！」

「因為吟霜是人，他逼不出什麼狐狸的原形，他就灌輸妳狐狸附身的理論，灌輸妳袁家全部被附身的說法，讓妳逃避到妖言裡去！結果，他害了妳！」漢陽肯定的說。

皓禎也誠摯的開口：

「蘭馨，妳醒醒吧！吟霜如果是狐仙，她早就反擊了，還會連妳突擊她那一把銀針都閃不開嗎？她一心一意要幫妳，一心一意要討好妳，甚至當妳的丫頭她都不在乎！是妳一直抗拒她，一直冤枉她是妖魔！」

蘭馨哭著，抱著頭，恐懼的說：

「不是的！我親眼看到，好多好多白狐的眼睛！」

靈兒受不了，衝上前來痛罵：

「妳這個刁蠻公主，我對妳一點好印象都沒有！但是幾次和妳交手，覺得妳還有幾分霸氣！現在這個哭哭啼啼，怕鬼又怕狐的公主，簡直像個沒出息的小媳婦！」摔摔袖子，輕蔑的說：「什麼公主，不過如此！」

「那些狐狸眼睛可能都是妳的幻覺，總之，妳趕快振作起來，變成原來那個霸氣公主吧！」寄南也勸著。

蘭馨仍然哭著，一點霸氣都沒有了。在崔諭娘和宮女的攙扶下，站了起來。皓禎心繫吟霜和雪如，對漢陽、寄南、靈兒說道：

「你們陪陪她，開導開導她吧！我要去看看吟霜和我娘，不知道那一大把銀針會傷成怎樣？吟霜每次受傷總是咬著牙不說！」

皓禎就往門外走，誰知，蘭馨忽然衝了過來，抓了一個銅獸香爐，就對皓禎的後腦砸去，怒罵：

「吟霜！吟霜！你心裡只有吟霜！」

寄南飛快的一擋，把香爐打落在地上，大怒：

「蘭馨！大家都在這裡陪著妳，伯母暈倒，吟霜受傷，皓禎都留在這兒照顧妳，妳卻想

砸死他？」

「我砸死他！我就想砸死他！」蘭馨叫，抓了桌上的木劍，又對皓禎刺了過來：「這是你送我的木劍，我就用它殺了你！」

「妳敢！現在妳不是黑心公主！妳是瘋狂公主！來呀！打呀！跟我打呀！」靈兒攔在前面，抓了一條給蘭馨擦拭的白布，就揮著舞著纏住木劍……「打呀！跟我打呀！」

靈兒和蘭馨就拉扯著木劍，兩人都又叫又喊的。漢陽一看蘭馨又發作了，本能的上前，從蘭馨身後，一把抱住了她。他不會武功，只是死命抱住，然後在她耳邊說道：

「妳一直在害怕有怪物，有白狐！那……我考妳一個題目，什麼東西有五個頭，卻不是怪物呢？」

蘭馨一怔，驟然安靜了，回頭看著抱著她的漢陽。

「有這個東西嗎？」

「有有有！一定有！比妳那個『偷笑』合理多了！」

「我……不知道！是什麼？」蘭馨思索著。

「手指頭！腳趾頭！」漢陽回答。

蘭馨想著，回頭看漢陽，嫣然一笑。

所有的人，看到蘭馨這一笑，全部傻了。還沒離開的皓禎，尤其震撼。

❖

伍震榮實在沒有料到，太子竟會公然出現在榮王府，用一張假聖旨，調開他注意力，再從練武場，輕鬆的劫走了青蘿。青蘿在他眼裡，根本無足輕重，但是，太子這次成功劫人，卻大大打擊了他。這天，從四王想到青蘿，越想越氣，惱怒的對著項麒、項魁吼道：

「我們最近的氣勢到哪兒去了？大事小事，全體被太子幫破功！這樣下去，我們還能幹大事嗎？我忍不住了！我立刻就要出手！」

「爹！大時機還沒到，我們必須等到所有力量都成熟的時候，才能一鼓作氣，拿下這片江山！小不忍則亂大謀！」項麒深謀遠慮的說道。

「就算大時機沒到，現在是小時機，我們也不能輸給太子幫吧！」項魁吼。

項麒在室內走了幾步，眼珠一轉，忽然說道：

「爹，我們先把長安城弄個風聲鶴唳如何？」

「如何風聲鶴唳？」伍震榮眼睛一亮問。

「恐怕爹要先去皇上那兒備案！」項麒就靠近震榮，交頭接耳。

於是，伍震榮帶著項魁進宮，也不請見，直接就去了御書房。皇上正和太子談著什麼，

在衛士「榮王到」的通報聲中，兩人大步衝進門來，皇上和太子都嚇了一跳。

伍震榮大聲喊道：

「陛下！最近臣接到密報，長安城即將被亂黨攻佔！」

皇上一驚起立，打翻了茶杯，茶水灑了一地。

「什麼？亂黨？哪兒來的亂黨？」皇上驚問。

「亂黨各朝各代都有，亂黨此刻潛伏在每個角落，時時刻刻想謀奪本朝江山！」伍震榮一語驚人。

「難道在京城長安，也有亂黨？」皇上疑惑。

項魁義憤填膺的喊道：

「榮王不要小題大作！如果有亂黨線索，也該交給大理寺去察明回報，現在只是道聽塗說，如果滿城抓亂黨，豈不是打擾了安居樂業的良民！」

「微臣請命去察明亂黨，為朝廷除害！」

太子和伍震榮，迅速交換了一瞥，兩人眼中，都有火光在交戰。太子正色一喊：

「陛下！」伍震榮緊急的說：「亂黨萬一勾結成氣，一夜之間，就會造成天下大亂！前朝的例子就是這樣，長安是京城，萬一長安淪陷……」

「長安淪陷？會有這麼嚴重嗎？」皇上驚嚇。

「父皇不要擔心！如果有亂黨，交給孩兒就是！」太子說：「孩兒立刻帶著大理寺丞去明查暗訪一番！」

伍震榮故意著急關切的急喊：

「太子，您是將來要即大位的人，怎能暴露在亂黨的面前！您和陛下，就是亂黨的目標！千萬要為我朝社稷保重呀！」

「就是就是！」伍震榮一句話就說中皇上最大的恐懼，立刻說道：「啟望，你不許再鋌而走險！如果長安有亂黨，就交給項魁去辦吧！」

太子激動的對皇上說道：

「伍項魁是羽林左監，又不是大理寺的官員，師出無名！還是交給漢陽去辦吧！那漢陽也是右宰相的兒子，雖然不妥，總是好過伍項魁！」

伍震榮誇張的說：

「抓亂黨一刻也不能耽誤，漢陽辦事太古板太慢，不適合此案！」

「那就讓項魁和大理寺卿陳大人一起辦吧！」皇上一急，脫口而出。

「微臣遵命！」項魁大聲說道。

「父皇！」太子急喊：「如果根本沒有亂黨，豈不是多此一舉？萬萬不可捕風捉影，鬧得滿城不安！」

「陛下，寧可信其有，不可信其無呀！這關係我朝江山和皇室整個的安危！總之，這事項魁會要負起責任，千萬不能讓太子涉險！」伍震榮說道。

伍震榮說完，帶著項魁就匆匆而去。

太子滿眼憤怒，對皇上說道：

「榮王在打什麼算盤，希望父皇了然於心！」堅定的說：「這事，孩兒絕對不會置身事外！孩兒告辭！」

太子早已快步出門去了。

「太子！啟望！孩子！你你……不許去危險的地方！知道嗎？」

「皇上心亂如麻，著急喊著……

長安城為此幾乎立即陷進了一場大混亂裡。

伍項魁領著一群羽林軍在大街上粗魯的抓走一個小販。小販跪地求饒……

「大人，我不是亂黨呀！我只是一個平民小老百姓，大人，你抓錯人啦！大人！」

17

項魁用力踢向小販：

「你有什麼廢話，到大理寺去說！」對衛士大喊：「帶走！」

伍項魁一行官兵，又從店舖裡蠻力的拉出了一個壯丁，壯丁妻子倉皇追出來哭喊，緊抓著壯丁不放。壯丁急促掙扎喊：

「我不是亂黨，我不是亂黨！」回頭對妻子交代：「娘子，妳放心，我不是亂黨，妳快回去，好好照顧孩子！」

伍項魁一行官兵，再從市集拉出一個肉販，肉販不從逃跑。項魁對衛士大喊：

「抓住他！快抓住那個亂黨！」

「抓住他！想逃跑就是心虛，快抓住那個亂黨！」

不一會兒，伍項魁的官兵制伏了肉販，將肉販頭壓在地上。肉販掙扎的說：

「我不是亂黨，你們憑什麼抓我！我不是亂黨！」

項魁惡狠狠的踩著肉販的臉：

「誰會承認自己是亂黨，只有抓回去逼供再說！」對官兵指示：「朝廷有令，抓拿亂黨的原則就是，寧可錯殺一百，也不能縱放一個！把一千人犯通通帶走！」

伍項魁便帶著官兵在長安四處抓亂黨嫌疑人。

街道暗處，太子帶著鄧勇和便衣衛士，暗暗冷眼看著。

這樣的大事，皓禎和寄南全部被驚動，飛奔到太子府，在密室中和太子相會。太子著急的說道：

「顯然這個伍震榮，弄丟了四王，又損失了伍家人，幾次失利之後，現在狗急跳牆，想把長安城弄得雞飛狗跳，我們可不能讓他得逞！」

「我就怕他這麼一鬧，會危及我們天元通寶的根據地，也會讓很多兄弟暴露身分！」皓禎擔憂的說：「最近我家也是多事……」看太子：「你那了不起的妹妹蘭馨，把我家弄得一團亂！我快要分身乏術了！」

寄南同情的看皓禎：

「蘭馨的事總會解決，眼前這個亂黨事件才是大事！啟望，你最好就待在太子府，千萬不要跟著我們行動！那伍震榮有句話倒是說對了，你是以後即大位的人，冒險的事，就交給我和皓禎吧！」

「笑話！」太子眼睛一瞪：「本太子何時怕過冒險？搶金子，找皇后，跟伍家人正面衝突打架，我比你們還有經驗呢！我怎麼可能缺席？」

門上傳來輕扣，青蘿拿著托盤和點心，送進門來，恭敬的說：

「青蘿見過少將軍，見過寶王爺，茶和點心在這兒。大家繼續談，青蘿不打擾了。」

青蘿說完，就微笑著退出門去。寄南驚奇的問：

「青蘿幾時回來的？」

太子若無其事的回答：

「她回來和她弟弟秋峰團圓！」

「她弟弟秋峰？」皓禎驚呼：「你把他從伍家人那兒救出來了嗎？」

「是！從一家規模很大的鐵舖場裡救出來的，青蘿則是從榮王府那練武場裡救出來的！

你們都忙得看不到人影，我只好自己動手！」

寄南一拳打向太子胸口，氣極敗壞喊道：

「你竟敢單獨行動！兄弟是做什麼用的，你不知道嗎？」

「我這才知道，長安城為什麼鬧出亂黨事件！」皓禎點頭，拍拍太子的肩：「你厲害，

皓禎服了你！言歸正傳，這長安亂黨，會演變成什麼狀況，我們反正無法袖手旁觀！寄南，

你好好盯著天元通寶的據點！」

「我會盯著那個伍項魁！」太子氣憤的說：「奇怪，這個打不死的草包，居然還能當上

羽林左監！讓羽林軍滿街橫行，公然和本太子作對！」

「我還得盯住我那斷袖小廝，隨時會給我惹出麻煩！」寄南想著靈兒對漢陽的崇拜，煩

惱道：「我也分身乏術呀！」

「你們都分身乏術，就讓我一個來對付吧！」太子豪氣的說。

皓禎和寄南異口同聲大喊：

「你敢！」

「那麼，我們分工合作，隨時彼此報告情況。」皓禎說：「寄南，你盯著我們的據點，千萬不能讓伍家人發現天元通寶。看看他們是要大幹還是小鬧？大幹，恐怕東宮十衛都要出動，我爹的左驍衛也得出動，弄不好，就是皇上最怕的一場內戰。」

「內戰必須避免！」太子堅定的說：「我們都見機行事吧。據我想，他們還不敢大幹，到底我們軍力雄厚，十六衛雖然不是每一衛都忠心，起碼有十衛控制在我們手裡。大幹，他們會全軍覆沒！」

「所以……」皓禎說：「他們只能小鬧，頂多把長安城弄得雞飛狗跳而已！我們也別太緊張，生活照舊，隨時刺探軍情，就這麼辦吧！」

「那就各就各位！」寄南說：「非常時期，我也顧不得靈兒了！希望她在宰相府裡，不要給我出紕漏！」

❖

寄南幾個晚上都沒回宰相府，靈兒心浮氣躁，坐立不安。這晚，看到方世廷與漢陽在書房凝重的談話，靈兒在旁邊假裝整理書卷、裁紙，豎起耳朵監聽。

「最近伍項魁帶著羽林軍在長安城到處抓拿亂黨，鬧得百姓人心惶惶！爹，為何這次沒有把這個案子交給我，反而越級交給大理寺卿陳大人呢？」漢陽著急的說。

「你還好意思問？」世廷洩氣的說：「你看看幾次榮王親自來找你辦案，結果你這死腦筋不開竅，總不順他的意思，辦案溫溫吞吞，毫無效率。」

「爹，辦案不應該僅僅講究效率，還必須兼顧情理法，對涉案者一律公平正義才行！漢陽不希望在自己的手中製造冤獄！」

「這就是你死腦筋的地方，你堅持的是理想，情理法也要兼顧現實！」世廷一嘆：「唉，算了！這回抓拿亂黨交給伍項魁和陳大人也好。咱們宰相府落得清閒，省得去蹚渾水，這事你也不要過問，爹累了，先休息去。」

靈兒一見方世廷離開，湊近漢陽身邊，急切的問：

「朝廷在到處抓亂黨？這事……咱們不插手？」

「怎麼插手？」漢陽冷靜的說：「案子在別人手上！」叮囑靈兒：「最近長安街上很不安寧，你沒事也少出門！對了，怎麼一個晚上都沒見到寄南？他上哪去了？」

靈兒生氣，用力對矮桌插下裁紙刀…

「說到這個寶王爺我就生氣！自從上次從皓禎那兒回來到現在，已經好幾個晚上都不在家，也不知道到哪裡去鬼混了！」內心焦急，心中在咬牙暗語…「寶寄南！你死哪去了？出大事了還不快回來！」

漢陽看一眼心事重重的靈兒，繼續低頭審公文，平靜的說…

「天下男人還能到哪裡鬼混，難道你不清楚嗎？」

「啊！對啊！」靈兒裝傻…「我們是男人……男人不都喜歡去……尋花問柳嗎？」

「嗯，所以寄南這大爺們，八成又去找他的老相好……也說不定。」

「哦？大人說的是歌坊裡的小白菜？」靈兒恍然大悟，一想，最近沒說要聚會呀！他會去歌坊嗎？忽然著急起來…「大人，我看……我還是出門去找我家那個傻傻的寶王爺吧！你早點休息！啊！」

靈兒說完就慌張的想開溜，漢陽大喊阻止…

「裘兒，現在外面風聲鶴唳，又這麼晚了，你一個人不要去！」豪爽的說…「要去，本官陪你一起去！」

「啊！大人一起去？」靈兒一驚。

漢陽換了普通商賈的便裝，兩人還真的一起去了歌坊。夜色裡，歌坊大門口，依舊燈燭輝煌，熱熱鬧鬧，賓客不斷的出出入入。漢陽和靈兒踏進了歌坊大廳。靈兒對漢陽疑惑的問：

「大人，你不是不喜歡來這種鶯鶯燕燕的是非之地嗎？」

漢陽看著大廳眾多賓客，直爽的說：

「有什麼辦法？誰叫本官另一個辦案助手到現在夜不歸營，令人操心呢！快找找，看寄南在不在這兒？」

小白菜迎向了靈兒和漢陽，驚訝的說：

「這位客官貴姓？」招呼漢陽：「第一次來吧！客官請坐！請坐！」

小白菜與靈兒兩人交換眼光。僕人招呼漢陽入座，妖紫嫣紅的姑娘，前來斟茶倒水。小白菜趁機拉著靈兒到一邊說話：

「這個人是誰？帶來沒問題嗎？」

「我問妳，寶王爺來妳這兒了嗎？」靈兒答非所問，盯著小白菜。

小白菜不自在的摸摸散落的頭髮。靈兒明白了。

「他果然來找妳這兒！今天不是來開會？是來會妳這個老相好？」

「你今天怎麼了？你不是王爺的小廝嗎？說話這麼不客氣？」小白菜疑惑的問。

「他在哪兒？我找他有事！」靈兒看看樓上的廂房，就拋開小白菜，帶著火氣衝向樓上，直奔那些廂房而去。

到了廂房門口，靈兒什麼都不管，一間間撞開門找著。小白菜追上樓，阻止靈兒：

「裘兒，你不要這樣影響我做生意啊！」

在一間廂房裡，寄南左擁右抱著兩個歌女在喝酒，第三個歌女正在對著寄南丟花生。寄南就醉醺醺的抱著歌女，用嘴去接花生，另外兩個歌女也用嘴去搶，幾個人笑得嘻嘻哈哈。

靈兒一腳踢開房門，目睹了寄南正在親著歌女的臉頰，氣得全身快冒煙。

寄南見到靈兒突如其來，一震起身。小白菜對寄南使眼色，寄南揮揮手，暗示她離開，

再不可思議的看著靈兒問：

「妳……妳怎麼跑來了？」

「怎麼？這個地方只有你能來？我就不能來？」靈兒負氣的問。

寄南滿身酒氣走近靈兒，搭著靈兒肩膀，嬉皮笑臉說：

「來就來嘛！幹嘛也把火氣帶來？該讓吟霜給妳開個降火氣的藥！」

靈兒氣得甩開寄南的手，厲聲說道：

「把你的髒手拿開！原來你這幾天晚上都是在這裡逍遙？你還有心情喝酒？你知道外面發生了什麼事情嗎？」

「發生什麼事情，妳告訴我就好！是東市著火了？還是西市？」寄南笑著問。

「原來你這王爺也只不過如此！」靈兒忿忿的說：「滿嘴的大仁大義，結果還是跟天下的男人一樣，只會沉迷酒色！」

「喂！裘兒，妳別忘了妳現在是什麼身分！」寄南嘻笑著說，似乎喝醉又似乎清醒的：

「咱們現在是男人！男人！」一想，恍然大悟：「哦！我知道了，妳氣我沒帶妳出來喝酒是嗎？」拿起酒杯：「來來來！我罰酒！罰我喝三杯！哈哈哈！」

寄南帶著醉意倒酒，又灌了自己一口。靈兒氣得看不下去，搶下寄南的酒杯，潑灑在寄南的臉上，大吼：

「你喝吧！你就在這喝死算了！今天我總算認清楚了你！」

靈兒氣得奪門而出。寄南被潑了滿臉的酒，歌女們忙著拿帕子擦著寄南的臉，寄南搖搖頭，醒醒神追了出去，喊著：

「裘兒！妳等等呀！」

靈兒從樓上奔到樓下大廳，寄南追了過來，喊著：

「裘兒，妳生什麼氣呀！妳等等啊！」突然撞到了漢陽，大驚：「咦？漢陽大人也來了？」

「你果然來這喝酒，唉，你這放蕩不羈的個性，問題還真不少。斷袖病沒治好，又來這種場所拈花惹草。」漢陽瞪著寄南說。

「漢陽大人，咱們回去吧！」靈兒負氣的說：「以後我不是寶王爺的小廝，從明天起，我裘兒，既是漢陽大人的助手，也是你的小廝！就這麼說定了！」

「什麼就這麼說定了？本王不准！」寄南喊。

突然大門口一陣喧嘩，歌坊幾個門衛被摔進屋裡來，撞得人仰馬翻，也撞得各個酒桌乒乒乓乓，摔得亂七八糟。賓客與陪酒歌女們驚嚇，尖叫逃竄。小白菜見狀一驚，奔向門口，大喊：

「是什麼人敢來我的地盤撒野？」

伍項魁在眾多羽林軍護送下，大搖大擺的踏入歌坊。靈兒、寄南、漢陽見到伍項魁出現，歌坊都警覺起來。靈兒本能的藏在寄南身後。伍項魁對眾人大吼：

「哪一個是小白菜？把她揪出來！」

小白菜和寄南交換一眼，笑容可掬的面對伍項魁，從容應付：

「哎喲，哪一家這麼氣派的官爺，今夜光臨我們這個小歌坊。」喊著：「姑娘們，快出來招呼各位官爺呀！」

「放肆！」伍項魁大吼：「本官今天奉令來捉拿亂黨！」盯著小白菜：「妳就是歌坊掌櫃小白菜吧？來人啊！把她抓起來，帶走！」

「什麼？」小白菜慌張：「什麼是亂黨？民女不懂啊！」情急跪下喊冤：「大人、大人，你們抓錯人了！民女清清白白經營這家歌坊很多年了，民女不是亂黨呀！」

「是不是亂黨，跟本官去一趟大理寺就明白了！把她帶走！」伍項魁命令著。

靈兒對這突如其來的局勢驟變，忘了與寄南嘔氣，急死了，向漢陽求救⋯

「她怎麼可能是亂黨，漢陽大人，你快救救小白菜呀！」

「她是我的老相好，怎麼可能是亂黨！」寄南著急著想出頭：「我去找伍項魁理論！」

「萬萬不可！」漢陽攔住寄南：「現在伍項魁不管有證據、沒證據，只要有一點嫌疑就抓人，你們兩個最好都不要插手，否則牽連下去會不可收拾！先讓他們把小白菜帶走，明日再想辦法。」

「還等明日？人都抓走了還能活命嗎？」靈兒和寄南異口同聲，急切的問。

「大理寺畢竟還是我的地盤，你們放心吧！」漢陽輕聲說，沉著的看著。

小白菜對靈兒和寄南投來求救的一瞥，便被粗魯的帶走了。

❖

這晚，伍項魁可得意了，對著伍震榮揚眉吐氣的說道：

「爹，一切都按你指示的計畫進行了。有嫌疑沒嫌疑，通通抓進了大理寺的大牢。現在長安城風聲鶴唳，百姓人心惶惶！這下應該給那些和咱們作對的人一個下馬威了吧！」

「很好！」伍震榮笑：「本王就是要營造出這種動盪不安、山雨欲來的氣氛，讓百姓活在草木皆兵的恐懼裡。有罪無罪，通通給他們加個亂黨的名義，看看那些劫四王、殺我親人的混蛋，還敢不敢輕舉妄動！」

「這麼說『萬把鐮刀』通通沒用了！」

「不見得！太子年輕，很多事情，絕對不是他們那三個太子黨做得出來的，他們後面還藏著更厲害的謀士！或者藏著很多謀士，這些謀士，比太子可怕多了！」

「這只是第一步，追查這『萬把鐮刀』的首領，才是我們最大的目標！」

「那首領，不就是太子嗎？」

「啊？」伍項魁瞪大眼…「那要去哪兒找？」

伍震榮深沉的思考著。

64

靈兒氣呼呼的回到宰相府，踏進廂房。寄南追著靈兒進屋，著急的說：

「妳把話說清楚，妳到底在生什麼氣？回來一路上都不跟我講話！」

靈兒就走進臥房，去收拾自己的衣物……

「我說過了，我已經不是你的小廝，和你也沒什麼好說的！現在你的老相好小白菜被抓走了，你應該去著急她，不是我！」

「是，小白菜的事情我應該著急！但是怎麼急也是明天白天的事情，妳的事情，是現在的事，咱們有什麼不痛快，就把話說清楚……」吼著：「不要讓我糊裡糊塗！」

靈兒丟下衣服，生氣的說：

「你知道長安城多少無辜的百姓，都被扣了亂黨的帽子，抓進去大牢了嗎？結果你不保

31

護老百姓，倒反而跑去找老相好恩愛敘舊！」

「我去歌坊找她是因為……」寄南想解釋。

「好啦！」靈兒打斷：「老相好這下有難了，你不著急她，倒先來找我吵架！你這男人怎麼就這麼混帳，三心二意，不分輕重，小白菜要是送了命，我都為她不值！」

「小白菜！小白菜！妳氣我瞞著妳去找小白菜沒告訴妳，是不是？」

「我又不是你的誰？我管得著你嗎？」靈兒嘴硬，不想承認。

「是啊！既然妳什麼都不是，那妳還對我發那麼大脾氣，還在那麼多姑娘面前，對我潑酒，妳太過分了！從來沒人敢對本王爺那麼無禮！妳是第一個！」

靈兒轉身向寄南發怒：

「第一個怎麼啦？難道你想把我砍頭嗎？」

「妳今天真的有病！像個小姑娘一樣，蠻橫無禮、撒潑耍賴！妳能不能安靜的聽我把話講完？」

「反正你也承認我什麼都不是，今後你愛幹嘛就幹嘛！我和你一刀兩斷，井水不犯河水！」靈兒收拾好包袱，拿起包袱往外走。

寄南快速的關上房門，堵在門口，生氣的說：

「妳現在給我一個字一個字聽清楚。」低語：「前幾天太子就找了我和皓禎，說起伍震榮要抓亂黨的事，木鳶也來報，說歌坊可能已經暴露，為了保護我們好不容易建立起來的據點，我天天混在歌坊裡勘察，保護所有弟兄姊妹安全！皓禎還要應付蘭馨，他也不方便混在這女人堆裡！」

「既然是我們大家的大事，為何不帶著我？」

「妳今晚親眼也看到了，這次行動是伍項魁為首，為了妳的安全著想，絕對要避免和他打照面，萬一他認出了妳，再傳到皇上那兒，我們可是欺君之罪，死路一條！為了不讓妳陷入危險，所以我自己行動！這樣妳聽清楚了沒有？」

「那……那你也可以事先和我打聲招呼呀！何必讓人搞得誤會重重？」

「今晚誤會重重，誤得好啊！我終於知道妳裝靈兒，吃醋起來原來是這麼潑辣！」寄南忽然笑了。

靈兒惱羞成怒，用包袱丟寄南。

「誰說我吃醋，你是聽不懂人話是嗎？」

寄南接住包袱，嘻笑……

「妳啊！死鴨子嘴硬，說的當然不是人話！」耍弄著包袱……「妳以後不要動不動生氣，

就把離家出走這一套搬出來！很丢人妳知不知道！」

「喂！寶寄南，你是欠揍嗎？還想跟我抬槓？」靈兒忍不住還是問：「你跟小白菜是真的老相好？你們在一起多久了？」

有人敲門，兩人住了嘴。寄南打開門，漢陽大步走了進來，看著二人，正色說道：

「剛剛讓你們先回來，本官火速去了一趟大理寺大牢，了解了一些情況，也已經安排我的人，看好小白菜，所以今晚小白菜是安全的，這點你們可以放心。不過有個不好的消息⋯⋯」

「什麼不好的消息？」寄南問。

「明天一千人犯要在朱雀大街公開嚴刑審問！」

「嚴刑審問？」寄南和靈兒驚喊。

❖

長安城裡人心惶惶，雞犬不寧。在公主院裡的蘭馨，依舊過著她渾渾噩噩的日子。這天一早，她就無精打采，因為頭疼而揉著鬢角。崔諭娘端來一碗人參湯，說道⋯

「公主昨晚又沒睡好，來，喝了這碗人參茶補補精神。」

「我這幾天昏昏沉沉的，現在是什麼時辰了？天快黑了吧？」蘭馨順從的喝著問。

「公主，現在大白天都已時了，一會兒我們到院子裡走走！」

「都已時了，那皓禎也出門上朝去了？」蘭馨喃喃自語。

「今天莫尚宮奉皇后之命要來探望公主，您忘了呀？」崔諭娘說：「大將軍和駙馬爺都沒上朝，等著莫尚宮來呢！」

「哦！我還真忘了！」蘭馨感覺身子發冷…「唉！咱們這屋子是不是特別冷？一點人氣都沒有，等一下讓宮女把我們屋子弄暖和一點，布置得熱鬧一點！」突然脾氣又暴躁起來…

「我不喜歡我的屋子，像現在這樣陰森森的，好像到處可以看到狐狸眼睛！」

「好的，好的！公主別怕，別急，我一會兒就讓他們去辦！」崔諭娘安撫：「您快把這人參茶趁熱喝了吧！」

過了沒多久，莫尚宮就大陣仗的來了！帶著一群宮女和衛士，進入將軍府的客廳。兩個宮女小心翼翼，捧著御賜禮盒跟在後面。

柏凱帶著所有家眷迎接莫尚宮，皓禎、吟霜等人都在。莫尚宮恭敬的行禮…

「奴婢叩見大將軍，大將軍萬福，夫人金安！」

「莫尚宮免禮！想必今日是受皇后的旨意前來將軍府，不知有何貴事？」柏凱問。

蘭馨面容蒼白憔悴的來到大廳。莫尚宮一見蘭馨，立刻請安…

「奴婢叩見蘭馨公主，公主金安！」

「是母后要妳來的嗎？」蘭馨無精打采的坐下⋯「妳回去跟她說，本公主很好，有空會

回宮去向父皇和母后請安！請他們不要擔心！」

「公主面容如此憔悴，怎麼會很好呢？」莫尚宮心疼的說⋯「皇后聽說公主每天夜裡多

夢睡不好，今天特地派奴婢來，為公主送上御賜的天山雪蓮！」

兩名宮女上前，把手裡捧著的錦盒放到大廳的桌上。雪如歉意的說⋯

「唉！將軍府沒把公主照顧好，還讓皇后如此費心，真是罪加一等！」

莫尚宮轉向雪如和吟霜等人⋯

「夫人言重了，皇后只是思女心切，對公主多些關懷，沒有責怪將軍府的意思。而且皇

后慈悲為懷，寬宏大量，對駙馬爺的如夫人，也視如己出，今日也御賜了和公主一模一樣的

天山雪蓮。」

莫尚宮打開桌上兩個錦盒蓋，錦盒裡各放著一盅補品。

「啊！皇后也御賜給吟霜？」皓禎驚訝。

「皇后如此用心疼惜我兩個兒媳，柏凱代表將軍府向皇后謝恩！」柏凱說。

吟霜老實誠懇的跪下謝恩⋯

36

「吟霜何德何能，居然能得到皇后如此恩澤，吟霜感激不盡！」磕頭起身。

皓禎滿臉懷疑，對吟霜低語：

「妳別著急謝恩！這事情我覺得古怪！」

「唉！」皓禎一笑：「有些人生來命好，連皇后如此尊貴的人物，都還要給他三分顏色，

可惜有人身在福中不知福，竟敢懷疑皇后的好意！嘖嘖嘖！」

「聽說這天山雪蓮非常珍貴，好多年採集才能燉這樣一盅湯，吟霜果然有福氣，雖然只

是個如夫人，也能喝到一盅，我當了一輩子如夫人，也沒這樣的待遇！」翩翩說。

話說中，莫尚宮將其中一盅端給蘭馨，另一盅端給了吟霜。

「都說本公主處處疑神疑鬼，看來駙馬爺也有這個毛病，既然你覺得母后的善意古怪，

那麼我這一盅就和吟霜交換吧！」蘭馨端起吟霜那一盅，大口的喝下。

吟霜看到蘭馨已經喝下，也端起御品準備喝時，被皓禎一把搶下。皓禎快速說著：

「吟霜天天製藥嚐百草，不能亂吃東西，怕與食物相剋，我代吟霜喝下吧！天山雪蓮如

此珍貴，別浪費了！」皓禎便在眾目睽睽下，喝下了莫尚宮送來的雪蓮。

莫尚宮身子一動，無法阻止，大驚失色說道：

「哎呀！駙馬爺，您怎麼喝了？」

「反正天山雪蓮補氣養生，誰喝都一樣！皓禎在此向皇后謝恩！」皓禎喝完一笑。

崔諭娘和莫尚宮兩人，驚訝詫傻眼的互視一眼。

喝完御賜補品，皓禎和吟霜回到畫梅軒，皓禎對臉色不悅的吟霜眨眼睛。

「幹嘛氣嘟嘟的？我哪裡惹妳不開心？」皓禎問。

「你為什麼要喝了皇后送來的補品？就算真有事情，也是應該我來承受，你這樣讓我很擔心！」

「妳喝了我才擔心呢！皇后一向心狠手辣，哪是寬宏大量的人，萬一真的不安好心，給妳喝了什麼壞東西，到時候誰能救妳呢？」

「可是……」吟霜才開口，就被皓禎用手堵住嘴。

「可是……如果是由我來喝下它，就算是毒，妳是神醫，妳能救我呀！是不是？所以在危急的時候，就要想清楚，先保誰的命比較重要！這個道理妳明白了吧！」

「反正你說什麼都有你的道理，我辯不過你！」吟霜嘆息憂心：「那你現在身體感覺怎樣？有沒有不舒服的地方？胃裡會痛嗎？舌頭吐出來給我看看！」

皓禎就吐出舌頭給她看。

「現在看不出什麼異狀，不過，你如果有任何不舒服，都趕快告訴我。」擔心的……「莫

38

尚宮把喝完的蠱都帶走了，要不然可以研究一下蠱裡剩下的湯。」

皓禎神清氣爽，故意甩弄雙手肩膀。

「看來是我們多疑，蘭馨不是自己也喝了嗎？而且還跟妳那一蠱交換了，我想我錯怪了皇后，我身體現在感覺好得不得了。」

「那這樣我就放心了！」突然一想，壓低聲音：「小白菜被抓了，咱們有沒有辦法把她營救出來？她可是我們重要的成員之一，不能放棄。」

皓禎神情嚴肅：

「當然不能放棄，我現在正準備趕到朱雀大街去！他們要在廣場上公開審問人犯。我猜寄南、靈兒都在那兒。妳在家，不要到處亂跑，也不要靠近公主院！不管莫尚宮還是崔諭娘，傳給妳任何消息，妳都別聽！千萬千萬不要去公主院！」

「我知道，救人要緊，你快去吧！」

皓禎不放心的看一眼吟霜，轉身出門而去。

❖

朱雀大街上人群攢動。

許多亂黨人犯穿著囚衣，被鐵鍊綁成一大串，從長安大街一路遊行到朱雀大街。衙役囚

惡的鞭打著人犯往前走，人犯哀叫的哀叫，喊冤的喊冤，呼喊之聲此起彼落⋯

「我不是亂黨！冤枉啊！我不是亂黨！」

老百姓有的掩著門窗在觀望，大膽的就在街上觀望。眾人犯被押到朱雀大街廣場，那兒已聚集了一些勇敢觀望的老百姓。廣場上設有三套審判官坐的矮桌椅，伍項魁和兩位大理寺的官員已就座。

一旁還放著許多刑具，有盆熊熊烈火，烈火中燒著好幾把火鉗。

廣場一角的人群中，太子便裝，和皓禎、漢陽、寄南、靈兒躲於暗處觀望。

審判官前，所有人犯跪坐一地。小白菜背上被綁著荊棘，也跪在人群中。

伍項魁對著人犯大喊：

「今天你們各個如實招來，如何接觸亂黨？如何參與亂黨行動，如何製造百姓不安！還有⋯你們的頭目是誰？通通給本官招出來！否則你們就等著大刑侍候！來人，帶上王東發！」

伍項魁大吼一聲：

「王東發，你如何當上亂黨的？從實招來！」

一個六十歲左右、面目忠厚老實的人被拉了出來。

「王東發，你如何當上亂黨的？從實招來！」

王東發嚇得發抖，痛喊⋯

「小民不是亂黨！冤枉啊，小民不是亂黨……」

「看來不用刑，你是不會招的！來人呀！給我打！」

兩個行刑人上前，用有鐵刺的鞭子，狠狠打在王東發身上。王東發的衣服碎裂，臉上頓時皮開肉綻，背上衣服裂開處，血跡斑斑，倒地痛叫著：

「大人饒命呀！大人說小民是什麼就是什麼，大人別打了！」

太子、皓禎等人看著，個個義憤填膺。太子氣憤至極的說：

「這是標準的『屈打成招』！難道那一串人，都要這樣定罪嗎？」

「小白菜也在那串人裡面！」皓禎心驚肉跳的說。

「再幾個人，就輪到小白菜了！她怎麼能承受這樣的鞭子？」寄南心痛著急。

「你們都比那伍項魁的地位高，趕快想辦法救小白菜呀！」靈兒低喊。

「哪有這樣辦案的？伍項魁想血洗長安城嗎？」漢陽氣得臉色發白。

太子忽然說道：

「裘兒說得對，我們幾個，還奈何不了一個伍項魁？皓禎、寄南，你們等在這兒，我去去就來！」

太子轉身，迅速的消失在人群之中。

太子一陣風般的衝進皇上書房，把正在批示奏章的皇上嚇了一跳。太子急喊：

「曹安！趕緊幫皇上換上便衣，皇上要微服出巡一下！」

「啟望！你這是幹什麼？」皇上驚訝起身。

太子衝上前，就幫皇上解扣子，嘴裡嚷嚷著：

「十萬火急！十萬火急！父皇，您必須馬上去朱雀大街廣場，看看您的百姓和您的官員在做些什麼？」大喊：「曹安！你還不來幫忙！趕緊把皇上的便服拿來！還要傳旨，讓皇上的貼身衛士，全部打扮成平民！跟我們一起走！快快快！馬上行動！」

「是是是！小的馬上行動！」曹安震驚奔跑著。

皇上被太子和湧上前來的太監們拉扯著換衣服，莫名其妙的喊：

「啟望，你有毛病嗎？你怎可拉著朕上街？」

「父皇陛下！」太子喊道：「坐在這座巍峨的皇宮裡，您永遠看不到皇宮外的風景！啟望現在帶父皇去看風景！」

❀

朱雀大街上，已經輪到小白菜了，小白菜背上被綁著荊棘，跪在廣場中央面對眾人。伍

項魁厲聲喊道：

「小白菜，妳經營歌坊，人來人往，交往複雜！說，妳是如何勾結上亂黨的？」

「小白菜沒有勾結亂黨！完全沒有！」小白菜喊冤：「大人請明察！加入亂黨是要砍頭的，民女貪生怕死，賺點辛苦錢過日子！怎麼會加入亂黨呢？大人冤枉啊！」

伍項魁拍桌大吼：

「據報近日有許多來自外地的陌生臉孔，出入妳的歌坊，這些是不是亂黨份子？」

「不是不是！他們是外地來的商隊，不是亂黨！大人，我的歌坊清清白白，沒有亂黨出入，大人，冤枉啊！」

「妳還否認？看來本官不對妳用刑，妳是不會乖乖招供的，來人！給她一點顏色瞧瞧！」

此時，皇上微服，被太子拉扯著穿過人群，來到皓禎、寄南、漢陽等人處。太子急忙問皓禎：

「多少人招了？」

「啟稟，你居然……」皓禎驚看皇上，趕緊住口，看向皇上，指著一群上了腳鐐手銬的人：「那些人，全部都招了！」

寄南也看向皇上：

43

「這些都是伍大人抓來的亂黨！今天審到現在，沒有一個不招的！還有一大串在後面排隊呢！」

漢陽對皇上行禮：

「漢陽請皇上細看這審案的方式！」

皇上這才神色一凜，嚴肅的看過去。

衙役將小白菜推倒，小白菜仰著身子，背上的荊棘立刻刺痛了她，小白菜臉色慘白，隱忍著。但沒想到衙役用繩子拉著她在地上走，走一步荊棘就更深入刺入皮膚，或摩擦她的背部。小白菜開始求饒喊痛，衙役無情的拉著她不斷往前走，小白菜背部滴血，痛得淚流滿面，被拖行的沿路，滴滿了斑斑血跡。小白菜痛哭哀鳴⋯

「大人，我真的不是亂黨！大人饒命啊！大人！」

皓禎等人看得心驚肉跳。皓禎就憤然對皇上說道：

「伍項魁根本沒有任何證據！他的問話明擺的都是他個人臆測！他這是故意栽贓又嚴刑逼供！看看地上，那麼多血跡，都是一個個審判的結果！」

「什麼個人臆測？」太子對皇上痛楚的說：「這個沒腦子的草包伍項魁，就是仗著他爹的勢力，欺壓老百姓！我早就說過，伍家不除，百姓受苦！父皇！您睜大眼睛看呀！這種風

景，孩兒常常看到，可是，父皇看不到呀！」

寄南握拳，壓抑心痛⋯

「這樣故意折磨小白菜，是想嚇死長安人嗎？」

「小白菜一定痛死了！漢陽大人，快救人啊！小白菜會被弄死的！」靈兒喊。

「如果這案子在我手裡，我絕對不會如此欺壓無辜百姓，公開嚴刑逼供已經是犯法了！」

漢陽看皇上。皇上臉色鐵青。

刑場伍項魁拿著一個燒紅的火鉗，對著小白菜的臉頰威脅，喊道：

「小白菜，妳再不老實招供，妳那漂亮的臉蛋就快要不保囉！歌女生涯也就此毀了！」

伍項魁邊說，火鉗越靠近小白菜的臉。

皓禎、寄南再也按耐不住。太子命令道：

「皓禎、寄南，你們不出手，是要逼我出手嗎？」

瞬間皓禎、寄南兩人，從人群中飛躍而起，俐落的跳進了刑場裡。皓禎一式「青龍擺尾」，側身凝腰猛踢，一腳踢飛了伍項魁手上的火鉗，伍項魁一驚跌個四腳朝天。寄南再補上一腳，又把燒紅的火鉗，踢到伍項魁手背上，伍項魁痛得哇哇叫。寄南就對伍項魁大喊：

「小白菜不是亂黨，我竇王爺可以作證！她是我的老相好！快放了她！」

大理寺兩名官員一怔，不知所措。

皓禎對伍項魁吼著：

「伍項魁，你知不知道公開嚴刑逼供，已經觸犯了本朝律例？」

伍項魁狠狠的起身，凶惡的嚷著：

「又是你們兩個，本官在辦案，你們來撒什麼野？本官已經得到皇上的特許，對於亂黨分子不容寬貸，嚴刑重罰！」大喊：「來人，把閒雜人等，趕出刑場！」

於是大批羽林軍湧入刑場內，與寄南和皓禎大打出手。按捺不住的太子，飛身到了伍項魁面前，厲聲的喊：

「你得了皇上特許？特許在哪兒？拿給我看看！」

「太子？你也庇護亂黨嗎？」項魁驚呼。

「你才是亂黨！我今天要幫皇上除害！」太子舉臂就是一招「抬頭望月」，一拳對項魁鼻子上打去，項魁被打得飛跌出去，鼻子出血。項魁驚慌大叫：

「來人呀！羽林軍上！把太子抓起來！」

太子拉起項魁，再一拳打去，喊道：

「羽林軍是保護皇宮，保護皇上的軍隊，不是你私人的軍隊！更不是幫你作惡的軍隊！」

大喊：「羽林軍！把這個狐假虎威、欺負百姓的狗官，給我拿下！」

場面一陣大亂。

皇上氣得發暈，說道：

「啟望要朕出來看看風景！這風景朕看到了！」就大步走向太子、項魁等人，氣勢凌人的喊道：「大家住手！不要打了！」

項魁一看，皇上駕到，嚇得屁滾尿流，趕緊帶傷上前，惡人先告狀：

「陛下！請為項魁作主！這駙馬、太子和寶王爺正在擾亂下官辦案！那些……」指著成串的老百姓：「都是下官這些日子抓到的亂黨！」

皇上怒吼：

「辦案到此結束！陳大人！把那些嫌犯先收到大理寺監牢裡去！這亂黨案要重新調查！」

看皓禎等人：「啟望、皓禎、漢陽、寄南、項魁……隨朕回宮！」

「陛下！」寄南著急的說：「請允許我先救小白菜！那不是亂黨，是我的女人……」

靈兒拉著寄南的衣袖就走：

「王爺！再不救小白菜，她就死了！」

皇上更怒，喊道：

47

「寄南，你有了斷袖之癖不夠？還有個青樓歌女？她既然是嫌犯，就到牢裡去！你們通通跟朕回宮！」

寄南無可奈何，眼睜睜看著在地上流血的小白菜，只得跟著皇上回宮。

回到皇宮，一千人全部進了御書房。太子就急急說道：

「父皇！那天我就跟父皇說，這亂黨可能是空穴來風，如果捕風捉影，會讓整個長安城大亂！父皇沒有採取兒臣暗中調查的建議。現在，這位伍左監打著父皇的旗幟，公然拘捕毫無證據的老百姓，然後公開嚴刑拷打！」沉痛的說：「父皇！這是嫁禍給父皇呀！真正傷害百姓的，不是咬人的狗，是放狗出來的那位主人呀！」

皇上臉色鐵青的聽著。

皓禎也臉色蒼白的上前，急切的繼續說道：

「陛下，您親眼看到了！那被綁成一串的老百姓，可能每個都是亂黨嗎？證據沒有，證詞沒有，證人沒有！就憑伍項魁一句話，就把人打成這樣？哪一個人不是父母生的，不是兒女愛的？陛下怎麼忍心讓陛下的子民，承受如此的冤屈和痛苦？」皓禎說到這兒，忽然感覺肚中一陣痛楚。

「陛下！」伍項魁為自己辯護：「對於亂黨，我們朝廷的立場，就應該任何蛛絲馬跡都

不放過，否則亂黨遍布民間，無法無天，到處作亂企圖謀反⋯⋯」

皇上一怒，對著項魁拍桌。

「你還有話說？朕親眼看到你如何辦案，如何屈打成招！還把朕的羽林軍調去當打手！你什麼話都不許再說，今天朕看在榮王的面子上，不跟你計較！下次你再狐假虎威，朕立刻把你貶為平民！」

項魁大驚，撲通跪下了。

「陛下！項魁日日夜夜抓亂黨，應該有功！那些亂黨，就算有的冤枉，但是，絕對也有不冤枉的！像那個『歌坊』就是亂黨⋯⋯」

寄南對項魁衝去，一把抓住他的衣領怒喊：

「歌坊怎樣？小白菜如果有個三長兩短，我要你的命！」

皇上對寄南、項魁喝止：

「兩個都不許說話！在朕面前打架，成何體統？」

項魁不敢再說話，寄南悻悻然的放開項魁。漢陽就一步上前。

「陛下，伍大人此次處理亂黨案件，實際上已經越權，懇請陛下同意回歸辦案的正常程序，由下官親自審理，必能保證公正、公平與正義。」

「伍項魁在市井嚴刑逼供，已經超出辦案的範疇，也已經損傷了父皇仁德的形象！兒臣強烈建議父皇將此案件，交還給本朝第一神捕，漢陽大人審理。」太子說道。

皓禎覺得噁心盜汗，胸腔裡開始劇痛，依舊支撐著誠懇說道：

「如果連捉拿亂黨這樣的大案都跳過大理寺丞，讓姓伍的人辦案，抓護李的忠貞份子，陛下將來看到的，恐怕遠遠超過今天看到的！這樣的風景，希望陛下再也不要看到⋯⋯」他說到這兒，身體不支，搖搖欲墜。

皇上看著皓禎，疑惑關心的說道⋯

「皓禎，你的臉色怎麼那麼難看？你怎麼了？」著急的說⋯「這案子就交給漢陽去收拾殘局吧。」

皓禎突然心痛如絞，再也支持不住，倒在地上翻滾，搗著胸口，痛苦的喊⋯

「哎喲⋯⋯哎喲⋯⋯」

「朕就覺得你臉色不對，駙馬，你要照顧好身子呀！生病了還出來鬧事⋯⋯」皇上急喊

「太醫！太醫！快傳太醫！」

太子和寄南扶著皓禎急喊⋯

「皓禎，皓禎！你怎麼了？」

靈兒對漢陽、太子喊著：

「太醫沒用！我們快帶他回將軍府找吟霜！」

# 65

畫梅軒臥房內，皓禎撫著胸口在床上打滾。吟霜著急心痛的喊：

「皓禎，你不要亂動，我要幫你扎針，你這樣亂動，我根本沒辦法幫你，皓禎！」

雪如看到皓禎如此情狀，心慌意亂，也急喊著：

「出門的時候不是還好好的嗎？怎麼會突然病成這樣？吟霜，皓禎到底生了什麼病？」

「不知道，我現在還查不出來！」吟霜慌亂：「不知道是不是中毒了？還是他的內臟出了問題？皓禎現在脈象紊亂，看來情況嚴重！」

「什麼時候開始不舒服的？還出門打架救人見皇上？」柏凱著急，對太子、漢陽說道：

「多虧你們幫忙把他帶回將軍府，唉！還驚動了太子！」

「趕快治療皓禎要緊！」太子說道：「吟霜，上次我都快死了，妳還能把我救活！現在

「趕快救皓禎呀！」

「女神醫！我看皓禎這病來頭不妙！妳快抓緊時刻，救命要緊！」漢陽催促著。

皓禎努力看向吟霜，掙扎的說話：

「吟霜，皇后……皇后那一蛊天山雪蓮有問題！從白天到現在，我就只吃了那樣東西！」

痛苦難耐，喘氣說道：「我現在像有幾萬隻蟲在我心口上一直咬……一直咬……還好妳沒喝……實在太痛苦了……哎喲哎喲……」

吟霜一聽，急得頓時落淚。

「真的是皇后？可是蘭馨自己也喝了呀？」

「吟霜，不要天真，」雪如氣急敗壞：「不知道他們怎麼設局的？太狠毒了！太狠毒了！

本來想毒吟霜，結果害了皓禎！怎麼辦？」

「這可惡的皇后，總有一天會遭到天譴！」寄南憤怒。

「你們大家冷靜下來，還不確定是不是皇后所為，我們不能誣陷他人！」柏凱說。

「皓禎，你忍著點！我去找蘭馨公主！」吟霜當機立斷，轉身衝出房。

皓禎想阻止吟霜，情急滾落下床。皓禎大喊……

「吟霜，不要去啊！她們想毒死妳，妳還去自投羅網？回來……哎喲……」

54

寄南趕緊抱起皓禎放回床上。太子大驚問：

「此事與皓禎和蘭馨有關嗎？那是我妹妹呀！我追過去！」

「我也去！皓禎，吟霜是對的，如果是皇后下毒，蘭馨可能有解藥！」靈兒說。

太子、靈兒追向吟霜，寄南、漢陽也不由自主的跟了過去。

大家奔到公主院，又奔進大廳，只見同樣喝了雪蓮的蘭馨完全沒事。聽到皓禎的情況，

她驚喊：

「什麼？皓禎病了？」

吟霜跪下，心急如焚，落淚懇求：

「公主，我知道您不願意看到我，但是皓禎現在痛得在床上打滾，您快告訴我，皇后白天賜給我們的，是真的天山雪蓮嗎？」

「大膽！妳這妖狐竟敢懷疑我母后的賞賜？是想嫁禍我母后嗎？我不是也在你們面前喝下那一盅天山雪蓮？你們如何確定，皓禎生病和我母后有關？」蘭馨怒喊。

「蘭馨！如果妳不相信，妳去看看皓禎現在病成什麼模樣了？」寄南著急說。

「他說像是有幾萬隻蟲在他心口上咬，這已經不是什麼普通的小病了！」太子瞪著蘭馨，氣極敗壞的說：「如果有方法救皓禎，就趕快拿出來！現在，連吟霜都沒轍了，難道妳

要皓禎死嗎？他畢竟是妳的駙馬呀！」

「啟望哥哥！你怎麼在這兒？」蘭馨疑惑的說：「幾萬隻蟲咬？」大笑：「哈哈哈！將軍府有狐狸作怪，蠍子蟒蛇都見過了！現在又有幾萬隻蟲⋯⋯」抓著寄南胸前的衣服：「你們相信了吧！將軍府有妖魔！將軍府有鬼怪！」

「喂！公主！」靈兒沒耐心：「現在已經是火燒眉毛的時候，妳別再幸災樂禍！為什麼妳吃了就沒事，皓禎就有事，妳有沒有什麼解藥，快點拿出來！」

吟霜對蘭馨磕頭，落淚說道：

「公主，快救救皓禎吧！如果您真的有解藥，就快點給我！皓禎受不住了！求求您！再耽誤下去，皓禎可能就沒命了！我知道您氣我、恨我，隨您要怎樣待我都沒關係！只要救救皓禎，我再來當丫頭都行！求求您！」

蘭馨忍不住看向漢陽。漢陽接觸到蘭馨疑問的眼神，就誠摯的說道：

「皓禎確實病了，病得很古怪，公主還是過去看看吧！如果妳誰都不相信，請相信我！

妳知道我不是妳的敵人，妳知道我希望妳過得好！」

「如果妳不相信漢陽，請妳相信我！我畢竟是妳的哥哥！」太子接口。

蘭馨見大家一人一句，個個情真意切，心中怦然一跳。萬一母后設局要害吟霜，萬一皓

禎成了替罪羔羊……她不敢想下去，她要看看真相！她拔腳就衝出公主院，向畫梅軒衝去，太子、寄南等人，趕緊跟著跑。

到了畫梅軒，皓禎的情況更加嚴重了。他全身發抖，滿床打滾，一直冒冷汗，臉色蒼白如死，用手撫著胸口，牙齒跟牙齒打戰，整個身子縮成一團，喊道：

「好冷、好冷啊！不要咬我了，不要咬我了！」全身痙攣，哀聲喊道：「吟霜，止痛……止痛……給我止痛藥丸！」

吟霜對皓禎的疼痛感同身受，一面哭著，一面說著：

大家圍繞著他，蘭馨震驚的看著。

「皓禎，只要你平靜一會，我再試著幫你扎針好嗎？我不知道你中了什麼毒，不敢給你吃止痛藥丸，怕越治越糟，我現在連想幫你減輕疼痛都不敢……我找不到病因，怕越治越糟，我不知道該怎麼辦？」

「或者我們乾脆把他綁在床上，有沒有布條？」太子問。

「要不然我們抓住皓禎的手腳，讓他不能動，這樣妳能扎針嗎？」寄南問。

「不行，他不平靜下來，脈象依然是亂的，在混亂的脈象裡扎針，反而會害了他！」吟霜說，想想，急問：「皓禎，你說有幾萬隻蟲子在咬你，是什麼蟲子你知道嗎？」

皓禎滿床打滾，抓著胸部又去抓胃部……

「不知道！好像有各種各類的蟲子……不要咬我呀……已經範圍越來越大了……現在，開始咬我的腸子……牠們在我身體裡……一點點把我吃掉……」

吟霜更是驚嚇，喊道：

「這是下蠱！我爹在咸陽治過一個這樣的病人！有人在下蠱！那是蠱蟲，不知道下蠱的人用了什麼毒蟲，這病除非找出下蠱的人，無法可治啊！」

靈兒對蘭馨急問：

「看到了沒有？皓禎痛苦成這樣，妳到底知不知道，你們喝進去了什麼呢？他說他今天除了那雪蓮，就沒吃過別的東西！」

崔諭娘看著，不禁有點心虛。靈兒看著崔諭娘，驟然一把抓住她胸前的衣服。

「快說！妳們聯合起來，毒害駙馬，不想活了嗎？到底駙馬喝了什麼？妳殺了皓禎的兒子還不夠嗎？還要殺害皓禎？再不說，當心我把妳打進地獄去！」

「奴婢不知道，雪蓮是莫尚宮送來的！」崔諭娘大駭的說。

「蘭馨公主！皓禎好歹是妳的丈夫，妳快說！」柏凱著急的對蘭馨大聲一吼……

吟霜撲通一聲，又對蘭馨跪下了，哭著喊：

「公主！公主！這下蠱需要解藥！請給我們解藥！」

雪如哭著，顫巍巍的扶著吟霜的肩：

「蘭馨，是不是我也該對妳下跪呢？」

太子忍無可忍，怒喝一聲：

「蘭馨！有解藥就趕快拿出來！皓禎是我兄弟，是本朝的英雄！他有個三長兩短，妳這個妹妹怎麼對得起父皇，對得起我和天下？」

蘭馨崩潰了，心亂如麻，說道：

「我不知道為什麼會這樣！我不知道！我不知道！」

此時，皓禎在床上痛苦滾動，不由自主的喊著：

「吟霜！吟霜……我受不了了，想辦法，停止這種痛苦……想辦法……」

吟霜哭著，跳起身子，忽然把眾人推出房去，喊道：

「你們都出去！你們全體出去！我要用我的方法治療皓禎……」

大家全部被推出房了，在大廳面面相覷，緊張著。

「什麼叫她的方法？」漢陽問：「皓禎看樣子是真的撐不下去了！她任何方法也救不了

的！」就看蘭馨，真心喊話：「蘭馨公主，只有妳有藥方可以救，讓我看到那個還有正義感的妳！」

「蘭馨！」太子著急命令：「如果妳有辦法，現在還不快去？妳還是本朝的公主嗎？妳還是我的妹妹嗎？皓禎千不是，萬不是，也沒到該死的地步吧？」

蘭馨看看漢陽和太子，忽然飛奔而去，邊跑邊喊：

「我去想辦法，等我！」

「公主！公主！等等奴婢呀！」崔諭娘追著蘭馨奔去。

柏凱、雪如等人，個個緊張互視。

在房內，皓禎依舊在床上打滾。吟霜哭著，過去抓住了皓禎的手，邊哭邊說：

「皓禎，聽著！我不知道我這個治病氣功針對蠱毒有沒有用？我從來沒有試過！我現在要把你身體裡的蠱蟲逼出來⋯⋯」

吟霜用自己的雙手，抓住他的雙手。穩定住情緒，吸了口氣說：

「妳要⋯⋯怎樣逼出來⋯⋯」皓禎冷汗直冒，痛得快要斷氣，神思依舊清晰⋯

「相信我，把你的兩隻手給我！你有力氣坐在地上嗎？我坐在你的對面，我們手握著

手，我用氣功來逼出這些蟲子！」

皓禎就滑落在地，背靠在床榻上，信任的把雙手交給了吟霜。吟霜心裡想著：

「那碗有蟲毒的湯應該是我喝的，我現在想試試看，能不能用氣功，把這蟲蟲度到我身上來，我自己中毒，才知道怎麼對症下藥……」

吟霜就閉上眼睛，開始唸唸有詞：

「心安理得，鬱結乃通。治病止痛，輔以氣功。正心誠意，趨吉避凶。蠱蟲歸位，來我身中！」

皓禎不知吟霜要把蠱蟲度到她身上，也沒聽出吟霜口訣有變，仍在和蟲子掙扎呻吟。可是，他覺得許多小蟲開始從他的雙臂中，爭先恐後的爬了出去。

皓禎頓時覺得輕鬆不少，能夠呼吸了。吟霜的臉色卻變白了，蟲子已經從皓禎手臂中進入吟霜身體內。皓禎驚喜的喊：

「吟霜，妳實在太神奇了！妳治好了我！」

皓禎臉色一變，只見吟霜倒地，臉色慘白的在地上滾動。皓禎大驚：

「吟霜！妳做了什麼？妳把那些蟲子都弄到妳身體裡去了嗎？」趕緊去抱起吟霜，痛喊：

「妳瘋了？我寧可死，也不要妳受這種痛苦！」

吟霜掙扎的說道：

「我知道是什麼毒蟲了！快把我放下地！我只能這樣，把蟲子度到我身體裡來，我才知道怎樣去治！」忍不住喊道：「哎喲！快，牠們在咬我！讓我坐在地上，讓我的背靠在床榻上！快！幫我……哎喲哎喲……」

皓禎趕緊把吟霜放下地，依照她的吩咐，把她的背靠在床榻上，只見吟霜把雙手撐在地上，盡量讓手指撐開，緊緊貼在地上。她滿頭冷汗，開始唸唸有詞：

「心安理得，鬱結乃通。治病止痛，輔以氣功。正心誠意，趨吉避凶。蟲蟲快去，遠走山中！」她不斷重複唸著。

吟霜雙掌緊貼地面，雙手變紅努力發功。忽然間，在吟霜的視覺裡，有小蟲子從雙手的指尖爬了出來，接著，小蟲子蜂擁而出，成為十條直線，爭先恐後的向牆邊爬去。蟲子大軍如同螞蟻雄兵，爬到牆邊，快速的消失不見。吟霜一動也不敢動，看著那些蟲子隱沒在牆上，直到最後一隻不見了。吟霜長長的呼出一口氣來：

「不痛了！所有的蟲子都走了！」

「真的都走了？一隻都沒有了嗎？」皓禎撲到吟霜身邊。

「一隻都沒有了！那是生長在深山裡的『百毒蟲』！」

皓禎歡聲喊道：

「成功了！妳成功了！」急忙去抱起搖搖欲墜的吟霜……「可是我真想打妳一頓，妳怎麼可以用這樣冒險的辦法？萬一蟲子在妳身體裡趕不出去怎麼辦？妳這樣治病，會嚇死我……」

吟霜！吟霜！

吟霜力氣用盡，已暈倒在皓禎懷裡。

❖

皇宮中，關於皓禎中毒，皇后已經知道了，是莫尚宮進來報告的……

「娘娘！剛剛皇上身邊的德公公來報，說駙馬爺在皇上的書房病倒了！殿下，這怎麼辦才好呢？」

「哎呀！真是人算不如天算，明明好好的計畫是要去折磨那個妖狐，怎麼會變成這樣呢？」皇后責怪：「妳當時怎麼不阻止駙馬呢？怎麼能眼睜睜讓他喝下去！唉！」

「當時駙馬爺的動作實在太快，根本來不及阻止呀！」莫尚宮說，小心翼翼的詢問皇后……「您應該有解藥吧？要不要我趕緊送去給駙馬爺？」

「那怎麼行！」皇后一口回絕：「給了解藥不是明擺著本宮不打自招嗎？」恨得牙癢癢……「就讓皓禎嚐嚐苦頭也好！老是跟本宮作對！」

皇后話才說完，突然心絞痛，撫著胸口叫喊：

「哎呀！我的心！我的心好痛啊！」倒在床上，痛苦掙扎：「莫尚宮！怎麼突然……唉呀！痛死我了！」

莫尚宮也開始腹痛，滾在地上，滿地打滾，痛苦的喊著：

「不要咬我！不要咬我……天啊！幾萬隻蟲在咬我的腸子……」

皇后也開始在床上翻滾。大叫：

「蟲子！蟲子！幾萬隻蟲子在咬本宮的腦袋！」抱著頭翻滾。「莫尚宮！趕快傳太醫！」

大叫：「來人呀！好痛好痛，哎呀……有的爬到本宮喉嚨裡去了！哇哇哇……」用手抓著喉嚨，抓到快出血。

宮女們驚慌的跑去扶著皇后。但皇后痛苦的抓著自己的胸口，說話不清的喊：

「有蟲在咬本宮，救命啊！好痛！救命啊！好痛！不要咬我！太醫……」

「皇后娘娘，奴婢也好痛！娘娘！啊！太痛苦了！救命啊！」

皇后一滾，從床上滾落地上，和莫尚宮在地上掙扎打滾顫抖痛苦著。

所有宮女震懾嚇呆了，慌張失措。

此時，蘭馨氣極敗壞的走過長廊，向皇后寢宮衝去。崔諭娘娘緊追在後，喊著：

「公主公主！不要衝動，見了皇后娘娘好好講！公主，慢一點，奴婢追不上了！」

蘭馨已到盧皇后寢宮門口，頭也沒回。砰的一聲，她衝開房門，進門大喊：

「母后，妳到底對皓禎做了什麼？」

蘭馨一定神，看到皇后已倒在地上，痛苦情景和皓禎一模一樣。皇后艱難抬頭說：

「蘭馨，快請太醫！快找太醫來呀！本宮痛死了，救命啊！」

莫尚宮也在地上打滾，痛喊：

「蟲子！蟲子，許多蟲子在咬奴婢，奴婢快要斷氣了！皇后娘娘……救命啊！」

蘭馨看著室內情況，大驚失色。

「這是怎麼回事？」

崔諭娘驚看著，慌亂的問：

「母后和莫尚宮？妳們大家到底怎麼了？怎麼都和皓禎一樣痛得打滾！難道妳們也喝

了那『天山雪蓮』？」

莫尚宮恍然大悟，痛苦的喊：

「娘娘……奴婢……知道了！我們下蠱害人，反而害己了！這是蠱蟲……是蠱蟲……皇后

娘娘……快拿出您的解藥啊……救救我們自己吧！」

「對！對……解藥……快拿解藥！」皇后掙扎著說：「在珠寶盒的櫃子裡，有個紅色錦囊裡，有這個蠱蟲的解毒散，快去拿來！趕快讓這些蟲子離開本宮！哎喲……」

莫尚宮痛苦的爬起來去櫃子邊拿藥。

蘭馨失望的喊道：

「原來這一切都是母后下的蠱？如果我今天沒有和皓禎交換那一蠱，是不是現在躺在床上打滾的就是本公主？」激動抓著皇后：「原來妳想下蠱害死妳的親生女兒！」

皇后甩開蘭馨，忍著難耐的痛苦，開罵：

「妳的腦子是不是真的病壞了！本宮怎麼會去害妳，本宮是在幫妳除害……哎喲！蟲子……」痛得撫著胸口，邊說：「誰知道皓禎那麼多事，硬要喝了那個東西，給自己找了麻煩！」

莫尚宮對宮女喊著：

「水……水……趕快拿水來，快……奴婢的心肝都快被吃光了……水啊……」

宮女們慌慌張張的拿了水杯過來。崔諭娘也上來幫忙，接過莫尚宮手裡的藥包打開，把藥粉餵給皇后吃。莫尚宮也在宮女幫忙下，給自己吃了解藥。

片刻，兩人的症狀都消失了。蘭馨不敢相信的看著皇后，問：

「所以……那不是真的天山雪蓮？那麼為何我吃了就沒有事呢？」

「公主，因為早晨奴婢給妳喝了人參茶，茶裡事先放了解藥。先喝了解藥，妳若在大家面前喝了那一碗，都不會有事情！」崔諭娘說。

「原來妳們幾個早已經串通好了，但是千算萬算，妳們都沒有想到會害到皓禎！又會害到妳們自己！哈哈哈！妳們真的太可笑了！」蘭馨大吼：「妳們打算如何收場？」走向莫尚宮，惡狠狠的抓著莫尚宮：「快把皓禎的解藥交給本公主！」

莫尚宮稍稍恢復了體力，說道：

「解藥可以給公主，但是公主想過沒有？回去如何向將軍府的人交代？」

「將軍府的人早已料到是母后想害死白吟霜，結果皓禎變成了替死鬼！」

「唉！」皇后嘆息：「如果說白吟霜不是妖狐，怎麼可以那麼巧？三番幾次都弄不死她！這真是太不可思議了！」一想：「現在本宮突然也被蠱蟲折磨，難道這又是那個妖狐變的法術？太可怕了！這個白吟霜一定非剷除不可！」

蘭馨失望透頂，說道：

「母后，妳想幫我除害，現在弄巧成拙，害我在將軍府更加難堪！我真要謝謝我偉大的母后！」

「妳不用諷刺本宮！今天本宮堂堂一個皇后，想處死白吟霜需要藉口嗎？還不是都因為妳，妳在乎袁皓禎，像是妳的命似的，才會弄成今天這個局面！如果妳肯對皓禎放手！本宮就可以痛痛快快的除去白吟霜！」

蘭馨怔怔著。

「現在，妳要活得像個不可一世的公主，還是活得像是一個受盡委屈的小媳婦，只能看妳自己的選擇和造化！」

蘭馨愣了愣，被刺傷的跳腳喊道：

「什麼廢話都別說了！給我解藥！不然我把母后這寢宮給砸了，還有那小密室……」

皇后急呼：

「莫尚宮！給她解藥！給這個沒出息的女兒！」

蘭馨拿到了解藥，但是，畫梅軒裡，已經不需要解藥了！

吟霜躺在床上，靈兒、雪如忙著拿濕帕子，擦拭她額頭。皓禎著急的握著吟霜的手，用雙手搓著她的手，喊著：

「吟霜，為了救我，妳居然什麼方法都敢用！妳又耗盡了妳的體力！我說過不許妳再運

氣治病的，原來事到臨頭，我也會忍不住向妳求救！」

「皓禎，你好了嗎？」柏凱驚愕的問：「怎麼吟霜又昏倒了？她用什麼方法治好了你？實在太不可思議了！」

「秦媽！香綺！」雪如急喊：「趕快熬參湯來，現在他們兩個一定都虛弱極了！需要補充體力！」

太子驚看皓禎：

「你確定你身體裡沒有蟲子了嗎？一隻都沒有了嗎？」

「一隻都沒有了！吟霜把牠們全部趕走了！」皓禎肯定的回答。

「那些蟲子不會跑到吟霜身體裡去吧？」靈兒擔心的看吟霜。

「放心吧！」寄南拍拍靈兒的肩：「吟霜不會那麼笨，她鐵定知道如果那樣做，皓禎的苦都白吃了不說，可能讓皓禎更加痛苦！」

「她就有那麼笨！」皓禎叫：「幸好她的方法成功了！我都不敢想萬一失敗會怎樣？」

「她用了什麼笨方法？」太子驚奇：「難道真的讓蟲子跑到她體內去了？」

「皓禎心有餘悸的說：

「我都不想提！總之過去了！」

「你們都好了，就天下太平！」柏凱看著皓禎。

「漢陽，氣功是老祖宗們傳下來的寶貝，用來治病也常而有之，你親眼目睹，我沒辦法瞞你，可別因為這個，又說吟霜是妖狐！」皓禎看著漢陽說。

漢陽誠摯的回答：

「我親眼目睹了很多事，心裡自有分寸！懷疑是本官的本能，只有對吟霜夫人，本官從來不曾懷疑過！」

吟霜輕哼了一聲，悠然醒轉，看到眾人圍著她，就不安的想起床。

「對不起，是不是我又讓大家擔心了？」

雪如心痛的把她一抱，喊道：

「吟霜啊！別再隨隨便便說對不起，這三個字會讓心疼妳的人更加心疼，不知把妳如何辦是好！娘到現在也沒弄清楚妳怎麼治好了皓禎，只知道妳用盡了自己的體力和能力，甚至讓妳昏倒了！妳知道，娘有多麼心痛妳嗎？」

皓禎對著吟霜展開一個笑容，說道：

「我娘說出了我心裡的話！我能給妳的，就是一個燦爛的笑！健康的笑！」

吟霜伸手，握緊了皓禎的手。兩人互視，都有再一次劫後重生的感覺。

靈兒直到此時，才想起朱雀大街上的審判，心裡飛快的想著：「皓禎、吟霜沒事了，太子、漢陽和他們一定還有大事要商量，我得趕快去看看小白菜！」

# 66

大理寺門口，陳大人帶著囚犯大隊已經到達，大理寺衙役和官兵，幾乎全部出動接收犯人，把一條街擠得滿滿的。陳大人大聲宣布著：

「奉皇上旨令，亂黨人犯，全部押解到大理寺監牢！獄吏趕快來核對名單！」

街上人犯緩慢移動著，沒受傷或輕傷的人犯，全部用鐵鍊拖著走。幾個大囚籠用馬拖著走，裡面都是受傷的人犯，呻吟著坐在囚籠裡，喊冤的喊冤，喊痛的喊痛，個個衣衫都被鞭子打破，衣服上血跡斑斑。

小白菜趴在一個囚籠裡，和許多受傷的人犯關在一起。

靈兒來到，機靈的打量探測一番，立刻發現了小白菜。她一溜煙的鑽到小白菜的囚籠前，蹲下身子，對小白菜說道：

「小白菜，妳不要怕！先到大理寺監牢裡等著，我們馬上會去救妳的！」

小白菜痛得掉淚，呻吟著說：

「歌坊……歌坊裡有……」

「現在別管那歌坊了！」靈兒打斷：「妳的傷最要緊！妳放心！等到我們把妳救出來，只要吟霜幫妳用氣功治一治，妳這些傷就會好！」

人群中，伍項麒正在那兒冷冷觀望，突然指著靈兒大喊：

「陳大人！那兒有個亂黨，正在和人犯交頭接耳！趕快把他拿下！」

官兵立刻前來追捕靈兒。靈兒一看情況不妙，跳到一個囚籠上，從腰間抽出流星錘，繞著圈子一陣揮舞。把猝不及防的官兵打倒了好幾個。靈兒大叫：

「我裘兒是右宰相府的貴賓，誰敢抓我？先去問右宰相方大人！」

「我是皇上的衛士，我就抓你怎麼樣？」一個衛士喊道。

靈兒就和衛士打了起來，雖然技術很差，但是靈活無比，在囚車上下左右到處亂竄，一會兒在囚車頂上，一會兒鑽到囚車下面，一會兒又竄進人群最多之處，一會兒又把接收犯人的衙役推得連串摔倒，自己像條滑溜的魚，游動在犯人、衙役、羽林軍、老百姓、衛士……之間，弄得場面大亂，那些衛士官兵你擠我撞，處處都是人，一時之間，還抓不到她。項麒

對身邊幾個高手低語兩句，高手立刻上前，把群眾犯人全部推得東倒西歪，對著靈兒銳不可當的衝了過來。

靈兒看看情況，知道不妙，正想溜走，項麒一步上前，抓住了靈兒的衣領，喊道：

「原來是長安城著名的『斷袖小廝』，前一陣子，榮王府裡丟了一個丫頭，現在用你這個小廝來遞補，也是不錯！」

「原來你就是長安城著名的陰險駙馬，給你一個風火球嚐嚐！」靈兒說著，一個流星錘打向項麒的眼睛，項麒沒料到她身上還有武器，被打了個正著，手一鬆。靈兒脫身，撒腿就跑，迅速的鑽進人群中消失了。

項麒揉揉眼睛，也不追捕，對手下武士大聲說道：

「立刻跟我去歌坊，把裡面所有的人，全部抓到榮王府去！歌坊裡面的東西也給我搜刮乾淨，連一張紙片都不要留下！」

項麒就帶著一批孔武有力的武士，迅速的騎馬而去。

❖

在靈兒大鬧囚犯隊伍之時，寄南、漢陽、太子三人確實在畫梅軒大廳裡，談著很重要的話。寄南看著漢陽，氣憤的說：

75

「這盧皇后和伍震榮狼狽為奸，害得我們身邊的人個個受苦受難！這兩人把持著朝廷，不是百姓之福！」

太子看著漢陽，眼神誠懇，聲音真摯的說道：

「右宰相的立場，我們也很清楚。漢陽，你是正人君子，你爹那兒，不管你用什麼方法，能不能讓他別被伍震榮利用呢？」

「在你們眼裡，我爹和伍震榮是一路的。」漢陽一嘆說：「但在我爹的心裡，榮王和他有知遇之恩！當初我爹被皇上重用，當上右宰相，就是榮王力薦的！我無法左右我爹，至於我方漢陽，會做我大理寺丞應該做的事情，仰不愧於天，俯不怍於人！」

「好一句『仰不愧於天，俯不怍於人』！漢陽，有你這兩句話就夠了！本太子會牢牢記住今天這個難忘的日子，也牢牢記住你這句話！」

「是！太子！漢陽謹記在心！」就著急的說道：「既然亂黨的案子回到本官身上了，相信有很多百姓等著伸冤，本官就先告辭了！」

漢陽正要走，卻看到靈兒飛奔而來，嘴裡大喊著：

「漢陽大人！趕緊去你的大理寺監牢救救小白菜，她渾身都是傷，被關在一個大囚籠裡，拉到大理寺去了！」

漢陽一驚，寄南已經砰的一聲站起身，急促的喊：

「漢陽，現在你的兩個助手都在，趕緊去大理寺吧！」

寄南和靈兒，就一左一右的拉著漢陽的衣袖往外走。

「本太子跟你們一起走！畢竟那些含冤莫白的人，都是本朝的百姓！」太子大喊：「鄧勇！帶著衛士，我們走！」

皓禎扶著喝完參湯的吟霜出來，皓禎驚奇說道：

「你們都要走了？很緊急嗎？我也一起去吧！」

「你留在家裡養病要緊！」太子嚷著：「你這一病嚇死我！」

靈兒一面拖著漢陽走，一面回頭對吟霜喊：

「吟霜，妳趕快養精蓄銳！因為等下我們會把小白菜救到這兒來，她那傷口，恐怕只有妳的氣功才有用！」

⁂

「啊？救人？」吟霜驚喊：「那麼你們快去快去！」

太子、寄南、漢陽、靈兒就就帶著鄧勇衛士，匆匆忙忙的離開。

太子等人一路奔出將軍府，蘭馨手裡拿著解藥，一路奔進將軍府。兩方人馬，剛好錯

過。蘭馨邊跑邊喊著：

「解藥來了！解藥來了！皓禎，你忍著，宮裡跑一趟，就到這個時辰了！解藥來了！解藥來了！」崔諭娘跟在蘭馨後面，跑得喘吁吁。

蘭馨這樣一路大喊，雪如、柏凱、皓祥都奔了出來。

「解藥？」皓祥莫名其妙的說：「公主還特地回宮去拿解藥？皓禎不是早就沒事了嗎？那個離奇的中毒案，到底是怎麼回事，恐怕只有皓禎自己肚子裡明白！」

「你又在說什麼風涼話？」柏凱怒瞪皓祥：「你哥哥病得滿床打滾的時候，你在哪兒？」

「我出門了，沒看到！回家後聽到人人都在說！說皓禎被幾萬隻蟲子咬，有什麼了不起？將軍府裡，蠍子蟒蛇都有，還在乎幾萬隻蟲子？小題大作！」

蘭馨急切的說：

「不是小題大作！解藥要趕快吃下去，不然很嚴重的……會送命的！」

蘭馨一面說，一面奔向畫梅軒，眾人都追著她。雪如喊著：

「哎哎，公主……公主……不要著急……」

畫梅軒裡，皓禎看到太子等人都走了，這才握著吟霜的手坐下，兩人都有大難不死的感覺，相對凝視，不勝感慨。皓禎說：

「從早上到此刻，這一天真是驚天動地，峰迴路轉！」

「是啊！」吟霜深有同感：「現在寄南他們去救小白菜，不知道……」

吟霜話沒說完，蘭馨手裡揮著解藥，急沖沖的衝進了畫梅軒。看到皓禎安然無恙，不敢相信的看著二人，喊道：

「皓禎！你沒事了？誰幫你弄到了解藥？」

皓禎和吟霜都站起身來，皓禎看著蘭馨手裡的藥袋，問道：

「妳手裡是解藥嗎？那麼，確實是妳母后想要吟霜中蠱？」

「別管是誰下蠱，你怎麼拿到解藥的？」蘭馨狐疑的說：「聽說這蠱蟲除了解藥，沒法醫治！本公主也看到中蠱之後的情形！」盯著皓禎：「你真的好了？還是那些蟲子埋伏在你身體裡，隨時會再出來咬你！」

吟霜一聽，不禁驚懼，立刻沒把握起來，看皓禎，緊張的說：

「皓禎，你真的好了嗎？你感覺一下，會不會像公主說的，那些蟲子還在？」

皓禎一跪：「謝謝公主，可以把解藥給我嗎？看看還需不需要吃？」

蘭馨一跪：「皓禎……謝謝你為我跑這一趟！這解藥我收下，萬一又發作了我再吃！」

皓禎揮舞手臂，神清氣爽的喊：

「沒事沒事！蘭馨，謝謝妳為我跑這一趟！這解藥我收下，萬一又發作了我再吃！」

79

蘭馨後退一步，牢牢拿著解藥，對皓禎大聲吼道：

「你怎麼好的？」

「吟霜治好的！妳不知道她是神醫嗎？」皓禎說，一手把吟霜從地上拉了起來。

蘭馨向前一步，站在吟霜面前，打量吟霜。

「妳治好的！怎麼治的？」驚悚的問：「妳作法讓那些蟲子都跑進宮裡去了嗎？妳讓那些蟲子去咬我的母后和莫尚宮嗎？」大聲質問：「是不是？」

「蟲子到宮裡去了？現在宮裡都在鬧這個病嗎？」皓禎驚問。

「皇后也中蟲了？還有莫尚宮？」吟霜困惑，想想說：「不過妳們不是有解藥嗎？有解藥就好！」

「好什麼好？妳這個妖狐！」蘭馨大怒，對著吟霜一腳踢去：「妳差點害死了我母后！還有什麼人跟著遭殃？妳趕快說出來！」撲向吟霜，雙手就掐住吟霜的脖子。

皓禎飛快上前，抓住了蘭馨的雙手，一個「左右分掌」，在她雙手虎口處一點，蘭馨雙手頓覺無力，接著用力扳開她的手指。蘭馨手被制住，就用腳對著吟霜又踢又踹。皓禎大急，用力一推，就把蘭馨摔在地上。皓禎喊著：

「吟霜治好了我，公主應該慶幸，怎麼又跟吟霜動手？」

蘭馨對皓禎怒罵：

「誰要你搶著喝那碗雪蓮？你就應該被幾萬隻蟲子咬死……」

崔諭娘急忙上前，扶起了蘭馨，害怕的說：

「公主公主！趕快回公主院吧！別招惹吟霜夫人了，那蟲蟲很可怕很可怕……奴婢親眼看到了，萬一到了公主身體裡怎麼辦？我們走吧！」

蘭馨一驚，震懾的看著吟霜，被崔諭娘提醒了，害怕的跟著崔諭娘跑走。一邊逃跑一邊回頭威脅著：

「妖狐！妖狐！妳敢對我作法……我再去弄幾百種蠱蟲來對付你們！讓將軍府每個人都中蠱……你們試試看……」

蘭馨就這樣叫著、嚷著，帶著害怕和恐懼的情緒逃跑了。

房門口，趕來的柏凱、雪如、皓祥都在旁觀，柏凱和雪如交換了憂心的一瞥。只有皓祥不進入情況，兀自納悶著。

蘭馨回到公主院，立刻就衝進了自己的臥房，手拿著解藥，蜷縮在床上。她千思萬想，越想越怕，恐懼的自言自語：

「千年妖狐，功力強大……」顫慄的說：「崔諭娘，她太厲害了！她可以讓皓禎幫她喝

那碗藥，她還能治好他，還把蟲子送進宮裡去！」

崔諭娘也害怕的應著⋯

「是啊是啊！白吟霜一直殺不死，對她下了蟲蟲居然反回到皇后身上，將軍府和皇宮距離那麼遠，這只有會妖術的人才辦得到！白吟霜鐵定是妖狐！連對皇后都能隔空施法！咱們得躲著她！」

「躲得掉嗎？」蘭馨問：「連母后都躲不掉她！既然會隔空施法，那她一定還會再來加害本公主！怎麼辦？怎麼辦？」

蘭馨恐懼的又跳下地，赤著腳走來走去，不安至極，喃喃自語⋯

「清風道長鬥不過她，母后也鬥不過她⋯⋯誰才能治得了她？」

蘭馨被這蟲毒事件，弄得更加疑神疑鬼。皓禎對於宮裡也在鬧蟲毒也是一頭霧水。在畫梅軒裡，他擁著吟霜，好奇的問⋯

「奇怪！那些蟲子，怎麼會變到皇宮裡去了？妳有這能力嗎？」

「沒有！完全沒有！」吟霜搖頭：「我那治病氣功，口訣裡有正心誠意，趨吉避凶兩句，如果要害人或報仇，都沒有用！何況那氣功，還要接觸病人才有用！」

「難道皇后也嚐到被幾萬隻蟲子咬的滋味了？」皓禎回想著被蟲子咬的痛苦，有點幸災樂禍起來。報應之說，難道是真的？

「聽公主的說法，應該是同樣的蠱蟲！」吟霜說：「我爹說過，這下蠱也是下毒的一種，感覺蟲子在咬，並不是真有蟲子，而是身體裡的什麼機關被觸動了，是一種像幻覺的中毒！有人終身治不好！有人會死去！很可怕的下毒法！今天驅毒的時候，我還看到了那浩浩蕩蕩的蟲蟲大軍，從我手指頭裡爬出去呢！」

「但是我沒看見！」

「因為那是我的幻象……」微笑了一下，又擔心的說：「可是，公主對我的誤會更深了！」抬眼看皓禎：「你能不能跟她做夫妻了呢？」

皓禎臉色一變。

「我們剛剛死裡逃生，這問題就別談了，好嗎？喝妳的補藥！等會兒還要幫小白菜治傷呢！她那傷口，我親眼目睹，也很嚴重！妳真的需要體力！」

「是！」吟霜說著，低頭喝著補藥。

❖

太子帶著寄南、漢陽、靈兒、鄧勇和若干便衣衛士衝進一間大牢房。太子四面張望，大

聲問道：

「小白菜在哪兒？」

只見滿牢房受傷的犯人，個個受傷帶血，擁擠呻吟著，倒地死去的，掙扎求生的，痛苦翻滾的……真是慘不忍睹，滿目瘡痍的景象。漢陽拉著一個衙役問：

「怎麼沒有大夫給他們診治？」

「陳大人說，隨他們自生自滅！反正現在交給漢陽大人管！」衙役回答。

漢陽大怒，厲聲嚷道：

「趕快傳大夫過來！把大理寺所有的大夫都傳來！回家的也都找來！」

「是是！」衙役應著，急忙奔去。

靈兒、寄南、太子、鄧勇都在犯人中找尋著。靈兒驚呼：

「找到小白菜了！寶王爺快過來，找到小白菜了！」

小白菜依偎的靠坐在一個牆角，遍體鱗傷，嘴角帶血，一動也不動。太子等人，全部撲到小白菜身邊。寄南喊著：

「小白菜！我們來救妳了！妳再忍耐一下，這就送妳去治療！」

寄南便伸手去抱小白菜，誰知手一碰，小白菜就倒在地上了。太子伸手去幫忙，一接觸

到小白菜的手，就驚喊起來：

「她死了！她沒有呼吸，身子都僵了！」

「不可能！」寄南震驚的說：「背上那些傷雖然嚴重，不會致命呀！」抱起已經僵直的

小白菜，急呼：「小白菜！小白菜！」只見小白菜雙手下垂，完全沒有生命跡象。

一個犯人爬到太子、漢陽、靈兒身邊，求救的喊道：

「幾位青天大老爺，趕快救救我們！剛剛有幾個官兵，拿著毒藥，灌進這個姑娘嘴裡，

姑娘就死掉了！還有那些……」指著若干死去的屍體：「都灌了毒藥！趕快救我們呀，我們

不是亂黨……等會兒官兵又會來灌毒藥了……」

漢陽又驚又怒又急，喊道：

「官兵來灌毒藥？這是集體謀殺！在本官的監牢裡，居然會發生這種事情！本官要徹底

查辦……」

太子激動的一把抓住漢陽問：

「這是怎麼回事？你這大理寺丞居然完全被蒙蔽！這些被毒死的人，都是什麼身分？要

趕緊查明！」

靈兒摸著小白菜的手，痛喊：

「吟霜！吟霜！吟霜可能治得活，寶王爺，趕快帶小白菜去吟霜那兒！」

寄南抱著小白菜就往門外衝去。太子喊著：

「寄南，沒用了！小白菜不可能再活過來！你還是冷靜下來，和漢陽一起調查這毒殺人犯事件要緊！」但寄南早就抱著小白菜奔出去了，靈兒也追了出去。

片刻以後，小白菜的屍體就躺在畫梅軒的臥榻上了。吟霜用手按在她胸前，臉色慘然。

皓禎急促的問：

「還有救嗎？妳爹有沒有留下起死回生的神藥？」突然想到身上的靈藥：「我這小瓷壺裡的藥有用嗎？」

吟霜看著寄南，悲哀的說道：

「寄南，小白菜死亡已經超過一個時辰，無藥可治了。我爹傳給我的各種醫術，都無法真正的起死回生。上次靈兒假死，是因為沒有真死！」

靈兒激動的搖著吟霜：

「妳試試呀！妳幫她用治病氣功呀！她是寄南的老相好，是我們天元通寶的女英雄，我們不能讓她死在伍家人手裡！」

「吟霜，連妳都說她死了？」寄南不敢相信的說：「她就這樣不明不白的死了？她說過，如果她會死，她想死在和『五枝蘆葦』的戰場裡！死在大理寺的大牢裡！被下毒！死在大理寺的大牢裡！」他痛苦的抱住自己的頭，眼淚奪眶而出：「當時，我應該不跟著皇上走，衝過去先救小白菜才對！」用雙手打著自己的腦袋。

皓禎一手按在寄南肩上：

「寄南，不要自責，皇上點名要你走，你也無可奈何！小白菜犧牲了！這筆帳，我們記著！我們要化悲憤為力量！要『五枝蘆葦』徹底毀滅！為小白菜報仇！為無辜的老百姓報仇！」

皓禎說話時，吟霜正用雙手，按在小白菜胸前，拚命運功，做徒勞的努力。

靈兒懷著一線希望的問：

「有用嗎？吟霜，有用嗎？」

吟霜額頭冒著冷汗，臉色蒼白的搖頭：

「我那救命氣功，也救不回她了！」

大家聽了，個個悲傷不已。此時，魯超忽然奔了進來，氣極敗壞的喊：

「公子！寶王爺！剛剛得到消息，歌坊裡的人，全部被抓走！歌坊裡的東西，連牆上的

畫，也全部被帶走了！范功、王仲、陸廣三位勇士，也壯烈犧牲了！」

皓禎、寄南、靈兒、吟霜全部呆住，人人震驚，臉色慘白。

❖

伍震榮興致高昂的看著書桌上堆滿了從歌坊搜刮而來的各種東西：卷軸、信件、擺飾、衣物、畫冊、胭脂、水粉、首飾……等等。伍震榮大笑：

「哈哈哈哈！真是滿載而歸！這次抓亂黨，雖然被皇上攪局，但是，破獲了歌坊這個反賊的巢穴，又毒死了他們一票人，這些反伍份子，一定元氣大傷！項麒，辦得漂亮！」

「是爹指導得漂亮！老天要爹成大事，擋都擋不住！」項麒微笑的說：「現在，『歌坊』和『下毒』都是大理寺的事，和我們伍家人也沾不上邊！皇上的攪局，不見得是壞事！」

項魁急於邀功，喊道……

「爹！我也幹得不錯吧！那歌坊的主謀小白菜，就是我抓到的，有罪沒罪，通通抓起來！有罪沒罪，通通用刑！有罪沒罪，通通毒死！」

伍震榮瞪他一眼：

「你這個草包腦袋，有勇無謀，這次算你『瞎貓抓到死老鼠』！」看項麒：「這些東西裡，有沒有什麼值得我們注意的？」

「還沒仔細檢查，只是，這張掛在牆上的牡丹圖大有文章，因為太厚，我發現有個夾層，打開夾層，裡面居然有張地圖！」

項麒嘩啦一聲，把地圖展現在伍震榮面前。伍震榮仔細一看，臉色大變。

「這是本朝的詳細地圖！我們在本朝的據點，都畫了紅線，有的畫了藍線，這紅藍有什麼區別？」

「紅色是我們沒有被驚動的地方，藍色是我們被消滅的地方！」

「他們居然有我們布署的地圖？是全體嗎？」伍震榮大驚。

「幸好不是！我們的大本營，他們並沒發現！很多根據地，也沒發現！」

「好險！」伍震榮咬牙切齒：「有沒有他們的名單呢？」

「這事交給我！我去把歌坊裡抓來的姑娘，一個個審問，總會問出一些名堂來！」項魁得意洋洋說。

「還有一樣東西，要給爹爹看看！」項麒就遞給伍震榮一張摺疊的紙箋。

伍震榮打開一看，只見上面寫著一行字：

「啟山可據，望水而居，日月光華，弘於一人！」

伍震榮看著紙箋，納悶的分析：

「這裡面包涵著太子的名字，這『日月光華，弘於一人』是說太子嗎？」

「應該不是！」項麒說：「爹，你記得去年，我們派『明弘』那個殺手去行刺太子，結果沒有成功，明弘犧牲了！這『日月』是個『明』字，『弘於一人』是說明弘單獨行動！這證明我們有叛徒，在對太子傳遞消息！」

震榮砰的一聲拍桌，恨恨說道：

「可惡的亂黨，居然潛入我們的陣營，掌握了我們的行動，還能通風報信，怪不得好多刺殺行動我們都栽了！」再看紙箋，反覆思索，忽然轉怒為喜，又在桌上重重一搥：「這個東西大大有用，那太子絕對死定了！」

# 67

這日，皇上在書房中召見了太子。皇上目光銳利，盯著臉色蒼白憔悴的太子，深深看著，深深揣度著，問道：

「太子為何心事重重？為何臉色不佳？晚上沒睡好嗎？」

太子坦率的回答：

「確實沒睡好！最近長安城抓亂黨事件，造成百姓不安，抓進牢裡的人犯，連審判都沒有，就很多都被毒死了！這暴露了我朝的官制出了很大的問題，官員的品格操守，也有很多的缺失，這實在不是朝廷之福！」

皇上陰沉的說道：

「原來太子整天都在憂國憂民，為朝廷操心到無法睡覺！」

太子這才警覺皇上召見，內情不簡單，問道：

「父皇找兒臣來，不是來討論兒臣的睡眠問題吧？」

皇上也坦率的說道：

「確實不是！」把紙箋遞給太子：「你能幫父皇解釋一下，這是什麼嗎？」

「啟山可據，望水而居，日月光華，弘於一人！」太子唸著，臉色一變：「這是誰拿給

父皇的？榮王嗎？」

「誰拿給朕的並不重要，重要的是，這是你寫的嗎？朕認識你的字，這不是你寫的，那

麼，這是誰寫的？十六個字裡，包括了你的名字，有山有水，有日有月，然後『弘於一人』，

這『一人』指的是你嗎？」

「父皇！您在懷疑我？」太子大震。

「懷疑你就不找你來談了，就是無法懷疑你！」皇上說：「偏偏這是破獲了一個亂黨根

據地找出來的東西！」嚴肅的凝視著太子：「啟望！你以前看過這東西嗎？」

太子神思不定的思索著，心裡在飛快的轉著各種念頭，勉強答道：

「兒臣看過！這十六個字，應該是一位高人寫的，大概是說，要啟望依山面水，過著悠

閒歲月，扶持『日月光華，聚於一身』的父皇！」

皇上狐疑的看著太子說：

「解得好！這位高人姓甚名誰？」

「兒臣不知道！」太子直率的說。

皇上一拍桌子起身，怒視太子。

「你不知道？那麼，是誰拿給你看的？為何看過不拿給朕看？也讓父皇瞭解你的忠誠？」

也讓父皇高興一下？」

太子一怒，也大聲說道：

「這是民間擁護父皇的歌謠，這種歌謠很多，誰都不會去追究，看過就算了！就像『五枝蘆葦壓莊稼，萬把鎌刀除掉它』！這歌謠父皇聽過嗎？假若父皇看到這樣的東西，就懷疑兒臣的忠心，那『太子』的位子，也太可怕了！」

「你對這東西的來源解釋不清，反而責備朕封你為太子？」皇上不可思議的問。

「父皇！」太子誠摯而憂傷的說：「啟望不在乎自己是不是太子，在乎的是父皇的信任和寵愛。得人心者得天下，失人心者失天下！孩兒拚死效忠父皇，因為父皇是孩兒心中的好皇帝！啟望只想鞏固父皇的地位，不要被奸臣奪走！只希望百姓不會被奸臣害得民不聊生，其他的事，真的不在啟望的心中！現在，父皇對孩兒已經起疑，啟望就直說，將來，孩兒不

93

會繼承父皇的王位，這樣，父皇放心了嗎？」

皇上大怒，問：

「你這是什麼意思？你想要朕廢掉你嗎？」

太子受傷卻傲然的說：

「廢太子也不是今天第一次提出來！兒臣還真的不在乎！現在長安城風聲鶴唳，百姓惶惶不安，誰都不知道明天腦袋還在不在？在這個時期，父皇關心的是這十六個字，為何不關心那些百姓？隨父皇怎樣想，兒臣告辭！」

太子說完，轉身就走。皇上喊著：

「啟望！回來！話沒說完不許走！」

太子早已奪門而去。

❖

寄南、皓禎二人得到皇上和太子再度失和的消息，火速趕到太子府。在太子府的密室裡，三人商討目前情勢，個個神情慘淡。皓禎拿著那張紙箋，看著說道：

「這是木鳶的密函，幸好沒簽名，是相當緊急時送來的！當時怎麼沒有毀掉？」

「唉！」太子嘆氣：「百密總有一疏，現在，歌坊已經徹底摧毀，還有多少密件被他們

發現，連我們都不知道！我怕木鳶的筆跡也暴露，跟父皇吵完就把這紙箋順手帶走！還好父皇沒有注意！」

「歌坊那些姑娘落進伍家人手裡，大概都是凶多吉少！能夠保密的人，在嚴刑拷打下，也會把機密說出來！沒有幾個人會像小白菜那樣寧可犧牲自己！」寄南說著，不禁傷心，太子和皓禎也唏噓不已。

「我已經連夜把我們的據點通通換了地方！伍家行動也很快，他們也在連夜更換被我們發現的據點！」皓禎說。

「聽說咸陽、洛陽、太原、鳳翔幾個大城裡，我們的兄弟傷亡慘重！這次伍家發動的『抓亂黨事件』，還是讓我們很多據點暴露了！我想，天元通寶已經元氣大傷！」太子感傷著。

「不知道木鳶會有多難過？也沒給我們金錢鏢，大概覺得金錢鏢不安全。這木鳶也是，為什麼不露面呢？讓我們在這種情況下，都沒辦法面對面商量。」皓禎說著，深深看太子⋯⋯

「啟望，在這非常時期，你和皇上能不能講和，別再誤會下去！讓那伍震榮得意，這是親者痛，仇者快呀！他最希望的事，就是製造你們父子的分裂！」

「我那父皇對我太不瞭解！」太子氣憤：「我忠心耿耿，是為了王位嗎？他把王位看得

比兒子還重，生怕我會去搶他的王位，這太侮辱我！太傷我的心！我真希望生在普通百姓家。那樣，才能享受到真正的父愛吧！何況，那十六個字讓我怎樣解釋？從實招來？他會相信嗎？再何況，我也不能把木鳶供出來！」

皓禎問寄南：

「漢陽那邊有沒有發現什麼？有沒有把下毒的人抓到？」

寄南一怒，搥桌又搥牆：

「還提漢陽呢？那天他不是還信誓旦旦的說什麼『仰不愧於天，俯不怍於人』嗎？現在案子這麼大，他居然不知去哪兒了？把我和裘兒這兩個助手都丟下，幾天都沒看到人影！」

「或者他去明查暗訪，不方便帶你們兩個！」太子說。

「呸！」寄南激動：「他晚上都沒回家，基本上是失蹤了！方宰相說，他去了城外！你們相信嗎？長安如此混亂，他居然不管，跑到城外去幹嘛？幫榮王消除證據嗎？這個方漢陽絕對不可相信！有其父必有其子！」

「如果連漢陽也不可信，我們現在怎麼辦？」太子著急徘徊：「伍震榮這一棒，打得太狠！下面還有很多未爆發的事情，我們就等著接招吧！」

「我看！」皓禎一嘆：「我們最近都安靜一點，先觀望一下，等待木鳶的指示。我想，

96

一定又是要我們『休養生息』。唉！」看太子，心煩意亂的：「除了天元通寶的打擊，你那妹妹蘭馨，也真是我心頭大患！」

太子瞪了皓禎一眼，衝口而出：

「對蘭馨好一點，她就不會是你的心頭大患了！」

皓禎一怔。對蘭馨好一點？蘭馨的娘，要謀殺吟霜，差點要了自己的命！還要對她好一點？好一點是多少？怎樣算一點？

✤

怎樣算一點？這晚的蘭馨，穿著一件長袍子，披散著頭髮，手拿木劍，在院子中遊蕩。

也在為這「一點」傷腦筋，喃喃自語：

「一點一點分一點，我不分要怎樣？一點一點合一點，我不合要怎樣？一點一點留一點，我不留要怎樣……」

蘭馨每說一句，就拿劍尖在自己手腕上劃一道，手腕上已經有著許多傷口，幸好木劍不尖銳，依舊有好幾道傷口在流血。崔諭娘追著蘭馨，想搶下木劍，哀求著：

「公主，不要這樣啊！把劍給奴婢，求求您不要這樣啊！」

宮女們也追著蘭馨跑：

「公主！公主！不要再傷害自己呀！」

「滾開！」蘭馨大叫：「不要擋住本公主的路！」把崔諭娘推得四腳朝天，又拿木劍對

宮女們揮舞，大叫：「妳們是誰？居然敢追本公主！」

蘭馨一面喊著，一面把宮女們推得摔了一地，個個叫苦連天。

❖

畫梅軒院裡，明月高懸，月下的梅花樹傲然挺立。吟霜和皓禎正在樹下談著，兩人都神色凝重。皓禎說道：

「天元通寶這次損失慘重，弟兄傷的傷，死的死，偏偏太子和皇上也發生矛盾。今天我們三個談起來，真是個個傷心……」

皓禎話沒說完，只見小樂急沖沖的奔來，喊道：

「公子！剛剛公主院的宮女小玉來報，說是公主病得很重，要公子好歹過去看一看！不然，他們就要去宮裡報備找太醫！」

皓禎、吟霜一凜，兩人都變色了。皓禎說：

「我過去看一看！」

「我跟你一起去，生病我能治！」吟霜就喊：「香綺！拿藥箱！」

香綺不但沒有拿藥箱，反而一把抱住吟霜喊：

「不要不要，讓公子先去看看吧！夫人，妳千萬別去公主院，我們在這兒待命就可以了！

上次給公主治病，那一把銀針妳忘了嗎？」

皓禎也嚴肅說道：

「我去就好！蘭馨花招太多了，不能不防！吟霜，聽我話，妳待在畫梅軒，哪兒都不許

去！」

皓禎掉頭要走，吟霜忽然奔來，在他耳邊低語：

「心病還需心藥醫！拜託你能治就把她治好吧！」

皓禎一愣，一路嘆息著走進公主院。只見蘭馨拿著木劍，對著眾宮女追打揮舞，嚷著：

「不許過來！誰過來我就殺了誰！」

皓禎一見這種情況，皺著眉頭喊：

「蘭馨！妳在幹嘛？」

蘭馨看到皓禎，呆了呆，頓時怒發如狂，一劍就直刺向皓禎。

「我在幹嘛？我在練劍！你不是教我劍法嗎？我現在練得很好了，要不要跟我比劃比

劃？我現在要把你的心挖出來，看一看是什麼顏色！」

蘭馨說著，劍尖已經直抵皓禎胸口，皓禎一伸手，就用兩指挾住了劍尖。同時，也看到

蘭馨手腕上的傷口，心驚膽顫，不禁輕聲的說：

「把劍給我！」

「給你幹什麼，讓你來刺我嗎？」

「我不會刺妳，這把劍當初就是帶著善意送來的！它永遠都是一把『和平之劍』，妳能

體會到這點，就不用管其他的一點一點了！」

皓禎說完，迅速的就奪下了那把劍，丟到院子一角。蘭馨失去了劍，立刻瘋狂的撲向皓

禎，對皓禎張牙舞爪的又抓又打又喊：

「你這個混帳東西，那是我的劍，我擁有的東西不多，就有那兩把劍！你居然敢搶我的

劍，我要殺了你！我要剁碎你！我要用你的心，切成一片片熬湯喝！那湯有名字，就叫『駙

馬奪魂湯』……」

蘭馨一面喊，一面瘋狂的打著皓禎。皓禎把她往肩上一扛，就扛向屋裡，說道：

「回房去！今晚天氣這麼冷，受涼怎麼辦？」

崔諭娘急忙跟著跑進房。

皓禎扛著掙扎怒罵的蘭馨進入大廳，穿過迴廊，走上二樓，進入臥室。蘭馨一路都在狂

喊狂叫，用手搥打著皓禎的背部⋯

「救命啊！救命啊！你這個魔鬼！你這個劊子手！」

皓禎把蘭馨放在床榻上。蘭馨掙扎著要起床，皓禎用棉被蓋著她，跳上床，用手壓著被子。蘭馨喊著⋯

「放開我！放開我！放開我⋯⋯」

皓禎對崔諭娘急道：

「安神湯！上次吟霜留下過那藥，趕快去熬一碗來！」

「是是是！」崔諭娘急忙奔去。

皓禎就死命壓著棉被，臉孔對著蘭馨的臉孔，溫和的說道：

「蘭馨，冷靜下來聽我說。我知道我不是一個好丈夫，但是，我從來沒有想害妳，如果能夠讓妳心裡舒服一點，今晚我留在這兒，我守著妳！怎樣？」

蘭馨驚愕的聽著，不再大吼大叫，看著皓禎，不敢相信。

「你留下來？你的意思是說，你今晚在這兒睡？」

皓禎眼前，閃過太子的臉孔。

「對蘭馨好一點，她就不會是你的心頭大患了！」

皓禎眼前，又閃過吟霜的面孔。

「心病還需心藥醫！拜託你能治就把她治好吧！」

皓禎閉了閉眼睛，一聲長嘆。

「是的！如果那是妳需要的，我今晚就在這兒睡！」

蘭馨眼角滾落了一滴淚珠，接著，就放聲痛哭起來。皓禎手足失措，不忍的把她的身子抱起來，抱在懷裡搖著，痛楚的說道：

「一個男人，會讓兩個女人痛苦，他就該死！現在，我就是這樣一個該死的男人！我投降了，蘭馨，我也懷念那個在御花園裡蹦蹦跳跳，捉弄著每個準駙馬的蘭馨，那個被我又凶又摔，還是堅持要選我的蘭馨！我投降了！」

蘭馨一面聽著，一面哭著。

皓禎繼續痛楚的說著：

「我多麼希望向妳坦白，讓妳瞭解我內心的種種！但是，我知道妳不會聽，也完全不能接受！總之，我投降了！妳別哭了，如果能夠讓妳快樂，讓妳健康，讓妳不逃避到狐狸的謠言裡去，妳告訴我，我該怎麼做？我都配合妳，行嗎？」

蘭馨依舊落淚，但是平靜了下來。半晌，她哽咽的問道：

「也包括你早該完成的那件事嗎？」

皓禎一愣，痛苦的問：

「妳指……什麼？」

「你知道我指什麼？指你寧可害恐女症也要逃避的事！」

皓禎更加痛苦，閉閉眼說道：

「如果妳一直在意的是這件事，我……我……我只好……量力而為……」

此時崔諭娘送來了剛熬好的安神藥，看到皓禎在床上柔聲安撫蘭馨，不禁也感動落淚。

崔諭娘捧著藥碗說：

「公主！先吃藥！」

皓禎就把蘭馨扶起，用枕頭堆在她身後，讓她半坐著。蘭馨就含淚接過崔諭娘的藥碗，兩眼看著坐在她對面的皓禎。皓禎心軟了，柔聲的說：

「慢慢喝，當心燙。」

蘭馨端著藥碗，兩眼一瞬也不瞬的看著皓禎。忽然間，蘭馨把整碗滾燙的藥，全部潑灑在皓禎的臉上。皓禎完全沒有防備，被潑了一頭一臉，驚跳下床喊：

「燙！哇！好燙！水！哪兒有水？」

宮女們趕緊把皓禎拉到臉盆架前。皓禎把臉埋進水盆，再濕淋淋的抬頭。崔諭娘大驚之餘，急忙遞上各種帕子，宮女們忙著幫著皓禎擦拭。

蘭馨縱聲大笑起來：

「哈哈哈哈！燙死你！毒死你！」笑容一收，眼光裡閃著瘋狂的怒火：「你以為本公主是什麼人？要你來施捨我？可憐我？你投降了！你對什麼投降了？對我的瘋狂投降？對我的抓妖狐投降？你以為我沒有看出你的勉強和無可奈何嗎？你眼睛裡寫得清清楚楚！你這個混帳東西！」

蘭馨一邊大吼，一邊跳下床，一邊瘋狂的繞著皓禎打轉：

「什麼叫你只好量力而為？哈哈哈哈！你以為我真的還會要你？我不過試試你會怎麼說？」冷笑：「哈哈哈！量力而為！你以為我還會讓你玷污我嗎？你的身子早已被狐狸弄髒了，我現在唯一的驕傲，就是保持了我的清白！事到如今，我才不會讓你佔便宜！把我變成跟你一樣的怪物！我根本不在乎你，你不是人！你已經是狐狸了！你這個骯髒的東西！你給我滾出去！立刻滾出去！」

皓禎氣得發抖，什麼理智、同情、憐憫都沒了，一字一字的說：

「娶了妳！真是我最大的錯誤和悲哀！」

皓禎說完，掉頭而去。

崔諭娘一臉的遺憾，無可奈何的看著瘋狂的蘭馨。

皓禎回到畫梅軒，依舊氣得發抖，臉上被燙得起了水泡，吟霜著急的審視著皓禎被燙得紅腫起泡的臉，拿著藥膏細心的幫他擦著藥，拚命想安撫他，說道：

「還好還好，只有幾個小水泡！我爹留下的這個燙傷藥，很好很好的，上次我被肉刷子開水燙傷，你都用這藥幫我治好了！」

皓禎忽然抓著吟霜的兩隻胳臂，死命搖著，失控的喊著：

「再也不要對我說，應該對公主怎樣怎樣！再也不要喚起我的罪惡感！再也不要用妳的心，來揣測公主的心！再也不要控制我，讓我去做我不想做的事！再也不要把我分給別人，再也不要！再也不要！再也不要……」

吟霜的眼淚奪眶而出。把皓禎緊緊一抱，哭著說道：

「你現在氣糊塗了，我說什麼都沒用！我真的沒想到會這樣！我承認我瞭解的還是太少。你不要跟我生氣，勉強你去做這件事，我的心會痛，讓你受到傷害，我的心更痛，你再對我生氣，我的心就更痛更痛……我現在手足無措，不知如何才好，告訴我，我該……怎麼辦……我該……怎麼辦？」

皓禎用手托起她的下巴，看著她淚霧迷濛的眼睛，痛楚的說：

「我只要妳一個，我只能擁有妳一個！妳明白嗎？如果多一個，我都會遭到天譴，這一直是我的心態，妳明白嗎？我去公主那兒，我想完成那件事，結果就是這樣，妳明白了嗎？我活該！我活該！」

皓禎就把她用力的一抱，緊緊抱著。似乎想把她整個人，都壓進他心裡去。

「我再也不勉強你了！再也不會了！原諒我！」吟霜哭著說。

與此同時，寄南已經半醉，坐在酒館一隅，拚命灌酒。他一面灌酒，一面用筷子敲著盤子，醉醺醺唸道：

「秋風起兮白雲飛，草木黃落兮雁南歸，蘭有秀兮菊有芳，懷佳人兮不可忘……」

靈兒著急的搶著他的酒杯，勸著：

「好了好了！王爺，已經夜深了！別再拚命灌酒，萬一回去碰到方宰相，又要罵你沒規矩，不學好！」

寄南搶過杯子，嚷道：

「我去那個宰相府，就是去挨罵的！給我酒，那天上飛的斷了線，兄弟姊妹送了命，我

❖

106

這廢物還能幹什麼？我要喝酒！醉死才能解千愁！」

「你醉死也救不了小白菜！救不了那些牢裡送命的兄弟！」靈兒說，又大聲喊：「你有點出息好不好？跟我回去！」拿起桌上一杯水，就潑在寄南臉上：「醒一醒！」

寄南跳起身子，一拳就對靈兒打去。

「妳敢拿水潑我？我打死妳這風火球！」

靈兒閃過寄南的拳頭，往酒館外跑。

「你有種，就來抓我！抓到我才算好漢！」

寄南起身，跟著靈兒奔去。靈兒回頭看著他，一面跑，一面喊：

「什麼王爺？連跑都跑不動！簡直像個蝸牛！受了點刺激就只會喝酒，什麼英雄好漢？酒鬼！像蝸牛的酒鬼！」

「妳敢罵我是蝸牛？是酒鬼？我掐死妳！」

寄南追著靈兒跑，兩人就這樣跑進了宰相府，守門的衛士已經對這兩人的怪癖行為，見怪不怪。兩人跑進庭院，才看到漢陽手裡拿著幾卷文卷，從外面匆匆回到家裡。

寄南看到漢陽，頓時酒醒了一半，上前就拉住漢陽。

「漢陽，關於歌坊的案子，到底調查得如何？幾十條人命，這可是長安城的第一大案！

「你不辦案，去哪兒逍遙了？」

靈兒看到漢陽，也忘了醉酒的寄南，急促的問道：

「漢陽大人，你總算回來了！你這三天很神祕，辦案也不帶我們兩個助手，有我們幫忙，破案才比較容易！其實，案子不用辦，我根本就知道是誰幹的！」

漢陽疲倦的說：

「本官累了，現在不想談案子，你們回自己房裡去吧。」

寄南一把抓住漢陽，激動的喊：

「不行！小白菜為了這個亂黨案子送了命！是誰毒死她的，你查出來了沒有？還有⋯⋯」

漢陽想掙脫寄南，不悅的說：

「你們有完沒完？難道我不想早早破案嗎？你們大家都看到朱雀大街的事，那些無辜被抓到大理寺的人，我都已經把他們無罪開釋了，你們是我助手，還要我跟你們報告不成？」

「漢陽大人，無罪開釋的事我們知道，但是有罪亂抓老百姓的人，為什麼沒受到處罰？

在朱雀大街對老百姓用刑的伍項魁，為什麼不把他砍頭啊？」靈兒問。

漢陽警告的喊⋯

「裘兒，我這兒是宰相府，你口沒遮攔，胡言亂語！什麼砍頭不砍頭？如果你再這樣大呼小叫，當心你自己的腦袋吧！」

寄南帶著酒意，故意大聲的喊：

「我知道了！這兒是右宰相府嘛！本朝人人都知道，左右宰相是一個鼻孔出氣，這個院子雖然安安靜靜，多少榮王的奸細潛伏著！」大叫：「奸細們！出來呀！我今晚要幫小白菜報仇！來來來！跟我打！」擺出打架姿勢，又跳又叫：「跟我打！有種就出來……」

世廷和采文正在睡覺，被外面寄南的吼聲驚醒。世廷起了身，生氣的說：

「那個寶寄南滿嘴說些什麼？他不要命了嗎？」

采文趕緊拿衣服：

「世廷，我們快去勸勸他，看樣子是喝多了，醉了！」

「皇上呀皇上！」世廷嘆氣：「這個麻煩，你一定要交給老臣嗎？」

兩人趕緊穿好衣服出去，到了院落，就看到寄南正在滿院又跳又叫：

「來呀！你們通通出來，跟我打！跟我打……」

許多衛士都驚動了，紛紛跑出。世廷嚴厲的一吼：

「寶王爺，你在這兒發什麼酒瘋？什麼時辰了？你吵得人沒法休息！你想跟誰打架？」

寄南憤憤不平的嚷嚷：

「我想跟不忠不孝不仁不義的人打架！我想跟殺了小白菜的人打架！我想跟在朱雀大街對老百姓用酷刑的人打架！我想跟明知是誰犯案卻不辦的大理寺丞打架……」

漢陽大怒，忍不住喊著：

「你指著我的鼻子罵，你在我家作客，居然敢如此撒野！來人呀！把這個寶王爺給我抓起來！」

采文驚喊著：

「漢陽！你幾時回來的？不要啊！寶王爺是皇上交給我們家管束的！不是交給我們打罵的！不管怎樣，保持宰相府的風範吧！」

世廷大怒，支持漢陽：

「和這個寶王爺講什麼風範？漢陽，我看他就是亂黨，跑到我們宰相府來作亂的！來人呀！抓起來！」

許多衛士都來捉拿寄南。寄南拔腿就跑，衛士們圍過來追捕。靈兒急死了，大喊大叫

「王爺！好漢不吃眼前虧！他們人多，你打不過，我來幫你！」

靈兒就在衛士中間，穿來穿去，把她那「游魚功」發揮出來，手裡的流星錘亂舞。衛士被她弄得眼花撩亂，加上夜色朦朧，樹影雲影搖搖晃晃，視線模糊，一時之間，竟然抓不住寄南。寄南跑著跑著，跑到了魚池旁邊。

漢陽不知何時，已經站在魚池邊，手裡的文卷，也不知放到哪兒去了，兩手空空，從容不迫的站在那兒。他看到寄南奔來，就伸手一推。

撲通一聲，寄南掉進魚池裡。他不會游泳，手舞足蹈的掙扎著，冒出腦袋吸氣，十分狼狽，喊著：

「漢陽！你暗算我！我……我……」吐著水……「噗！噗！噗……」

漢陽蹲在池邊，看著寄南，不慍不火的說道：

「寶王爺，你在冷水裡泡一泡，大概頭腦可以清醒一點！不過，本官必須告訴你，我養的那些魚，不是鯉魚，不是金魚，是食人魚！會把你吃得連骨頭都不剩！」

「什麼？」寄南大驚。

漢陽伸手給寄南，問：

「講和？還是要打架？」

靈兒奔來，蹲在漢陽身邊勸架，著急的喊著……

「講和講和！都什麼時候了，還自己人打自己人！」口氣一轉：「漢陽大人，你把助手推進魚池，有點陰險耶！」

靈兒說完，就突然把漢陽也推進魚池裡，說道：

「現在你們可以公平打架了！賓王爺不知水性，漢陽大人不會武功！我靈兒從來沒有聽說過食人魚，你們在食人魚中打架！我觀戰！」

魚池中的寄南和漢陽，狼狽的掙扎著，也彼此氣沖沖的互看著。

隨後奔來的世廷和采文，匪夷所思的瞪大眼，簡直不敢相信自己所看到的景象。

# 68

太子還在燈下看書，神思不屬，悶悶不樂，而且心不在焉。太子妃和青蘿抱著佩兒逗弄著。太子妃柔聲的說道：

「佩兒！去對你爹說，不要那麼難過，不管有多少風暴，你娘和你，都會陪著你爹一起度過！」

佩兒就搖搖擺擺的走向太子。用軟軟的童音喊著：

「爹！娘要我說……」笑著回頭看太子妃：「說什麼？佩兒忘啦！」

太子放下手中的書卷，抱起佩兒，仔細端詳，有感而發：

「佩兒，你真是個眉清目秀，又聰明過人的孩兒！如果你不出生在皇室多好！你的未來會怎樣呢？你爹一點把握也沒有！」

青蘿走來，從太子手中接過佩兒，說道：

「太子不要難過，這次的亂黨事件，雖然太子這邊元氣大傷，榮王那邊也不會大獲全勝。

最主要的，是太子不能中計，皇上也不能中計！依奴婢看，太子和皇上，都已經中計了！這才是最大的問題！」

「這不是中計不中計的問題！是瞭解與不瞭解的問題！」太子說：「親如父子還要彼此猜忌，父子之情在哪兒呢？榮王一心要除掉我，難道父皇一點都不知道嗎？」

「他不想知道！」太子妃接口：「宮裡很多的矛盾，很多的傳言，他都不想知道！因為知道了會傷心，就寧願選擇不知道！」

「這算什麼態度？」太子起立，看著青蘿手裡的佩兒，說道：「佩兒，爹向你保證，等你長大了！爹和你之間，永遠沒有矛盾，沒有欺騙，更不可能有猜忌！因為，你是爹的心頭肉！」

「太子！」青蘿說：「您也是皇上的心頭肉啊！如果您發現『心頭肉』在欺騙您，在糊弄您，您會不會傷心呢？您對那篇密函的解釋，實在漏洞百出呀！」

太子不禁驚愕的看著青蘿。

「妳不懂！有些機密的事不能說！會害到很多人！」

「能說的說，不能說的不說，總比全部撒謊好！」青蘿說：「奴婢在榮王府待過，那件事我也略知一二，只要你們找出那個名叫『明弘』的殺手資料！你們有密函，榮王那兒，難道沒有密函？明弘被你們殺了，他的家有沒有搜一搜呢？或者可以找到一些證據呢！」

太子有如醍醐灌頂，驚看青蘿。

「現在再去找證據，恐怕什麼都找不到！」

「總比不去試一試好，誤會像傷口，如果不馬上治療，傷口會潰爛，會化膿會越來越痛，甚至變成大病……奴婢有過經驗！」

太子再度驚看青蘿，心領神會。終於知道該怎麼做了，就希望皇天不負苦心人！

若干天以後，太子帶著皓禎和寄南，進宮到御書房，請見皇上。皇上見三人神色嚴肅，對曹安說道：

「曹安，你出去，讓衛士守好門，沒有朕的同意，不要讓任何人進門！」

「是！」

曹安退出房間，關好房門。太子就上前說道：

「父皇，孩兒那天欺騙了您，孩兒知錯了！只是那封密函，牽涉到對孩兒忠心耿耿的

115

人，孩兒不敢讓他暴露，只得對父皇撒謊！那謊言說得也不太漂亮，因為孩兒實在不是個會撒謊的人！」

皇上不悅的說：

「說重點！」

皓禎就一步上前說道：

「讓我代太子說吧！這封密函裡面，有太子的名字，還有一個刺客的名字！那刺客名叫『明弘』，要單身一人，刺殺太子！」

「啊？明弘？」皇上一驚。

「是！」皓禎說：「拆開來就是『日月光華，弘於一人』！」

「這封密函，是幫助我們的一位高人，得到消息，傳給寄南的！」寄南接口：「這是去年年初的事！我和皓禎，立刻採取行動，帶著太子，到大峽山去爬山，果然，那刺客上鉤了，他武功高強，我們三個大戰他一個，把他擊斃在大峽山！」

太子誠摯的看著皇上，挖自肺腑的說道：

「事情過去了，我們也不想驚動父皇，反正孩兒常常是暗殺的目標，已經習以為常。可是，這張高人警告我的密函忽然出現在父皇手中，確實讓孩兒大吃一驚，當時對答也吞吞吐

吐。事後，我知道不能讓父皇再誤會我，所以，我和皓禎、寄南找到了那個刺客的家，翻箱倒櫃，結果發現了這個，另外一封密函！」

太子把手中另一封密函交給皇上。

皇上打開一看，只見上面寫著：

「明弘得令，即刻刺殺月王，獨自行動！」

「月王又是誰？」皇上糊塗的問，驟然明白了，心中湧起一陣驚悚：「啟望那個『望』字中的兩個字！」

「對！」太子說：「這就是整個事件的經過！這張密函，父皇不妨交給大理寺或者刑部，甚至交給御史台，從紙張來源，字跡分析，墨跡出處，連標點都不要錯過！孩兒想，不難查出是誰寫的！但是，懇請父皇千萬別交給榮王去查！」

皇上看著眼神坦蕩的太子，一時無言。

皓禎就非常非常誠摯的說道：

「皇上，朝廷裡都把皓禎、太子和寄南稱為太子黨，有人千方百計要除掉我們三個！確實，我們情如兄弟，誰都會為對方拚命！皇上，我們三個，也會為皇上拚命！請皇上再也不要誤會太子，四王的事，不能重複發生！」

「尤其在榮王大肆抓亂黨，幾乎大開殺戒的時候，我們再分裂，本朝岌岌可危呀！」寄南接口。

皇上深深點頭，看著面前的三個人。然後把那密函藏在身上的衣服裡，說道：

「以前看到你們三個在一起，心裡總會浮起一句話『三人同心，無堅不摧！』因為比『二人同心，其利斷金』還加了一人！現在，朕又想起這句話！拍拍太子的肩，認真的叮囑：「朕不想知道那位高人是誰，如果你見著了他，務必幫朕謝謝他！因為他救了朕最器重的兒子！還有，你為了朕，要小心再小心！那些刺客，防不勝防呀！」

「孩兒遵命！」太子笑了：「父皇別為兒臣擔心，我還有皓禎和寄南，他們兩個，把我看得緊緊的，為了我常常鋌而走險，寄南還揍過我呢！」

「什麼？」寄南喊道：「本王何時揍過你？現在陛下對你誤會解除，你就亂告狀，等會兒變成我的『傷口』了！」

「我作證！」皓禎說：「為了某人和某人的弟弟，寄南確實給了太子一拳！」

「嗯！哼！哈！」太子連續發出怪聲阻止：「這揍人的事，就談到此處為止！」

皇上看著面前的三個人，唇邊浮起笑意，忽然心情大好，有力的說：

「嗯，哼，哈！啟望、皓禎、寄南！陪朕去馬場騎馬去！朕現在想策馬狂奔！尤其是在

你們三個的陪同下！」

太子、皓禎、寄南異口同聲大力回答：

「是！」

✧

這天，伍震榮在府裡氣沖沖說道：

「氣煞我也！那皓禎和寄南，居然找出了我們給明弘的密函，把我已經到手的好事，又給破壞了！幸好那密函是個耆老寫的，抓不住伍家人的把柄，真是驚險！這袁皓禎娶了蘭馨公主，也不知道好好疼惜，還一直壞我的事，本王真想宰了他！」

項魁就挺身而出的說道：

「爹想宰了袁皓禎，我也想宰了他，我跟他的仇，已經算都算不清了！最好，把他定罪，來個凌遲處死！」忽然想起一個主意，興沖沖說：「爹！我有個妙計，可以讓袁皓禎人頭落地！」

「你那腦袋裡還能想出什麼妙計？」伍震榮輕蔑的說。

「爹也別這麼小看我，如果這妙計行得通，不但袁皓禎死定了，爹還能在皇上皇后面前，立下大功，一舉兩得啊！」

「哦？一舉兩得？你快說說看！」伍震榮興趣來了。

「聽說蘭馨公主，現在被袁家折磨出病來了，精神不寧，瘋瘋癲癲的！不如趁蘭馨公主現在生病的時候，我們找一個夜晚，派出幾個武功高強的殺手，去將軍府的公主院，把公主劫持到我們這兒來！」

「劫持公主？然後呢？」

「將軍府弄丟了公主，這是多麼嚴重的問題，咱們把公主藏著，爹就跟皇后說，袁皓禎迷戀那隻狐狸，說不定把公主謀害了！咬定公主遇害，要袁皓禎交出公主來！袁皓禎交不出人，豈不是死定了嗎？」

「公主就藏在本王這兒，本王幫她請大夫治病！」伍震榮有興趣了：「等到袁皓禎處死後，本王編個故事，就說在什麼地窖山洞裡，發現了公主，救活了公主！把一個健康的公主，帶到皇上皇后面前！」

「對！皇上皇后看到公主沒死，高興都來不及，也就不會追究事情經過！」

「可是，那公主院有沒有重兵守護呢？」

「聽說，那公主院只有幾個衛士，哪有我們的殺手武功強大？」

伍震榮深思著，事關蘭馨，值得一試！他眼中閃著亢奮的光芒。

「唔，就這麼辦！」他大聲說道：「而且，越快越好！」

❖

這夜，一彎新月高掛在天空。

公主院的屋脊，忽然冒出一群黑衣蒙面人，在屋脊上飛躍著。公主院中，幾個衛士在打瞌睡。忽然，屋脊上毫無聲息的跳下數人，迅速的把幾個衛士擺平。

大廳中，還點著燈火，蘭馨穿著寢衣，神思恍惚的坐在桌前剪紙，自言自語：

「本公主要剪很多神仙，各路神仙都有，觀音如來彌勒佛……還有各種小鬼，幫本公主抓妖……清風道長沒用，本公主自己來……」

桌上已經剪了好多亂七八糟的紙人，還有一堆碎紙片。崔諭娘從樓上急急追下來。

「公主！您不是已經睡下了嗎？怎麼又跑到大廳裡來了，這兒很冷，趕快回房去睡吧！」

「奴婢是您的崔諭娘，怎麼會表面對您好？公主不要奴婢侍候，還有誰會來侍候公主呢？」崔諭娘快哭了。

「別碰我！妳們表面對我好，心裡都想弄死我！走開，我不要妳侍候！」蘭馨喊。

崔諭娘就去牽蘭馨。

就在這時，窗子忽然開了，一陣冷風吹進來。蘭馨顫抖的、害怕的丟下剪刀，跳起身

子，嚷著⋯

「來了來了來了！白狐又來了！」

隨著蘭馨的喊聲，幾個蒙面殺手帶著武器，跳窗而入，直撲蘭馨。蘭馨放聲尖叫⋯

「狐狸變成黑色的了！黑狐狸！黑狐狸，本公主不怕你！來呀！」

蘭馨抓起在桌上的剪刀，就揮舞著對殺手狂揮狂砍，尖叫⋯

「本公主有神仙護身，誰敢碰我，我殺死你！」

崔諭娘也尖叫起來⋯

「有刺客啊！救命啊！救命啊！」

宮女們紛紛驚動，也大聲喊叫⋯

「有刺客有刺客！救命啊⋯⋯」大家奪門而逃。

一個殺手，把崔諭娘一腳踢開，撲上去抓住了蘭馨，蘭馨奮力掙扎。殺手想著⋯

「上頭再三叮囑，不可把公主弄傷，這公主還有點身手，又如此瘋狂，不好辦！」就開

口道：「公主，妳乖乖跟我們走！沒人會傷害妳！」

「鬼話！騙人的黑狐狸，本公主才不相信你！」

眾多殺手從窗口跳了進來，分別快速的打倒宮女和崔諭娘。忽然，被驚動的魯超穿窗而

122

入，和殺手打成一團。魯超執劍在手喊道：

「你們是那條道上的？報上名來！想到將軍府來刺殺公主嗎？看劍！」

魯超一柄長劍在手，劍身白光閃爍，舞出一道道劍影，左封右架，前掃後刺，首先護定了蘭馨公主，接著劍法一變，出招攻向黑衣殺手。他招招致命、劍劍奪魂，勇武無比，一個人打好幾個人，眾殺手無法近身。蘭馨也亂殺亂砍一氣，殺手生怕傷害到蘭馨，竟然一時之間，無法得手。

公主院中，呼救的聲音尖銳雜亂，隱隱傳到了畫梅軒。皓禎和吟霜還沒睡，吟霜驚喊：

「公主院？有人在喊救命！」

「不好！一定公主又發病了，我得趕快去看看！」皓禎說。

吟霜回頭往屋裡跑，急急說道：

「我去拿藥箱！你先走，我馬上來！」

皓禎一邊飛跑而去，一邊對吟霜喊道：

「妳不許來！妳待在畫梅軒就好！」

皓禎用輕功，一連幾個縱躍，快速來到公主院，就聽到裡面有打鬥的聲音，他踢開大門，闖進門去。一見屋裡有黑衣人出現，立刻飛身上前，施展「少陽長拳」，身手拳掌、電

著：

出如風，步法凝立、靈活快捷，腳踏青龍白虎方位，遊走朱雀玄武之間；拳掌交錯、砍劈架

擋，腿腳無形，左踢右踹，拳拳到位，腳腳不空，數個呼吸之間，就打倒了五、六個殺手。

按這「少陽長拳」，最適合於貼身近戰。可以空手入白刃，出其不意、攻其不備。皓禎大吼

著：

「這兒是怎麼回事？」

只見兩個殺手已經制服了蘭馨，各自拉著蘭馨的胳臂，就想把蘭馨帶走。

魯超力敵數人，喊道：

「公子！有人要劫持公主！他們為公主而來，快救公主！」

皓禎一聽，立刻撲向公主面前，和兩個黑衣人過招。皓禎邊打邊問：

「誰派你們來的？這兒是將軍府，你們以為可以輕易脫身嗎？居然敢冒犯公主！你們瘋

了？趕快棄械投降！」

皓禎說著，已經把其中一人猝不及防的打倒在地。另外一個殺手，眼看皓禎武功高強，

急切中，用長劍一橫，架在蘭馨的脖子上，威脅的說道：

「你敢過來，我立刻殺了公主！」

皓禎一愣，生怕傷到蘭馨，被迫退後一步。皓禎大喝：

「住手！你們跟公主有什麼仇？快放開她！如果傷了她一根寒毛，我都要你的命！」

蘭馨在生命威脅下，忽然有點清醒了，大喊：

「皓禎，不要跟他廢話，把他殺了就是！我才不怕什麼劍橫在我的脖子上，大不了就是人頭落地，有什麼了不起！殺了他！殺了他！」

殺手大驚，劍往後收，劍刃緊緊抵住蘭馨的咽喉。

就在如此緊張時刻，吟霜拎著藥箱，急急趕到，走進大廳，看到這等場面，頓時目瞪口呆。

同時，將軍府的衛士，已經趕到，把一眾黑衣殺手，打得傷的傷，倒的倒。眾殺手見性命不保，落荒而逃。室內只有挾持蘭馨的殺手，進退不得，還在堅持著。

皓禎還在對殺手喊話：

「放開公主！本將軍饒你不死！」大喝：「還不放下你的劍！」

「本公主不怕死，皓禎儘管攻上來！」蘭馨大喊著，還用腳去踢殺手。

殺手一急，橫在蘭馨脖子上的劍立刻一緊。頓時，蘭馨脖子上見了血。殺手大喊：

「都退後，我要帶走公主！再過來，我就殺了她！」劍又往後收緊。

皓禎一看，情況危急，只要殺手的劍再往後收，蘭馨就會沒命。情急中，什麼都顧不得

了，飛身上前，一伸手，竟然徒手去抓那把橫在蘭馨脖子上的劍。

「放下你的劍！」皓禎對殺手急喊。

皓禎就抓住長劍的利刃，用力往後拉。他的手立即為利刃所傷，鮮血一滴滴的往下滴。門口的吟霜，也魂飛魄散了，痛喊……

蘭馨震驚至極的看著在她眼前的皓禎。

「皓禎！你的手會廢掉的……」

皓禎繼續用力拉那把劍，劍已微微離開蘭馨的脖子。

吟霜瞪著殺手，手中藥箱落地散開，一些針灸用的銀針散落在地。吟霜想也沒想，勇猛的抓起一把銀針就刺向殺手的手臂，一疼鬆手，劍便離開了蘭馨的脖頸。皓禎及時鬆手離劍，一腳踢開了殺手，緊接著再一腳踢飛了長劍。

殺手的劍噹的一聲落地，皓禎手上鮮血直流。他用沒有受傷的左手趕緊拉過蘭馨，蘭馨撲進了皓禎懷裡。她混亂驚愕感動的抬頭看著皓禎，說道：

「皓禎，你居然徒手去抓那把劍，你流血了，你受傷了……你……你……」

蘭馨話沒說完，就暈了過去。魯超早已上去，把殺手牢牢抓住。

吟霜奔上前來，抓住皓禎流血的手。吟霜說道：

「還好，我帶了藥箱來，我趕緊幫你止血！」

吟霜就急急忙忙幫皓禎止血，看著傷口，再包紮起來。

「這傷口要縫，先包著，回到畫梅軒再處理！我先看看公主！」

被打倒在地、目睹一切的崔諭娘已經爬到蘭馨身邊。崔諭娘雖然驚怕，但經過剛剛的大震撼，只是默默無語。吟霜拿了幾包藥給崔諭娘，說道：

「這個會幫助公主恢復平靜，兩個時辰一帖，是我特別為公主配的，隨時都放在藥箱裡。」把藥膏也交給崔諭娘：「傷口很淺，用這個藥膏，一天擦三次，過幾天就會好，不會留疤的。」

崔諭娘親眼目睹吟霜禦敵，驚懼的收下了藥。

皓禎包著白布的手，很快又被鮮血染紅了。

吟霜拉著受傷的皓禎，收拾了自己的藥箱，兩人就迅速的回到畫梅軒。

香綺、小樂全部驚醒了，起身幫忙吟霜。吟霜捧著皓禎的手細看，香綺在一邊用燭火為縫線的針消毒。皓禎又氣又急問：

「妳剛剛怎麼拿著銀針去刺殺手，萬一有個閃失怎麼辦？妳簡直嚇壞我了！」

「沒辦法！我當時只有本能的想救你，會用一把銀針去刺那個殺手，還多虧上回蘭馨用

一把銀針刺我，依樣學樣，你別生氣！」

皓禎雖手痛咬牙忍著，還是抱怨著⋯

「還好妳沒有出事！下次不可以再做這麼危險的事！」

「好好！我知道！先療傷要緊，現在你有兩道傷口，一道在手指上，一道在手掌下方，你這右手，除了原來的傷痕，又多了兩條！我先幫你縫，只怕會留疤！」

吟霜說完，趁皓禎不注意，就對著傷口運氣止痛。皓禎大驚，急忙用左手去拉她⋯

「我不怕痛，妳儘管縫！不要再為我消耗體力！」

「好了好了，我現在就開始縫！」

吟霜開始縫合傷口，香綺幫忙，看得心驚肉跳，喊道⋯

「公子！怎麼弄這麼兩條大傷口？您都不會痛啊？居然用手去抓劍？」

吟霜專心的縫合著，傷口縫好了。吟霜用剪刀剪掉線頭。

「好了，香綺，妳趕快去睡吧！」

香綺走了，吟霜就捧起皓禎的手，察看縫線。皓禎忍不住警告⋯

「現在妳也不許再傷元氣！縫線之前，又用了妳的止痛藥！如果妳再敢對我的傷口消耗妳的體力，我會跟妳生大氣，立刻翻臉，真的！縫了線，七天之後拆線就好了！」

吟霜抬眼看著他，說道：

「我現在確實沒有力氣再幫你止痛，但是，我過兩天就可以！要不然，這手寫字練劍都會成問題，一定要徹底治好！」

「過兩天也不許！妳別在意我的傷……」看著縫線說：「本來只有樹幹，多了這兩條傷痕，有了樹枝，更像梅花樹了！」

吟霜繼續看著他，好半晌無語。皓禎安慰的、柔聲說：

「怎麼了？我不痛，真的！」

吟霜崇拜的看著他，像看著一尊神：

「我只是想……告訴你，那個徒手抓住劍的你，實在是太神勇了！」

吟霜說完，就低頭幫他細心的包紮著傷口。皓禎用沒受傷的手，輕輕撫摸著她低俯的頭頸。

魯超來到房門口，詢問皓禎：

「公子！那刺客什麼都不肯說，要不要殺了他？」

「把他交給漢陽吧。劫持公主，這是大理寺該追查的案子。」皓禎想了想說。

「是！明早就押解過去！」魯超退下。

「為什麼有人要劫持公主？」皓禎深思的問。

「將軍府弄丟了公主會怎樣？」吟霜想想說。

「哦！這麼說來，依然是伍家人幹的？」皓禎恍然大悟的說：「我明白了！我想，這案子送到大理寺，也是一椿破不了的疑案！」

❖

第二天早上，因為吃了吟霜配的安神藥，蘭馨很晚才從睡夢中醒來。宮女和崔諭娘娘急忙上前，準備幫她梳洗。蘭馨坐起身子，恍恍惚惚的看著崔諭娘。眼前，閃過皓禎徒手抓劍救她的畫面。似有似無，疑夢疑真，但是，那個影像非常清晰。蘭馨疑惑的問：

「昨晚，是不是駙馬徒手抓劍，救了我一命？」

「是的是的！可見……駙馬爺心裡，還是挺在乎公主的。」崔諭娘感動的說。

「後來呢？是不是那白狐救了駙馬？」蘭馨回憶著。

崔諭娘愣了愣，只得坦白的點頭：

「是的，她抓了一把銀針，去刺那個刺客！」

蘭馨陡然寒意襲來，一個震顫，害怕的說：

「我知道我知道，黑狐狸也鬥不過白狐狸！那麼多隻黑狐狸，還是鬥不過一隻白狐狸！

我怎麼鬥得過她呢？就算駙馬對我好，那狐狸對駙馬更好，不是嗎？」用雙手抱住自己，發抖著：「崔諭娘，我很冷很冷……」

崔諭娘趕緊上前，憐惜的用棉被包住蘭馨，再把她抱在懷裡。

❖

這次劫公主事件，讓伍震榮又徹底打了一個敗仗。他把項魁叫到榮王府，氣得快要發狂，看到這個成事不足、敗事有餘的兒子，簡直不知該把他怎麼辦才好。對著項魁，就憤憤的把手裡的杯子，對他扔了過去，項魁一閃，杯子落地碎裂。

「笨蛋！笨蛋！什麼殺手武士，都是一群廢物，公主沒有到手不說，居然還死的死，逃的逃！還有一個被捕，成了人證！萬一他招供了，怎麼辦？那漢陽又是一個不通氣的死腦筋！難道又要本王去跟方世廷疏通！」

項魁縮頭縮腦，畏首畏尾的說：

「爹！項魁又沒把事情辦好！不過，那個人證不用擔心，我自有方法讓他閉嘴！上次那些亂黨，我不是都讓他們閉嘴了嗎？」

「你最好讓他閉嘴，不然我扒了你的皮！」伍震榮的吼聲，幾乎震聾了項魁的耳朵。

# 69

漢陽的書桌上堆滿了各種卷軸，他正專心的核對審查著。靈兒忽然衝進書房，急急的問道：

「漢陽大人，前幾天將軍府送來的那個刺客，審問出結果了嗎？」

漢陽頭也不抬的，煩躁的說：

「那個想劫持公主的案子嗎？那是個懸案，無法破案！」

靈兒一驚，生氣的大聲嚷：

「怎麼會呢？你沒有好好的審問一下嗎？皓禎那晚還受了傷，幸虧吟霜會治療……這麼大的案子，要劫持公主，你把這案子吃掉了嗎？」

漢陽把筆一放，瞪著她生氣的說：

「什麼叫『把案子吃掉了』，你說話要小心！」

靈兒氣呼呼的、直率的說：

「漢陽大人，你最近很奇怪，長安城抓亂黨的案子，你不但不管，還跑到城外去逍遙！伍項魁那個大壞蛋，多少人證看到他嚴刑逼供，你到現在還沒把他抓起來！還有那些被毒死的冤魂，你通通不管！現在又不辦公主的案子……你這個大理寺丞有問題，我不當你的助手了！」

漢陽忙碌的翻閱著文件，冷冷的說：

「請便！既然不是我的助手，就出去別來煩我！」

「難道你不能給我一個理由嗎？只要你的理由充分，我也可以原諒你！」

「我不需要你原諒！也不需要向你稟報！」漢陽啼笑皆非的說。

漢陽才說完，微服的太子和寄南一起走進房。太子有力的說：

「不向裹兒稟報可以，能不能向我稟告呢？」

「當然還有我這個助手，我們對你都有同樣的問題！」寄南接口。

漢陽抬頭看到太子，大吃一驚，趕緊起身行禮說：

「太子！你怎麼來了？」看門外：「那些衛士怎麼沒有通報？」

「是我把太子偷偷帶進來的！」寄南說：「他扮成我的隨從，就進了你這個銅牆鐵壁的宰相府！我知道如果不把他帶來，恐怕我只能和你在魚池裡大戰食人魚！」

太子緊緊盯著漢陽，有力的說道：

「有人對我說，仰不愧於天，俯不怍於人！我相信了這個人，也相信了他的操守！但是，目前看不到這個人有所作為。請問大理寺丞，我該懷疑這個人嗎？」

漢陽把桌上的卷軸整理了一下，放在一個袋子裡，對太子、寄南、靈兒說道：

「這兒不是談話的地方，我們出去談！」

四人出門，漢陽命人備馬，上了馬，奔馳到無人的曠野草原上。鄧勇帶著兩個便衣衛士，遠遠的跟隨保護著。漢陽看到四處無人，就勒馬停駐，下馬說道：

「太子願意在這草地上小坐一下嗎？」把馬背上的袋子取下。

「當然，這兒應該是個談話的好地方！」太子躍下馬背。

「寄南、靈兒也下了馬，四人在河邊草地上坐下。河水潺潺，遠山隱隱，清風徐來，綠草如茵，確實是個安靜的談話之處。只是快入冬了，天氣有點冷，好在四人都不在乎。寄南坐下就說：

「漢陽，我們就坦率的把問題攤開來談，你不需要過多的解釋，我們只想知道這些日子，

你到底查到了什麼？準備如何處置？」

「還有為什麼你不辦那些三大壞蛋？」靈兒強調，她恨死那個殺了吟霜的爹，又把她軟禁多日，還害死了小白菜的伍項魁！

漢陽抬頭看著三人，臉色憔悴，嘆了口氣，正色說道：

「因為大理寺人犯中毒那晚，我得到密報，不止長安，咸陽、洛陽、太原也在抓亂黨，傷亡慘重！我當晚就趕到咸陽，接著又去了洛陽，本來還要去太原，實在放心不下長安，這才趕回來！」

「你所謂的『傷亡慘重』是無辜的老百姓嗎？還是真的亂黨？」太子震驚的問。

「你們聽過民間和朝廷中，都有人參加的一個忠貞愛民的組織嗎？好像有個代號，我還沒有查出來，可能是用錢幣的名稱！」漢陽說。

靈兒和寄南同時驚喊：

「啊？錢幣名稱？」

太子急急問道：

「是這個組織傷亡慘重？」

「不錯！」漢陽說：「我飛奔到咸陽，是想把這些愛民的忠貞份子，搶救下來！長安那

些死難的，已經救不回了，可是還有很多救得回的！所以我連續奔波了好多天，當時分身乏

術，顧不得大理寺了！」

寄南震撼的看著漢陽問道：

「那……漢陽大人，你救下了那些忠貞份子嗎？」

「救了一部分，犧牲了一部分！顧此失彼呀！」漢陽沮喪的說。

「你同情那些忠貞份子？不把他們看成亂黨？」

「我是本朝的官員，當然認同本朝的擁護者，亂黨應該指的是想叛變的人！」漢陽清晰

有力的說道。

「那你回到長安，怎麼還不幹掉伍項魁？」靈兒問。

「你們聽過一句話嗎？『欲擒故縱』！」漢陽說。

「當然聽過！你在『欲擒故縱』嗎？」太子不得不對漢陽另眼相看。

漢陽把手中一個卷軸打開，攤在地上，說道：

「這張圖，也是讓我當晚離開長安，飛奔到咸陽去的原因！這是那天監牢裡一個將死的

囚犯，給我的線索，我根據那線索到咸陽，找到了這張圖！」

太子、寄南、靈兒都去看那張圖，太子、寄南臉色大變。太子震驚起立：

「這張圖可靠嗎？居然如此大膽！」

「這是天大的事，這還得了？」寄南驚喊。

靈兒實在看不懂那張圖，還在糊塗中，忽然聽到鄧勇大喊的聲音⋯

「什麼人？要過去先過我這一關！」

四人回頭，只見鄧勇和幾個衛士，已經和一群騎馬的黑衣蒙面人打成一團。太子迅速捲起地上的卷軸，回身就和騎馬飛奔而來的黑衣人交手。太子拔劍，一手持劍，一手用卷軸當武器，「白蛇吐信」、「黑熊翻背」、「燕子抄水」三招接連使出，攻其上、中、下三路，然有用，黑衣人紛紛墜馬，竟然全部直奔向漢陽。太子大喊⋯

和黑衣人打得難解難分。靈兒拿著流星錘，對著黑衣人的馬腿一陣「狂風掃落葉」。這招居

「漢陽！到我身後來！我保護你！」飛竄過去攔在前面。

寄南也喊⋯

「漢陽！我擋在你前面，你站在那兒不要亂動！」

靈兒怒罵⋯

「你們是哪條道上的？居然要打我不會武功的大人！看我的風火球怎麼對付你們！」她抓了一把河邊的沙子，拋向黑衣人的眼睛，居然又逐退了兩人。

漢陽被三個人保護在中間，動也不動。大家繞著圈子和黑衣人打。鄧勇等衛士，已經打倒了對手，全部騎馬奔來護駕。對方眼看不敵，一聲呼嘯，全部撤離。

敵人來得急，去得快，轉眼消失無蹤。

漢陽趕緊拿回太子的卷軸，放進袋子，掛回馬背上。太子對漢陽警告的說道：

「以前，刺客要對付的都是我，這次的目標卻是你！漢陽，千萬小心，只怕你手中的若干證據已經暴露了！你爹也是你的阻礙！」

寄南心有餘悸的看漢陽，嚴肅說道：

「從今天開始，我要教你武功！你每天得抽出空來練武！否則，我只能當你的保鏢，不能當你的助手了！」

「謝謝好意，現在練武已經來不及！漢陽早把生死置之度外，只求太子和兩個助手不要再懷疑我的任何行動！」漢陽誠摯的說。

「那麼，伍項魁還命不該絕？」靈兒問。

太子和寄南看過了卷軸，同聲說道：

「是！欲擒故縱！」

❖

皓禎沒有參加那四人會議，因為手傷還沒痊癒，太子、寄南等人，都知道蘭馨差點被劫的事，個個對蘭馨這樁婚事，都代皓禎捏把冷汗。怎麼皓禎娶了蘭馨，會鬧出這麼多問題？

那吟霜簡直像在刀口過日子，大家都後悔，當初應該全力阻止這婚事的。現在，說什麼都晚了，看皓禎應付蘭馨都來不及，許多天元通寶的事，也不敢去煩皓禎。

這天，公主院裡又熱鬧得很。許多宮女忙碌著，在公主院各處，包括大廳、臥房、院子、長廊、花園、樓梯、亭子……貼著符咒。蘭馨手握著一把從道觀求回來的符咒，指揮宮女到處黏貼，監督著說：

「貼貼貼！你們一個縫隙都不能放過，嚴嚴密密的貼牢了！包括公主院的小廚房都要貼上符咒。院子的柱子上、窗子的窗格裡，亭子的頂上……每個角落裡都貼！」

宮女齊聲回應。

「是！遵命！」趕緊拿著符咒，到處貼著。

崔諭娘走近蘭馨，拿著一面琉璃鏡說：

「公主，道觀的仙姑還給奴婢一個照妖鏡，她說這個鏡子是西域來的琉璃鏡，掛在公主的床頭，能防止妖魔鬼怪靠近，也能幫助公主晚上睡個好眠！」

蘭馨像是如獲至寶，欣喜的接下琉璃鏡，把玩著。

「哦！這琉璃還亮閃閃的，一定很有功力！既然有這麼好的東西，快點掛上去呀！有了滿屋子的符咒，再加上這個照妖鏡，咱們就不怕那個妖狐白吟霜了！」

「是啊！奴婢這就去掛上鏡子！」崔諭娘積極的說。

蘭馨拿著黃色符咒，親自到處張貼著，一面貼一面說：

「貼！貼！貼！到處貼！本公主天不怕地不怕，哈哈哈哈……」

❖

在畫梅軒裡，吟霜帶著香綺，把配好的藥一包包收進藥箱裡。再檢查藥櫃裡的藥材夠不夠，正在忙碌中，小樂忽然奔來喊：

「吟霜夫人，妳千萬別去公主院！那公主好像越來越瘋了！現在她把整個公主院都貼滿了符咒！小的剛剛看了一眼，那公主眼睛發直，到處貼符，像個中邪的人一樣！」

「真的？公子知道嗎？有沒有請大夫給她瞧一瞧？」吟霜關心的問。

「別管她！誰管她誰會倒霉！」香綺害怕的說。

「別管她！別管她！」

吟霜深思著，忽然想起白勝齡，曾經對她耳提面命的說過：

「吟霜！妳記住，咱們學了醫，是要濟世救人的，這是我們的使命！不管什麼疑難雜症，我們都要抱著以身試藥的態度去治，儘管以身試藥有時會傷到自己，也在所不惜！治療

病人，沒有任何藉口退縮！」

吟霜就在大家都沒注意的時候，抱著藥箱，單槍匹馬的踏入公主院院門，心想：

「如果我不來試一試，我對不起皓禎，對不起公主，也對不起我死去的爹娘！雖然來一

趟可能很傻，我還是要走這一趟！」

吟霜看到滿院符咒驚愕無比。宮女們看到吟霜單獨進門，也驚愕無比，喊著：

「崔諭娘！崔諭娘！將軍府有人來了！」

蘭馨和崔諭娘奔出房，一見吟霜，兩人都傻了。吟霜就誠摯的說：

「公主！我特地來看看您，我不是白狐，真的！您不要再被白狐這個謠言給害了，您要

走出這個幻想，您的病才會好！您看！這些符咒對我都沒用，不是嗎？」就一邊走，一邊撕

掉那些符咒。

蘭馨大驚，喊道：

「符咒沒有用！她居然穿過院子，走進大廳，還撕掉符咒！她的功力太強大了！」就往

房裡衝去，喊著：「崔諭娘！照妖鏡！趕快給我照妖鏡！」

崔諭娘嚇得發抖：

「是是是！我去拿，公主小心！」

「公主，您看看我！」吟霜苦口婆心的說道：「和您一樣的皮膚，一樣的頭髮，您怎麼會認為我是狐狸呢？那些傳言才是讓您生病的主因，不是我啊！您現在是不是常常心跳得很厲害？是不是夜裡睡不著？是不是會出冷汗？是不是很不快樂？」

「妳怎麼知道？」蘭馨驚恐：「如果妳不是妖狐，妳怎麼知道我出冷汗睡不著？妳白天黑夜都守著我嗎？妳隨時跟著我嗎？」

「不是！我是大夫呀！我說的是您的『症狀』，這些都是生病的現象，就像發燒一樣！吃藥就會好的。如果您肯讓我把脈，我會開藥給您，吃了之後，您這些現象都會消除！公主，讓我幫助您吧！」就上前一步。

蘭馨驚恐的後退⋯

「不要過來！不要過來！妳想把我怎樣？」

崔諭娘拿著照妖鏡，飛奔而來，喊著⋯

「照妖鏡！照妖鏡來了！」把照妖鏡交給蘭馨。

吟霜誠懇的，坦然的站著說⋯

「我站在這兒，我不動！公主，妳儘管用照妖鏡照我，如果照出我是白狐，妳就殺了我！如果照不出來，就證明我是人，那妳就聽我的話，讓我幫妳治病好不好？」

「我不跟妖狐談條件！我根本沒有病，是整個將軍府病了！是皓禎病了，他們全部被妳這個妖狐附身！」蘭馨喊著，把照妖鏡對吟霜一照，大叫：「照妖鏡！照出她的原形！」

吟霜站著讓她照，一臉的坦蕩與真誠。

「咦！照不出來！」蘭馨看看照妖鏡，再看看吟霜，驚恐，再叫：「照妖鏡！照出她的原形！照出來！照出來！咦，還是照不出來！」

「現在妳相信我不是妖狐了嗎？不是嗎？妳所有的方法都用過了，這些……我都可以幫妳治好，妳坐下來，讓我把脈行嗎？」

吟霜說著，就往前走。忽然間，蘭馨飛撲過來，把吟霜打倒在地，恐懼的用鏡子拚命打著吟霜的頭，喊著：

「我打出妳的原形！照妖鏡，打出她的原形！」

❀

皓禎並沒有出門，他在雪如那兒，讓雪如檢查他那癒合得很好的手傷，聽著雪如的叮囑：

「要對吟霜好一點，要更加珍惜她一點，要問問她以前在山裡的生活，要關心她所有的事，還要早些再懷個小寶寶……」正談著，忽然小樂衝進房喊著：

「不好了！公子，都是我多話，吟霜夫人單槍匹馬去了公主院！」

「什麼？」皓禎大驚……「她一個人去？魯超呢？」

「將軍把魯超帶出門了，小的也不知道吟霜夫人會去！」

皓禎掉頭就跑，嚷著：

「她永遠學不到教訓！要急死我……」

「秦媽！我們也去！」雪如膽戰心驚的喊著。

❖

在公主院大廳中，蘭馨壓著吟霜，繼續用照妖鏡拚命打著她。

吟霜躲避鏡子，掙扎喊著：

「公主！我跟您說了那麼多，您想一想呀！大家都說您是最聰明的公主，為什麼會這樣傻，相信那些傳言呢？」

「妳竟敢說本公主傻！我就用這照妖鏡，打出妳的狐狸原形！」

蘭馨左手壓著吟霜的脖子，右手不停的用照妖鏡打著吟霜的頭。吟霜無法呼吸，喊著……

「公主，快放開我，不要打了！」

「照妖鏡，快快讓這個妖女現形！照妖鏡，趕快發生作用！照妖鏡……」

忽然，照妖鏡的琉璃被蘭馨打破了，碎片四散。鏡子突然破裂，一旁觀看的崔諭娘和宮

145

女們都震懾無比。蘭馨見到照妖鏡破裂，更加恐懼，抓起一片銳利的琉璃破片，用破片抵著吟霜的臉頰：

「連照妖鏡都收拾不了妳！妳分明是妖狐！本公主就先劃破妳這張勾魂的臉！」

就在這緊張時刻，雪如、秦媽、皓禎、小樂衝了進來。皓禎大喊：

「蘭馨！住手！」

蘭馨手握琉璃碎片，抬頭看著急急趕來的雪如等人，又是驚恐，又是憤怒的大叫：

「誰敢過來！每次我收拾這妖狐，你們就趕來救她！」

皓禎飛快的竄上前來，伸手一招「小擒拿」，抓住了蘭馨握著琉璃碎片的手，把她雙手剪到身後。雪如和秦媽就急忙上前，去拉起在地上的吟霜。吟霜被拉起時，從衣服內掉出了狐毛玉珮，她趕緊拾起玉珮，收進衣服內袋裡。蘭馨看到狐毛玉珮，驚恐萬分，失聲尖叫：

「狐毛玉珮！狐毛玉珮！狐毛玉珮……被我敲碎的狐毛玉珮居然還魂了！崔諭娘，妳看到了嗎？那個打碎的玉珮也會回來！她不是妖狐是什麼？」

「奴婢看見了！」崔諭娘顫抖的說。

「看見什麼了？」皓禎氣憤的說：「玉珮嗎？大驚小怪！以前那個被蘭馨敲碎的，是我送給吟霜的！」

雪如生氣的接口：

「現在這個玉珮是我送給她的，難道我也是妖狐嗎？」

蘭馨回頭看崔諭娘，顫聲的說：

「將軍府全家都被附身了！他們一個護著一個，死的都能說成活的！怎麼辦？怎麼辦？」

抱住崔諭娘，恐懼已極。

「公主，不是的，玉珮本來就有兩個，不要怕……」吟霜還想說明。

皓禎對吟霜生氣的一喊：

「解釋有用嗎？越解釋越糟！妳的經驗還不夠多嗎？跟我走！」

皓禎拉著吟霜就走。雪如、秦媽、小樂都急急跟去。

❖

回到畫梅軒，皓禎就氣極敗壞的看著吟霜，吼叫著：

「妳到底想做什麼？妳去治療公主，妳以為妳是觀音菩薩嗎？現在只有菩薩能幫助她！

妳又沒武功，又不會打架，就靠妳的熱心和堅持，有用嗎？我一會兒沒看著妳，妳就跑去自投羅網！」

「我想試一試。我爹說，以身試藥是冒險的行為，但是，也是必須的事！我覺得我也

好，你也好，將軍府也好，對公主都有一些責任，畢竟她是好端端嫁過來的，現在病成這樣，我們有責任治好她！」吟霜歉然的解釋。

「責任！責任！」皓禎生氣說：「我說過，不要再喚起我的罪惡感，妳就是不聽！我也知道有責任，我也努力想去治好她，結果怎樣？妳不是沒看見，居然還要去被她打！妳看，頭上又被打得紅一塊，青一塊！上次用木劍劃傷妳的臉，妳忘了嗎？妳是不是嫌自己太漂亮，一定要毀掉自己的容貌？」

吟霜看皓禎如此生氣，不敢說話，拿著藥罐，對著鏡子擦藥。銅鏡模模糊糊，看不清楚。皓禎一把搶過藥罐，說道：

「我來！」看看吟霜臉上的瘀傷，更加生氣，把藥罐重重往桌上一放：「好多事要跟寄南、啟望談，為了妳都不敢走開，再這樣下去，我們每個人都會瘋，妳會一個人跑去公主院，一定也是瘋了！我快瘋了！我娘也快瘋了！我看到妳又被公主壓在地上打，我真的瘋了……」

吟霜一把抱住了他，用臉頰貼著他，哀聲說道：

「我承認我太傻！最後一次，再也不試了！只要你不跟我生氣！」

皓禎深吸口氣，平靜了一下自己，再度拿起藥罐，推開她，幫她擦藥。

皓禎陷在蘭馨和吟霜的問題之中，一時分身乏術。太子卻有太子的問題，自從看過漢陽找到的卷軸，太子心上就沉甸甸的。這晚，太子背著手，在室內走來走去，心事重重。太子妃看著他，揣測著他的心事，青蘿在一邊侍候著茶水。

「太子，您已經在這房間裡，來來回回走了幾百圈，如果心裡有事，能不能跟我談談呢？」太子妃問。

「沒事！妳不必擔心！」太子心不在焉的說。

「時辰不早了，您還不休息？」太子妃問。

「我想再走走，妳先去休息吧！看看佩兒睡得好不好？」

「奴婢剛剛去看過了，白羽陪著他，睡得可香了！」青蘿接口。

太子妃深深看了青蘿一眼，說道：

「青蘿，妳不應該是奴婢，早就不應該了！」就含意深刻的看看太子：「那麼，我先去睡了！青蘿，好好照顧太子！」

「是！」青蘿恭敬的說。

太子妃退下了。太子回頭看看青蘿，說：

「太子妃心心念念，要把妳跟我湊在一起，我想，妳心裡也明白吧！」

「是！青蘿明白！」青蘿垂下眼瞼。

「秋峰的功夫學得如何？」

「謝太子！」青蘿笑了：「他學得可好了！現在舞起那大刀，虎虎生風！將來一定是個大將！他說，要永遠追隨太子，如果要他上戰場，他要馬革裹屍，報答太子！」

「哎！話說得不對，應該說，如果要他上戰場，百戰百勝，報答太子！」

「是！奴婢轉告他，讓他跟太子重說一遍！」她看太子：「太子的心事，青蘿能夠知道嗎？或者青蘿可以幫太子分析一下！」

「唉！」太子一嘆：「不外是朝廷上的事，百姓的事，奸臣和忠臣的事，皇上的事！社稷的事！」

「皇上和太子，已經誤會冰釋！那麼就是百姓的事，奸臣和忠臣的事，江山社稷的事！」

「太子安心，邪不勝正！」青蘿說。

「可是，我看到太多邪能勝正的事！很擔心朝廷上，一些正直的人，被奸臣謀害，上次『抓亂黨』的事件，留下許多問題！」忽然看著青蘿說道：「我們一定要談這麼嚴肅的問題嗎？」

「太子想談什麼呢？」青蘿小臉一紅。

太子走向青蘿，輕輕把青蘿攬進懷中。

「問妳一個問題，必須坦白回答我！」

「是！」青蘿低聲的回答。

「妳喜歡我嗎？」太子柔聲問。

青蘿抬頭看著太子，誠實的說道：

「喜歡！很喜歡！非常非常喜歡！」

「以前問過妳一次，那時妳才來沒有多久，現在妳已經來了這麼久，或者想法會有改變，再問妳一次，想當我的『孺子』嗎？」

青蘿想推開太子，但是太子牢牢不放。青蘿就低垂著頭，真切的說道：

「太子！青蘿上次就說過，敝帚之身，難侍君子！我會永遠感恩太子對我的恩惠，但是，絕不敢用我殘花敗柳的身子，玷污太子的清譽！不，我不能！請太子把對我的錯愛，放在心中，我們心照不宣吧！我會珍惜太子，尊敬太子，永遠永遠跟隨太子！」說著說著，眼中含淚了。

太子一嘆鬆手：

「如此女子，讓人不佩服也難！去吧，青蘿！我也會尊重妳的意志，絕對不會勉強妳！

雖然，我對妳用『殘花敗柳』四個字形容自己，是非常不以為然的！我不會在乎那個！反而

因此更加憐惜妳，忍辱偷生是件最困難的事，妳不能因為壞人對妳犯下的罪惡，來懲罰妳自

己，我也不會因此而輕視妳！」

青蘿感動到熱淚盈眶，輕聲說：

「那四個字？」

「還有四個字，是太子這一生都要面對，逃不掉的！」

「人言可畏！」

青蘿清晰的回答：

太子不禁一怔。是啊！如果他不是太子，或者可以逃開種種批判，就因為他是太子，有

些禁忌，是再也逃不開的！他呆呆的看著青蘿，這個小小的女子，有著大大的胸懷！她沒有

為自身考慮，沒有想攀龍附鳳，她考慮的，是太子的聲望！在這一剎那，他有更深的體悟，

**男女之間的愛有很多種，一種最普遍，是佔有！另一種最艱難，是犧牲！**他凝視著青蘿的眼

光，瞬間兩人已用眼神交換了千言萬語。

「那麼，就終生留在我身邊吧！讓我能夠常常見到妳，聽到妳為我做的種種分析！」太

子忍痛說道：「這是我的自私，我失去過妳一次，不想再失去妳！寧可委屈妳，但也尊重妳，我不佔有妳，卻不放開妳！等到有一天，或者會柳暗花明，行嗎？」

青蘿跪在他腳下，磕頭說道：

「那正是青蘿夢寐以求的！謝謝太子的成全！」

太子把她從地上拉了起來，兩人深深互視著。半晌，太子說道：

「去吧！在我還能控制自己的時候！」

青蘿就行禮退下，輕聲說道：

「奴婢告退！」

太子看著她離去的背影，自言自語的說道：

「最起碼，她在我身邊！比起『盈盈一水間，脈脈不得語』強多了！人，不能貪婪，不能強求！有知音如此，該滿足了！」忽然，他對皓禎有了另一番的瞭解。就因為尊重蘭馨，才不能佔有蘭馨！只因為尊重吟霜，才不能辜負吟霜！只是，這種境界，幾人能體會呢？幾人做得到呢？

70

這天，吟霜和香綺都穿著一身素服，兩人將水果和祭奠的食品放進籃子，準備出門。皓禎下朝回來走進院子，詫異的打量兩人。皓禎問：

「妳們要出去？」

吟霜抬頭看皓禎，眼神悽楚的說道：

「皓禎，你讓魯超準備馬車，陪我去一趟我爹的墓地，今天，是我娘的祭日，我娘的墓在深山裡，我只好去我爹的墓地，我相信我娘的魂魄，一定徘徊在那兒，我等於祭拜了爹和娘！」

「要去祭拜妳爹娘？那我換件衣服陪妳去！」皓禎說。

正好雪如帶著秦媽過來，皓禎就對雪如說道：

「娘，我陪吟霜去祭拜她的爹，今天是她親娘的祭日！」

「親娘的祭日」幾個字，像針一般刺進雪如的心，說不出有多痛！她看向吟霜，接觸到吟霜悽然的眼神，吟霜像是需要解釋一般，對雪如說：

「我有好多悄悄話，想對我娘說！只能在我爹墳前，說給他們兩個聽！」請求允許的說：

「我已經很久沒去上墳了！」

雪如癡癡看吟霜，驚痛而憐惜的說道：

「悄悄話？想對妳娘說？那……我和秦媽，也去祭拜妳爹一下吧！謝謝他們為我……養育了這麼好的……兒媳婦！」

於是，魯超駕著馬車，皓禎騎著馬，大家來到勝齡的墓前。只見墓碑上，猛兒赫然站在上面。吟霜、雪如、秦媽、香綺等人下了馬車。吟霜看到猛兒，頓時飛奔而上，熱烈的痛喊著：

「猛兒！猛兒！自從我進了將軍府，你只有偶然從天空飛過，都沒有跟我親熱一下！原來你幫我來守墓盡孝了！」

猛兒就飛到吟霜肩上，用腦袋摩擦著吟霜的下巴，充滿依依之情。雪如和秦媽，震撼的看著。雪如對秦媽低語：

「這就是那隻通靈的鳥兒——猛兒？」

「牠認得吟霜夫人，牠還會守墓？」秦媽敬畏的說，看著猛兒。

魯超幾乎是尊敬的說：

「牠會的事可多了，牠一直在默默的保護著吟霜夫人。」

皓禎走到吟霜身邊，對猛兒說道：

「猛兒，別來無恙！謝謝你幾次提醒我去救吟霜！」伸出胳臂：「到我這兒來吧！讓

吟霜跟她爹娘說說『悄悄話』！」

猛兒就振翅飛來，停到皓禎手臂上。

吟霜擺好了祭品，手持香火，跪在墓前，對著墓碑，虔誠低語：

「爹！娘！吟霜不孝，不能常常來上香，家裡一直發生好多事情！但是，我從來沒有停

止過想爹娘！」說到這兒，聲音哽咽，眼淚就流下來：「娘！不知道妳在不在這兒，我好多

事情只能跟親娘商量呀，好多心事只能跟親娘說呀！妳不在，我去跟誰說呢？我心裡有個缺

口，那是皓禎也無法填補的，只有娘，妳才能告訴我，一些事情的對和錯！我不懂呀，我需

要妳呀……」

皓禎十分震撼的聽著吟霜的告白，不知道那缺口是什麼？心亂了起來。

雪如淚水奪眶而出，原來吟霜有很多心事要跟親娘說，原來她心上有個缺口，只有親娘才能彌補的缺口，她就在吟霜面前呀！那缺口是什麼？她聽著，心碎了起來。

回到畫梅軒，皓禎無法放過這件事。他緊緊的握住吟霜的手，深深看她：

「妳心裡有個缺口？是我也不能填補的？這對我是個很震撼的消息，妳得告訴我是什麼？

為什麼有這個缺口？現在妳娘已經不在世，除了我幫妳補，還有誰能幫妳？告訴我，我把那個缺口補起來！」

「只是一種說法而已，你別管了！」吟霜逃避的說，頭一低：「是我跟我娘的悄悄話，你根本不應該聽的！」

「不公平！」皓禎說：「我心裡所有的悄悄話都告訴了妳，我在妳面前沒有祕密！如果我心裡出現了缺口，我一定讓妳知道！妳這番悄悄話，直接打擊到我，這個缺口是我造成的嗎？」

吟霜想抽出自己的手，依舊逃避的說：

「不是不是！就是女兒和娘撒嬌的話而已，你別追究了！我還要去整理藥草，清理銀針！好多事要做呢！你不是也要找寄南商討大事嗎？」

皓禎握緊她，不讓她走⋯

「那些大事晚點商量沒關係！」皓禎說：「不行！妳心裡有缺口，我沒弄清楚以前，不能讓妳走！請妳告訴我是怎麼回事，否則也會是我心裡的缺口！」

吟霜無法逃避了，就抬眼哀哀欲訴的看著他：

「就是你！你知道我很怕你嗎？像是去幫公主治病，我認為是我的責任，最起碼我該試一試，可是你會生氣！你太在乎我的安危，對我限制越來越多，我不敢抗拒你，只有順從！有時我不知道是對還是錯，有時也會委屈……還有……我一直順從你，讓我覺得失去了自我，那個自我裡，有我爹娘給我的教育……」

皓禎仔細專心的聽著，吟霜還來不及說完，秦媽急急的敲門進來說：

「吟霜夫人，夫人請妳馬上過去一下！她想跟妳單獨談談！」

吟霜住口，和皓禎都一怔。皓禎還沒弄清楚那缺口的事，秦媽就拉著吟霜的手，把吟霜急急的帶走了。秦媽帶著吟霜，快步進了雪如的寢室。立刻把房門關上，把門閂閂上，把窗子也緊緊關好。

雪如手裡拿著梅花簪凝凝看著，淚眼模糊。雪如一見到吟霜，就撲奔過來，崩潰的抓著吟霜的雙臂，淚水潰堤。壓抑已久的雪如，終於豁出去了，堅決而熱烈的喊著：

「聽著！吟霜，我現在要告訴妳的，是我和妳的祕密！這祕密我死守了二十一年，今天

妳在墓前跟妳娘說的一番話，打倒了我！我不能再隱瞞妳了！」就顫聲的說道：「吟霜，妳不止是我的媳婦，妳還是我的女兒！我嫡親的女兒！」

「什麼？娘？您在說什麼？我聽不懂！」吟霜大驚。

雪如就上前，拉開吟霜肩上的衣服，露出後肩的梅花烙。雪如喊道：

「秦媽，拿個手鏡來，讓她看看她後肩上的梅花烙！」

「什麼？梅花烙？娘是說我背上的梅花印記嗎？那是我生下來就有的！」

雪如狂亂的搖頭，說道：

「不是妳生下來就有的，是我用梅花簪烙上去的！」就把梅花簪出示在吟霜眼前：「就是這個簪子！那是丙戌年十月十九日亥時，如果妳的生日是十月二十日，那應該是妳那神仙父母撿到妳的日子！」

吟霜睜大眼睛，不敢相信的說：

「撿到我的日子？娘，妳在告訴我，我不是白勝齡和蘇翠華的女兒嗎？我是他們撿到的？」

「是是是！」雪如拚命點頭：「我不知道他們如何撿到妳的，但是，妳確實是我當初烙下烙印，被妳姨母放在杏花溪，隨水漂流而去的女兒！」雪如含淚用手鏡照著吟霜那朵梅

花，再用梅花簪比對著⋯「吟霜，妳看到了嗎？當初我烙下這個梅花烙的時候，就說過一句話『再續母女情，但憑梅花烙』！」

吟霜看著手鏡裡那個梅花烙，這是第一次，她看到了這朵梅花。因為在後肩上，她從來沒有親眼看過！如今，梅花簪比對著梅花烙，一模一樣！她有如五雷轟頂，臉色慘變，喃喃的說：

「不是的，不會的，我是白勝齡和蘇翠華的女兒！我是他們親生的女兒！如果我是撿來的，他們會告訴我！他們從來沒有說過！」

雪如激動的哭著喊⋯

「相信我！妳的的確確是我和柏凱的親生女兒！這朵梅花，烙在妳身上，也烙在我心上，現在，老天見諒，讓我們母女相會⋯」

這個突然揭發的事實，完全震撼和打擊了吟霜。一時之間，她根本無法相信這件事，腦子裡昏昏沉沉，心中卻像萬箭鑽心般痛楚起來。不止痛楚，還像澆下了一壺滾燙的熱油，把她的五臟六腑，全部燒灼得千瘡百孔。她努力想思索，想分析，所有的思緒，都像絞扭成一團的亂麻，帶來更深的痛楚。

「不不不！」吟霜拚命搖頭⋯「如果我是您的女兒，您為什麼遺棄了我？」

「原諒我！吟霜，原諒我！當時，翩翩也快要生了，袁家三代單傳，柏凱連兒子的名字都取好了！我急於要一個兒子，妳姨母出了主意，抱了皓禎來，如果是女兒就換，如果是兒子就不換，結果，妳出生了！是娘……烙下烙印，讓妳姨母把妳抱走！我以為妳姨母會收留養大妳，誰知她為了斷絕後患，把妳裝進木盆放進河水裡。娘，從此就失去妳！」

吟霜傾聽著，越聽臉色越白。忽然間，這事實帶來了一個更大的恐懼。她顫聲問：

「這麼說，皓禎根本不是將軍府的兒子？那麼，他從哪兒來的？」

「我不知道！」雪如哭著：「是妳姨母從一個牙婆那兒收買的，應該是窮人家的兒子，娘既然把他當親生兒子，就再也沒有追究他的出身！」

吟霜眼光發直，這打擊太大太大了！不是她能招架的！她看著手鏡裡的梅花烙和梅花簪，心裡千迴百轉，每個真相裡都包含了無數的危險，無數的驚天動地，無數的痛楚……

不！這不能是真相！絕對不能是真相！她有點驚醒了，喊著說：

「娘！您說的這個故事，我沒有一個字相信！我不知道您為什麼要編出這樣殘忍的故事來！我是您的兒媳婦，不是您的女兒，我背上的梅花印記，是生下來就有的，和這個梅花簪一點關係都沒有！請您不要再編故事，我走出這房間，就會忘掉您說的每個字！您還是皓禎的親娘，是我的婆婆！」

雪如哭著，抓著吟霜的手，哀懇的喊：

「吟霜！妳一定要相信我，是真的！我現在說的都是實話，秦媽當晚看著妳出生，可以作證！我知道妳一時無法接受，自從妳被清風道長作法，我幫妳清洗，第一次見到那梅花烙，我就差點要說出口！吟霜，原諒我！我知道我根本不值得原諒，但是，我的確是妳的親娘！」

吟霜的思想開始清晰，她愣愣的瞪著雪如，用力摔開了雪如的手，眼中冰冰冷。

「如果這個故事是真的，這是多大的騙局！皓禎根本不是將軍的兒子，皓祥才是獨子！您說出這個故事，是想讓皓禎徹底毀滅嗎？如果他知道了真相，他還能活嗎？他深愛的爹娘、崇拜的爹娘，都是假的！他只是一個買來的兒子，他的心會痛成怎樣？碎成怎樣？您想過嗎？」

雪如驚痛的喊道：

「原來……妳想的都是皓禎……」她吶吶的、怯怯的、啜泣的說：「我沒想那麼多，我只看到那個想對親娘說話的女兒，我就是妳的親娘啊！妳心裡有缺口，告訴我啊！我就在妳面前啊！」

吟霜瞪視著雪如，激動卻堅決的喊道：

「我沒有聽到您的故事，請您再也不要對任何人說起！我不是您的女兒，以前不是，現在不是，從來都不是，永遠都不是！」

吟霜喊完，就拔開門閂，奪門而去了。

剩下雪如，哭倒在床榻上，秦媽過來抱住她，兩人一起哭成一團。

吟霜奔回了畫梅軒，衝進了房間，淚盈眼眶，情緒崩潰，一下子就匍匐在床榻上。皓禎

驚跳起來，趕緊上前去看她，搖著她的肩問：

吟霜用手推著他：

「妳怎麼了？娘找妳去談什麼？臉色怎麼那麼壞？妳哭什麼？」

「你出去！」泣不成聲：「出去！我要一個人靜一下！」

「發生了什麼事？」皓禎大急：「妳如果不說，我去找我娘問清楚！」

吟霜立即從床上坐起來，緊緊的把皓禎抱住，把臉孔埋在他胸前，恐懼啜泣的喊：

「不要去！不要去！千萬不要去！」

皓禎心驚膽顫的，猜測的說：

「我娘……是想填補妳心裡的那個缺口嗎？」

吟霜「哇」的一聲，就哭出聲來。半晌，她擦擦淚說道：

「皓禎，別管那個缺口了，那一點意義都沒有……我……我要告訴你，我心裡沒有缺口了，只有你只有你只有你！你已經把什麼缺口都填滿了，我現在腦子裡、心裡，擔心害怕的都是你！」

「是嗎？」皓禎迷糊的問：「妳不是說，我讓妳心裡有缺口嗎？我一直在這兒前思前想後，我想我是太霸道了一些，都是我爹娘寵壞的，我改！」

吟霜更哭，在他胸前拚命搖頭：

「不要改，我喜歡你的霸道！我喜歡你所有的一切！永遠不要改變，不要為任何事情改變，我就要現在這個你！充滿自信，充滿正義感，愛國愛民也愛我的你！」

皓禎困惑著，卻被這樣的吟霜深深感動著，擁著她說：

「妳不太對勁，我不知道妳怎麼了？不管怎樣，妳心裡那個缺口，我還是要弄明白！然後把它補起來！我以後不再那麼自私，我會為妳的立場去想！我不會再剝奪妳的自我，妳那對神仙爹娘，給妳的教育一定是最好的，我改！真的！」

吟霜心碎神傷，緊緊依偎著皓禎。神仙爹娘，神仙爹娘！你們怎麼不說？那朵梅花烙，會害死皓禎的！早知如此，寧可在深山裡孤獨一生，保全皓禎！想到這兒，她又猶豫起來，

真的嗎？此生如果不遇到皓禎，豈不白來一趟？她混亂了，迷失了，只知道她的心很痛，為雪如痛，為皓禎痛，為自己痛，並且，為那不可知的未來，深深恐懼！

吟霜是該恐懼的，因為袁家還有一個兒子，可能他才是袁柏凱的獨子！袁皓祥！永遠被忽視，被皓禎的光芒遮住，在暗影中生存的皓祥！這晚，在一家燈紅酒綠的小酒館裡，皓祥和項魁正在喝酒，皓祥已經醉醺醺了。

項魁給皓祥倒酒，套著皓祥的話：

「這麼說，公主在將軍府並不幸福囉！」

「什麼幸福？我哥皓禎除了狐狸精白吟霜，對公主正眼都沒瞧過！最冷的冷宮，也比公主那兒熱，要不然，公主怎麼會生病呢？」

「公主生病啦？什麼病？」項魁驚問。

「瘋了！把整個公主院，都貼滿了符咒，人也完全失了神，昨天我和我娘還去看她，她拿著一個破碎的琉璃鏡，到處照來照去，還對著我娘照，嘴裡不停的說著，要照出妖狐的原形！」

「這麼慘呀！如果皇上知道了，你們將軍府就完蛋了！」項魁說。

166

皓祥一驚，酒醒了一半：

「將軍府完蛋？公主的事，可不關我和我娘的事！我們一直是擁護公主的！」

項魁得意著，劫公主不成，現在這條消息，可以翻身了！心想：

「這下有好戲可看了！那袁皓禎三番兩次公開跟本官作對，現在本官去報告一下，袁皓禎，你就等著砍頭吧！」

第二天，皇后就從伍震榮那兒得到消息。

「蘭馨那丫頭瘋了病了？這消息可真？上次為了下蠱事件，她還跑到宮裡來大鬧，說話咄咄逼人，還是一心向著皓禎，看不出什麼瘋了的跡象！了不起就是對那個妖狐憤憤不平而已！」

「如果不嚴重，下官會如此著急嗎？」伍震榮說：「蘭馨有皇后殿下的個性，要強好勝，不肯認輸！她想征服袁皓禎，可是駙馬心不在她身上，她就算心裡有多少苦，也沒地方發洩！再加上那妖狐就在身邊，隨時威脅她！皇后殿下！再不救蘭馨，恐怕就來不及了！趁此機會，也把袁家那股勢力，給消滅掉吧！」

「這事，恐怕一定要皇上出馬才行！」皇后想想：「對！那袁柏凱掌握軍權，在朝廷上勢力強大，和駙馬已經擺明是擁李派，如果蘭馨真的有任何差錯，本宮就趁勢把他們給滅

了！本想蘭馨嫁過去，可以吸收袁家這股勢力，看來是大錯特錯！」

「只怕皇上又會向著袁家，說什麼兒女之事，父皇母后少插手！」

「本宮這就去跟他說明厲害！就算誇張一點也無妨！告訴他蘭馨快死了，看他還沉得住

氣嗎？他還是很喜歡，很在乎這個女兒的！」

伍震榮點頭：

「皇后的話，皇上總是言聽計從的！這次，一定要讓袁家嚐到厲害！他們多次公然和本

王作對，已經無法無天！那妖狐在中秋作法，變出蠍子蟒蛇欺負項魁，現在又害了公主，怎

能從輕發落？妳就押著皇上，說去就去！」

皇后嚴重的點頭，眼裡，閃著憤怒的光芒。

❖

就在皇后計畫押著皇上去將軍府時，公主院裡的蘭馨正披頭散髮，穿著寢衣，坐在院子

的地上堆著泥人，臉上、頭髮上都沾著泥土。

院子裡已經堆滿了一些小泥人，每個人大約兩尺高度。小泥人一圈圍著一圈，圍繞了整

整兩大圈。蘭馨就在最內圈的正中央，神思恍惚的坐在泥濘中，繼續做泥人。崔諭娘帶著宮

女慌亂的從屋裡出來，見到蘭馨在堆泥人，一臉驚訝。

「公主，您不是在睡覺嗎？何時溜出來的？在做什麼呀？」崔諭娘滿臉疑惑問。

衛士無奈走近崔諭娘報告：

「公主已經在院子堆泥人，堆了一個晚上了，不讓我們靠近，也不許我們出聲！」

蘭馨用沾滿泥土的手指頭搗著嘴說：

「噓噓！你們不要吵！這些泥人馬上醒來了，他們擺了『天旋陣』，專門降妖除魔，要對付那個白吟霜！你們放心！我們公主院得救了！」

崔諭娘看到已經瘋了的蘭馨，悲從中來，蹲在蘭馨身旁流淚：

「我可憐的公主！您怎麼變成這樣？公主……」

蘭馨忙著堆泥人，一面說：

「崔諭娘，妳哭什麼？不許哭！本公主已經得救了，昨夜我做了一個夢，夢裡的神仙告訴本公主，只要我們在院子裡擺一個泥人陣，就可以消滅那個妖狐了，妳不用害怕！」積極的捏土：「泥人快做好了！快做好了！」

崔諭娘擦著眼淚，扶著蘭馨：

「公主，別捏泥人了，咱們去洗臉換衣服，您身上都是泥土呀！」

蘭馨摔開崔諭娘：

「本公主不能離開這些泥人，妳看到了，這一圈圈都是保護本公主的陣法，妳不要破壞了我的泥人陣！怕死的就在這個圈圈裡，不怕死的就出去！」推著崔諭娘：「妳走開！妳走開！不要煩我！」

宮女在崔諭娘的退出圈子，憐憫的望著蘭馨。

崔諭娘無奈的退出圈子，憐憫的望著蘭馨。

「怎麼辦？公主好像真的瘋了！」

崔諭娘對宮女狠狠打一耳光，罵道：

「放肆！妳再胡說，我把妳的嘴縫起來！」對宮女衛士們說道：「妳們該忙什麼，通通去忙去！就讓公主在這玩一會！」

這時的袁柏凱正在大廳喝茶，有點奇怪的看著雪如，問道：

「雪如，妳這兩天不舒服嗎？怎麼神思恍惚的？」

雪如沒聽到似的，呆呆的看著窗外，柏凱搖頭放下茶杯。

忽然間，袁忠慌張的跑進客廳通報：

「大將軍！皇上……皇上……他……」

「皇上？皇上他怎麼了？你好好說話呀！」

「皇上和皇后剛剛派了馬前卒來通報，要來咱們將軍府探望公主！不過，不上咱們大廳，直接要去公主院，他們大隊人馬，已經到了三條街之外了！」

雪如這才如夢初醒，慌張的問：

「皇上來了？三條街之外？不就已經快到我們大門口了嗎？」

「無事不登三寶殿，皇上突然無預警的來，恐怕不是什麼好事，快叫皓禎、吟霜準備接駕！」一想：「也快快通知公主院！」

❖

吟霜正在畫梅軒裡，心事重重的挑著藥草。皓禎拿著一個文卷，眼光卻落在吟霜身上。

小樂急匆匆的奔進屋裡通報：

「公子公子！皇上和皇后要來探望公主，不上將軍府大廳，直接上公主院！」

「什麼？皇上皇后要來探望公主？現在公主在幹嘛？」皓禎急問。

「聽說在堆泥人！堆了滿身的泥巴，崔諭娘都拉不走！」

「堆泥人？」皓禎更吃驚。

「糟了糟了！」香綺喊：「公主瘋瘋癲癲的，給皇上看到就慘了！」

吟霜這才從心事重中驚醒，急忙看皓禎：

「皓禎，你快去想辦法讓公主換套衣服！不管如何總是要乾乾淨淨的接駕吧！你用哄的、用騙的都好，就是一定要讓公主正常的見見她的爹娘呀！」

皓禎點頭，急忙往公主院奔去。

公主院裡，蘭馨又堆了更多的泥人，已經堆至第三圈的泥人了。皓禎踏進院子裡，見一圈圈的泥人大驚失色。皓禎才要踏進最外圈的泥人陣裡，蘭馨就起身對他大聲喊：

「你不許過來！是不是白吟霜派你來破壞我的陣法？你走開！你若踏進一步，本公主就殺了你！」

「好好！我不進去妳的陣法，妳的圈子，那妳可以出來跟我好好談談嗎？至少換件乾淨的衣服，我們好好的聊一聊！」皓禎耐著性子說。

「你又想聊親人那一套是嗎？本公主再也不會上當了！走到今天，我們是敵人，不是親人！」蘭馨趕著他：「你走你走！」

崔諭娘拿著蘭馨乾淨的衣服，湊近皓禎身邊，急促說道：

「駙馬爺，您快想想辦法，快讓公主更衣才行啊！皇上皇后馬上到了！」

皓禎無奈，心裡轉著念頭，怎樣才能說服蘭馨去更衣呢？緊張中，他喊道：

172

「蘭馨，妳這泥人陣沒什麼了不起！」皓禎高高抓起一個泥人…「妳看，我隨手一抓，它就碎了！怎麼保護妳？」皓禎將泥人摔在地上…「別弄這泥人，趕快去換件衣裳要緊！」

蘭馨一見皓禎捏碎了泥人，勃然大怒。她衝出泥人陣，踢倒了更多泥人，衝向皓禎…

「你還我泥人！你這可惡的袁皓禎！你毀了我的陣法！我要殺了你！」

蘭馨雙手泥土，抓住皓禎猛打，皓禎只想擒服蘭馨，被蘭馨抓得滿身是土。蘭馨又哭又打…

「蘭馨，妳快住手，妳要讓妳父皇母后看到妳這般瘋狂的模樣嗎？快住手！」

皓禎與蘭馨糾纏，喊著…

「袁皓禎！我恨你！我恨你！我要殺了你！」

院子大門忽然大開，皇上皇后帶著浩浩蕩蕩的人馬，一擁而入。皇上皇后立刻吃驚的看著皓禎與蘭馨。皇上震驚，大喊…

「蘭馨！妳這是在幹什麼？」

袁柏凱帶著一眾家眷，雪如、翩翩、吟霜、皓祥也進入了公主院。袁柏凱走到皇上面前趕緊行禮…

「微臣叩見皇上皇后，陛下聖安！殿下金安！」

雪如、翩翩、吟霜、皓祥等家僕及崔諭娘、宮女衛士等也跟著下跪。

蘭馨轉頭看向皇上，悲從中來，哭喊：

「父皇！父皇！」衝向皇上，抱著皇上大哭：「父皇您終於來了，快救救您的女兒，您的女兒什麼法子都用了，全部沒用！全部沒用啊！」

皇上拉開滿身髒污的蘭馨，仔細端詳，心疼的說：

「怎麼會變得這副德行？妳現在還像個公主嗎？」

皇后大吼大叫：

「崔諭娘，妳是怎麼照顧公主的！該當何罪！」

崔諭娘趕緊下跪也跟著哭喊，因皇上皇后駕到而壯膽了：

「皇后娘娘明察呀！娘娘要幫公主作主呀！陛下，公主……公主會變得今天這個模樣，都是將軍府害的！陛下要幫公主討回公道啊！」

皇上怒喊：

「袁柏凱！要不是朕親眼所見，還不知道你這將軍府居然把蘭馨折磨成這樣！」大吼：

「袁皓禎！朕要廢掉你的駙馬頭銜，立刻斬首示眾！」

吟霜臉色慘變。柏凱、雪如一聽，如五雷轟頂，兩人跪行兩步，對皇上磕頭。

「陛下，請息怒！皓禎罪該萬死，請看在下官屢次立下戰功的情分上，饒他一死！」柏凱說道。

「陛下，上次皇后來，說過親家就是一家人，現在小夫妻失和，陛下一句話斬首示眾，讓人情何以堪？都是為人父母呀！」雪如哀聲喊道。

皇后怒道：

「你們把蘭馨虐待成這樣，算什麼親家？袁皓禎！你到底怎樣對待公主？居然兩人公開扭打？你不知道蘭馨是公主嗎？你不知憐香惜玉嗎？」

皓禎往前一站，傲然挺立，悲切的說：

「皓禎對不起公主！但是，殿下剛剛看到的，並不是扭打，而是微臣想讓公主回房，換一件乾淨的衣服見駕！公主病了是事實，微臣也想治好他！只是能力太渺小！或者多給微臣幾個月可以改善狀況，如果陛下賜死，皓禎也只能領死，但不知皓禎之死，能讓公主的病痊癒嗎？」

皇上被皓禎問倒了，急忙推開抱著自己的蘭馨，問道：

「蘭馨！妳要不要駙馬死？父皇幫妳出氣，斬了駙馬可好？」

蘭馨看著滿院子的人，看看皇上，又看皓禎。蘭馨眼前，閃過皓禎徒手抓劍救她的畫

175

面。吟霜用深切的眸子，緊緊的盯著蘭馨，眼裡帶著最虔誠的祈求。

「父皇要殺了皓禎？」蘭馨迷糊的問。

「對！這樣的駙馬，不如殺了！」皇后大聲說。

「母后也要殺了皓禎？」蘭馨更加迷糊的問。

「是！妳的意思怎樣？如此忘恩負義的皓禎，殺了都不能讓本宮洩恨！」

蘭馨看著皇后，忽然大笑道：

「哈哈哈！母后，妳知道蘭馨和妳的意見，永遠是相反的！妳說殺，本公主就說不殺！」

皇上、皇后傻眼了。柏凱趁機說道：

「陛下！就算皓禎犯了大罪，也該先審再判刑！不審定罪，又是死罪，恐怕會讓天下人議論紛紛！不如請陛下和皇后移駕到將軍府大廳喝杯茶，讓陛下和皇后，慢慢瞭解真相，看看皓禎是不是還有一線生機？」

皇后看看四處貼滿符咒的景象，說道：

「不忙！本宮想先參觀一下這公主院！」

一句話讓袁家人個個提心吊膽，因為現在的公主院實在蕭條凌亂，但是無人敢再提異議。

於是，皇上和皇后就帶著蘭馨走在前面，袁家眾人隨後，大家在公主院各個角落走著。

皇上看到各處飄搖的黃色符咒，看到臥室裡牆上還貼著小人，心驚膽顫問：

「蘭馨！這些都是妳貼的嗎？」

「宮女們、衛士們、崔諭娘……都幫著貼，但是沒用沒用，一點用處都沒有！」蘭馨說，忽然想起……「崔諭娘，我的照妖鏡呢？」

「在在在！」崔諭娘趕緊遞上已經破裂的琉璃鏡。

蘭馨舉著琉璃鏡，對皇上炫耀著……

「父皇，這是道觀給我的照妖鏡，可是也沒用！我拿著總比沒有拿著好！」

皇上和皇后四面走了一圈，兩人神色沉重。柏凱等袁家人跟隨在後，人人惴惴不安。走完一圈，皇后看著蘭馨說道：「蘭馨，妳去梳洗一下，不管妳是生病還是怎樣，妳依舊是公主！公主就要維持公主的體面！崔諭娘，幫她弄乾淨，換一身像樣的衣服！」

「是！」崔諭娘應著。

皇后一臉寒霜說道……

「參觀夠了！皇上，我們去將軍府大廳喝茶吧！本宮要好好的審一審將軍、夫人、駙馬，和那位鼎鼎大名的白吟霜！」

皓禎心頭一驚，吟霜臉色慘變。

# 71

宰相府裡，寄南、靈兒、漢陽三人正準備去大理寺，在庭院裡向外走。魯超忽然急匆匆衝進庭院，對三人喊道：

「寶王爺不好了，將軍府出大事了！皇上皇后到了將軍府，說是要將少將軍斬首示眾！請寶王爺，漢陽大人快去救救我們少將軍吧！」

寄南、靈兒、漢陽一聽大震。

「怎麼會呢？」寄南震驚不已：「到底發生什麼事情了，這麼嚴重？」

「好像是為了公主生病的事！」魯超急急說：「請三位快去，晚了就來不及了！」

「我就知道又是公主闖的禍！」靈兒喊著，就往門外衝。

「快走！如果皇后也去了，皓禎凶多吉少！」漢陽說，大叫：「備馬！」

「魯超！」寄南急喊：「趕快去通知太子！要他快馬趕來救皓禎！」

三人立刻騎上馬，快馬奔向將軍府。

❖

將軍府的大廳裡，是一股肅殺氣氛。蘭馨已經梳洗過，換了乾淨的衣裳，坐在皇上和皇后的身邊。柏凱、雪如、皓禎、皓祥、翩翩、吟霜等站在皇上和皇后身前。崔諭娘、秦媽、袁忠、宮女衛士兩邊肅立。這比大理寺、刑部的審判廳還要肅穆。

「皇上，你看明白了嗎？」皇后看皇上，嚴重的問道：「蘭馨在這兒不是公主，甚至不是正室，只是一個嚇破膽的小媳婦！」

「朕看明白了！」皇上面色凝重，生氣的說：「不用審判了！蘭馨簡直是生不如死！」

大吼：「這將軍府就應該滿門抄斬！」

皇上一句話，袁家每個人都臉色大變，翩翩和皓祥立刻跪下了。翩翩哭喊道：

「陛下饒命啊！這公主院的事，皓祥和我最關心，每天都去問候，不信可問崔諭娘！這些和我們無關呀，都是白狐作祟，要斬也該斬白狐呀！」

「啟稟陛下，皓祥母子不但無辜，還是向陛下通風報信的人！」皓祥說道：「陛下應該獎勵皓祥，怎能一概而論呢？在袁家有人卑微，有人高貴！皓祥就是卑微的那個，說什麼都

沒有人重視，公主生病的事，還是皓祥去告訴伍項魁的！」

皓祥話才出口，柏凱大驚回頭，就狠狠給了他一耳光。

「原來『滿門抄斬』是你的傑作！」柏凱怒罵：「反正死到臨頭，無所畏懼，我先殺了

你這個逆子！」

皓祥怒喊：

「皇上在此，爹，要打也輪不到你！」

柏凱立刻給了他第二個耳光，氣勢凜然的說：

「即使皇上在此，也管不了我教訓逆子！」就看著皇上說：「陛下，滿門抄斬，請陛下

第一個斬了袁皓祥！我以這個兒子為恥！」

「袁柏凱！」翩翩悲喊道：「你這是什麼話，這麼多年，你把我們母子當成什麼？難道

只有皓禎才是你兒子嗎？你欺人太甚！」

皇后大怒，厲聲的喊道：

「你們通通住口！現在是皇上和本宮要審你們，不是你們自家人吵架的時候！死到臨頭

了，還是這樣囂張！」就喊道：「白吟霜，過來！」

吟霜臉色一慘，上前跪下，匍匐在地，說道：

「民女白吟霜叩見皇上皇后！」

皓禎的眼光直勾勾的看著吟霜。皇上命令：

「抬起頭來，讓朕看看這狐狸是個什麼樣？」

吟霜被動的抬起頭來，憂傷的看著皇上。皇上打量吟霜，納悶的喃喃自語：

「長得挺端正的，怎麼看都不像狐狸！」

皇后怒看皇上一眼。心想，狐狸還能讓你一眼看出來嗎？什麼皇帝？氣死人！

院子裡，寄南、靈兒、漢陽急奔到大廳外。寄南邊跑邊說：

「漢陽，你是大理寺丞，可能比我這個小小的寶王爺有用，現在已經不是據理力爭的時候，本朝律法有用沒有也不知道……」

「皇上要砍頭，律法就什麼用處都沒有！本官盡力而為吧！不過，皇上對寄南一向另眼相看，恐怕寄南的話，皇上會聽進去吧？」

靈兒聽到門內皇后的聲音，驚道：

「誰的嗓門這麼大？」

寄南瞪她一眼說：

182

「那是皇后！妳進去少開口，妳只是個小廝！這是生死交關的事！」

同時間，太子帶著鄧勇，也火速奔進庭院。太子著急的問寄南等人：

「到底是什麼情形？」

「太子趕到，皓禎有希望了！聽說要滿門抄斬呢！」寄南說。

「滿門抄斬？」太子大驚：「母后小題大作也罷了，難道父皇也這樣嗎？」

大家急忙進門，看到皇后正在審吟霜。寄南、靈兒、漢陽、太子不便現身，站在後面觀望，只見皇后正在發威，厲聲喊：

「白吟霜，上次本宮已經警告過妳，要妳小心！妳居然一再傷害公主，把公主驚嚇成病，妳自己說，該當何罪？」

「皇后娘娘，」吟霜一嘆：「公主是自己嚇自己，清風道長奉命來捉妖，因為民女是人非妖，逼不出狐狸形象，道長開始妖言惑眾，公主信以為真，這才病倒的。民女從小學醫，只要公主肯讓民女診治，一定可以治好。」

皇后一拍矮桌，砰然一響：

「大膽！已經把公主嚇成這樣，還敢振振有詞！本宮知道，所有的病源都從妳開始！誘惑駙馬，離間駙馬和公主的感情，恃寵而驕，獨佔駙馬……這些是不是事實？」

吟霜還沒回答，皓禎再也忍不住，一步上前說道：

「皇后娘娘！吟霜只是一個弱女子，絕對不是妖狐！不能因為皓禎曾經有過捉白狐放白狐的故事，就硬扣給吟霜一個白狐的罪名！至於離間感情、恃寵而驕，真不知從何說起？如果有罪，也是皓禎情不自禁所犯的罪！與吟霜無關！」

皇后又一拍矮桌：

「你還偏袒著她！」看皇上：「皇上，該怎麼發落，請拿個主意吧！」暗示的：「滿門抄斬可能也太重，一個一個來，皓禎逃不掉！但是，先把這白狐斬了再說吧！」

皓禎大驚，痛喊：

「陛下開恩！如果吟霜因白狐而問斬，請先證明她是白狐！」

漢陽忍不住了，急忙站出來出聲：

「陛下！那清風道長已經被漢陽拿下，正關在大牢內，他曾對吟霜作過各種法，都沒有逼出什麼狐狸原形，本官可以作證！」

太子也忍不住了，大喊：

「父皇！這吟霜夫人曾經救過兒臣一命！她是一位醫術高超的女大夫，兒臣可以作證，她絕對不是白狐！」

寄南更加忍不住了，跟著喊道：

「皇上，吟霜的父親是神醫白勝齡，當初為了公主的百鳥衣，被伍項魁殺死。如果吟霜是狐，怎麼救不活她的父親？」

皇上看到三人一驚，問道：

「你們三個都趕來了？都振振有詞幫吟霜作證？」

「是！」太子說：「我們都趕來幫吟霜作證！父皇，死罪是何等大罪？身為皇上，萬萬不可隨便砍別人的頭！上次長安城發生抓亂黨事件，死了很多無辜百姓，市井之中，對父皇都有微詞，如果宮中再傳出白狐謠言，傷害會更大！請父皇三思呀！」

皇上被太子的話深深震撼了。此時，蘭馨已經按捺不住，起身瘋瘋癲癲說道：

「白狐是殺不死的，白狐是趕不走的！父皇母后，你們不要再白狐白狐的叫，她會生氣的，會附在我身上，到時候我也變成白狐！」忽然驚喊：「崔諭娘，本公主的照妖鏡呢？照妖鏡！照妖鏡！」開始不安的滿屋子兜圈子……「我的泥人陣！」就往門外奔去……「我要去擺我的泥人陣！」

「蘭馨！回來！」皇上大驚，喊著：「來人呀！攔住公主！」

皇家衛士立刻衝了出來，攔住蘭馨。蘭馨受驚，更加瘋狂，拚命衝撞著衛士圍成的人

牆，大喊大叫⋯

「放我出去！放我出去！我的泥人陣，還沒有擺好！我要我的泥人陣！」哭著看皇后⋯

「母后，妳又來跟我作對！妳永遠跟我作對⋯⋯」

「蘭馨！」皇后驚喊⋯「本宮是來救妳的，怎麼說本宮來跟妳作對呢？」

「你們來殺袁家人，就是跟我作對，誰也不可以殺袁家人⋯⋯」蘭馨哭道。

「趕快把蘭馨帶回宮去治療吧！她已經瘋了！抓住她！抓住她！」皇后喊。

皓禎和漢陽同時衝了過來，漢陽就近，一把抱住了蘭馨，心痛的說⋯

「公主啊！妳怎麼病成這樣？本官是漢陽呀！」

蘭馨一看漢陽，痛哭起來，邊哭邊喊⋯

「漢陽！漢陽！好多人要抓我！」一抬頭又看到寄南，大哭⋯「寄南，救我救我！再看

到太子，哭喊⋯「啟望哥哥！大家都要害我，我要我的泥人陣！」

太子搞不清狀況，著急的說⋯

「泥人陣？什麼泥人陣？皓禎，你就給她吧！」

「不能給她，是她自己捏的一堆泥娃娃！」皓禎說。

靈兒同情起蘭馨來，趕緊說⋯

「泥娃娃在哪裡？我去拿，先讓她平靜下來再說！」

蘭馨又哭喊道：

「泥人陣保護不了我，誰保護父皇呀？父皇，您要保護好您的寶座呀，不要給別人搶去呀……啟望哥哥，要保護父皇呀……」

皇上看蘭馨瘋瘋癲癲，還想著要保護父皇，眼眶都濕了，喊著：

「女兒啊！妳在說些什麼？現在的問題，不是父皇的寶座，是妳的健康呀！皇后，我們先把蘭馨帶回去治病，至於這袁家如何判罪的問題，就再研究吧！」

皇后怒喊：

「還研究什麼，這白吟霜明明是狐，而且是罪魁禍首！如果皇上不殺她，也要治她，把她送到尼姑庵裡去，有菩薩鎮住她，讓她削髮為尼！」

皇上急於帶走蘭馨，就說道：

「好好好，就這麼辦！」就大聲宣布：「袁柏凱聽旨，三日之內，把白吟霜送進青雲庵，削髮為尼，不得有誤！如果違旨，滿門抄斬！」

吟霜和皓禎，兩人慘然變色。柏凱、雪如、寄南、靈兒、漢陽，太子等人個個張口結舌，手足無措了。太子還想講話，皇上已經起身，大聲說道：

「蘭馨，跟朕立刻回宮！」

「起駕！」皇家衛士們大聲喊道。

轉眼間，皇上皇后帶著蘭馨、崔諭娘宮女等人，在衛士簇擁下，浩浩蕩蕩的走了。

❖

緊接著，太子、皓禎、寄南、漢陽、吟霜、靈兒等一眾人，都聚在畫梅軒討論目前情勢，將如何應變？靈兒焦慮的說：

「現在怎麼辦呢？袁家是逃過一劫了，但是吟霜要削髮為尼，這分明是要活生生拆散鴛鴦，這種生離，不是比死別還痛苦嗎？」著急，下決心說：「不行！我不能那麼自私，我要坦白招供蠍子毒蛇……」

靈兒話還沒有說完，寄南急忙雙手從後搗住靈兒的嘴，低聲說道：

「妳不要在這裡增加問題！現在皇上生氣的不是那個，是公主病了的事實！要不然，一不做二不休，兒，義憤填膺對大家說：「我覺得皓禎和吟霜的處境，非常危險！要不然，一不做二不休，皓禎和吟霜，你們快逃吧！」

「逃？」皓禎悵然說：「我們能逃到哪裡去？現在將軍府外面，伍項魁正見獵心喜，布滿重重的羽林軍，我們怎麼逃得出去！」

「什麼？」太子大叫：「伍項魁居然把羽林軍帶來包圍將軍府？我去命令羽林軍全體回宮歸隊！不管怎樣，我是太子！如果伍項魁敢反抗，我就把他斬了！毒殺無辜百姓，已經是幾十個死罪！」

「太子！」漢陽說：「現在斬了伍項魁，麻煩更多！看來皇后這次是有備而來，早就算準這一步，絕不讓吟霜有逃脫的機會。」

吟霜落寞的接口：

「如果我出家為尼，能換得將軍府的生路，又能換回公主的健康，那這種犧牲……也算值得，或者我就應該承認我是白狐。」

「這算什麼犧牲？」皓禎悽然大喊：「我絕不會讓妳遁入空門！妳不承認是白狐，皇后都要砍妳的頭，妳承認了還有活路嗎？」

靈兒掙脫寄南，拉著吟霜：

「妳千萬不要傻！妳如果胡亂承認，妳肯定會被當眾燒死！」握緊吟霜的手：「現在逃命要緊啊！」看向皓禎：「你們將軍府有沒有什麼密道可以逃出去的？」

靈兒建議抗旨逃亡，突然想到漢陽在場，大家都擔憂的看向漢陽。

漢陽見眾人都看著自己，冷靜的說：

「別顧慮本官了，我知道吟霜她不是白狐，你們要是有什麼密道就快走吧！吟霜的醫術高明、人品高潔，被迫遁入空門實在可惜！」

寄南拍漢陽的肩膀：

「果然漢陽是明理之人，現在情況緊急，一切就不多說了，吟霜、皓禎既然要走，不如我和裴兒也和你們一起走吧！」

「對對對！」靈兒大力擊掌同意：「我們四個人一起走，一路上才有個照應！」

「不行！」太子說：「你們都走了，把我一個人留在長安，我還有好日子過嗎？反正我也不在乎太子的地位，如果大家都要走，不如我帶著你們走！看誰敢攔我的路！」

「好了！」皓禎說：「你們大家都不用為我們著急煩惱了，我不會離開將軍府的，這裡還有我的爹娘，如果我和吟霜苟且偷生逃走，那豈不是陷我父母於危險境地！」

「是！皓禎說得沒錯！」吟霜悲哀的說：「既然一切因我而起，就讓我面對我的命運吧！我遵旨到青雲庵，全家就有救了！」

皓禎堅定的說：

「吟霜，我絕對絕對不會讓妳削髮為尼。妳是我袁皓禎的妻子，陪著妳的應該是我，而不是青燈古佛！」回頭看漢陽和太子：「啟望、漢陽，現在還有一個機會。漢陽，你進宮去

說服蘭馨，只有你能讓她笑，我相信你有這個力量！啟望，你……」

太子大聲的說道：

「我知道你的意思，我立刻進宮，去說服父皇取消這無理的聖旨！你們都不要慌張！等我！」就對漢陽說道：「別耽誤時辰，我們馬上進宮去！」

太子和漢陽就立刻進宮了。

❖

太子直接進了皇上的書房，激動的說道：

「父皇！請趕緊取消讓吟霜去青雲庵的命令！吟霜是皓禎的如夫人，兩人情深意重，這樣一道聖旨，不止斷送了吟霜的未來，也等於斷送了皓禎的命！失去皓禎，兒臣等於失去一員大將，朝廷失去一位忠臣！父皇，萬萬不可哪！」

皇上盛怒的看著太子，不可思議的說：

「蘭馨才回來，你不去探視生病的妹妹，還來為吟霜求情！你有沒有腦子？現在，皓禎為了吟霜而冷落蘭馨，害得蘭馨病成這樣，只有除掉吟霜，才能救你妹妹！難道你對蘭馨沒有一點同情嗎？」

「我當然同情蘭馨！但是我也同情吟霜和皓禎！這是他們閨房中的事，父皇不能為了祖

護自己的女兒，就以皇上的身分，下旨讓吟霜出家呀！這是皇上最不喜歡的事，以上欺下！

何況，這對佛門，也是莫大的褻瀆！」

皇上一怒起身，瞪大眼睛問：

「怎會又褻瀆了佛門呢？」

「當然褻瀆了佛門！」太子有力的說：「父皇！那吟霜塵緣未了，也非佛門子弟，我朝對宗教開放，道教、佛教、大食法（注一）、景教、祆教、摩尼教……各種『夷教』（注二）都有，父皇把一個信仰不明的夫人，送到佛庵裡去，那青雲庵又無法拒絕，這豈不是給青雲庵難題嗎？」

「這個……」皇上語塞：「朕倒沒想到，實在有點不妥！」

太子急忙建議：

「所以，兒臣建議趕快取消這道聖旨吧！畢竟是聖旨，方方面面都要顧到！如果要懲罰皓禎，用別的方法也可以！例如，永遠不許他再納妾……」

太子還沒說完，皇后帶著莫尚宮趕到。一進門，皇后就氣勢洶洶說道：

「太子真會幫吟霜脫罪，還建議永遠不許皓禎再納妾！皓禎早就被那白狐迷住了，怎會再納妾？皇上已經下旨，誰也無法更改！太子！聽說你把榮王的義女劫持到太子府，還想封

為孺子，你這閨房生活，也夠糜爛！」

太子怒視皇后，頂撞道：

「母后在說青蘿嗎？母后為了玉帶鉤的事件，不是親眼看到榮王一劍刺傷青蘿的事？怎麼青蘿又變成榮王的義女了？榮王多變、善變，請母后小心！」

太子語氣暗示明顯，皇后大怒，對太子吼道：

「你有什麼資格幫吟霜求情？」轉眼看皇上，眼神立刻變得哀懇：「皇上！救救您的女兒蘭馨吧！」

皇上被吵得頭昏腦脹，對蘭馨也充滿憐憫，皺著眉頭對太子揮手：

「聖旨已下，君無戲言！太子你管好自己的事，這件事就不要談了！不管合適不合適，就讓吟霜削髮為尼！朕已經網開一面，沒有追究皓禎，你也別把事態再擴大！」

太子看著面有得色的皇后，氣得臉色發青。

❖

<hr>

注一：大食法，即伊斯蘭教（回教），因當時稱阿拉伯為大食。

注二：夷教，外來宗教，通稱「夷教」。

太子碰了釘子，漢陽也沒多好。他直接去了公主寢宮，崔諭娘讓他進房，他就看到剛回宮的蘭馨，正在滿室踱步。

「公主！」漢陽緊急求見，希望公主發揮一下妳的霸氣！

「霸氣？」蘭馨心不在焉的說：「我哪兒還有霸氣？」不安的到處張望：「崔諭娘！崔諭娘！妳在哪裡？窗外是不是有人啊？」

崔諭娘匆忙走近蘭馨公主，安慰著說道：

蘭馨忽然發現漢陽，就對漢陽說：

「漢陽，你看，就算在皇宮裡，我也覺得不安全！」

「奴婢在這兒！您不要害怕，窗外都是保護您的衛士！沒有壞人，別怕別怕啊！」

「公主，請恕下官直言，**安全感是靠自己建立的，若是心中沒有堅強的意志，縱使有千軍萬馬保護，也於事無補！**」

「是？」蘭馨迷糊的說：「千軍萬馬都沒有辦法保護我？」想了想：「對！白吟霜的法力太強大了，我鬥不過她！」

漢陽直言不諱：

「妳不是鬥不過白吟霜，而是妳的心被蒙蔽了！自從妳進了將軍府、開始虐待白吟霜起，

妳就把妳自己的心丟了！」

「我把我的心丟了？哈哈哈！」蘭馨笑：「如果本公主沒了心，不就早死了嗎？」

「是的！妳現在就和死了沒有兩樣！」

「大膽！方漢陽，你居然敢詛咒本公主！掌嘴！」

「公主，如果妳還有心，就不會被恐懼打倒，如果妳還有心，怎麼會鬥不過一個區區的白吟霜？妳認為她有法力，難道妳就沒有嗎？」

「我也有法力？」蘭馨甩甩袖子：「我哪來的法力？你是不是看我病糊塗了，要來糊弄我？」

「白吟霜的法力來自哪裡？妳知道嗎？是來自愛，她愛身邊每個人，她就征服了身邊每個人！妳呢？妳讓恨，把妳原來那顆善良的心，全部蒙蔽了！妳確實也有法力，但是這個法力，必須從妳的心念開始，一旦妳有熱情、有正義、有愛心，妳的心就充滿魔力！」

「你說了一大堆，我聽得糊裡糊塗，你就乾脆告訴我，應該如何施法力就對了嘛！本公主一向沒有耐心！」

「好！最簡單一件事情！從做善事開始，妳就是在施法力了！」

「做善事？」

「請求皇上放了白吟霜，別讓她出家為尼，這個法術妳一但施展了，妳會收穫很多很多的愛與崇敬！」漢陽誠誠懇懇的說。

蘭馨一想，突然大怒起來，將茶杯摔在地上喊：

「方漢陽！你分明是袁皓禎找來的說客，你不要利用我對你的信任來哄騙我，本公主還沒有病到是非不分！」推著漢陽出門：「你滾！你出去！再為白吟霜求情，我就翻臉不認人了！」

漢陽被推出門外，蘭馨砰的一聲關上了房門。漢陽氣餒想著：

「想來，要挽救兩位女子的前途，我方漢陽的能力實在太小了！」

※

太子和漢陽都碰了釘子，眼看吟霜勢必削髮為尼。雪如心碎片片，手裡握著那梅花簪，一心一意想說出真相，只要真相大白，證實吟霜是人，那「白狐」的罪名就不攻自破。但是，秦媽私下拉著她，把她拉到無人之處，緊張的說道：

「夫人！不可不可！萬萬不可！吟霜就算進了青雲庵，還有出來的希望！如果您說出真相，不但救不了吟霜，可能還毀了全家！別讓大將軍恨您，別讓皓禎無地自容，別讓翩翩得意，更別讓皓祥逮著報仇的機會！還有皇后，她會用欺君大罪的名義，滅掉將軍府的！那您

196

片片飛雪了!

❖

這晚,畫梅軒的梅花樹已經開花了。滿樹的白梅,綻放在枝頭。皓禎和吟霜穿著冬季披風,依偎在梅花樹下,兩人有著無盡的愁緒和落寞。皓禎癡癡的望著吟霜說:

「妳不要絕望,皇上說三日內,那麼這幾天一定會有轉機的。我相信漢陽、寄南和太子還會繼續努力,說不定峰迴路轉,我們絕對不會就此分離。」

吟霜紅著眼眶,憂傷的說:

「我想通了,也認命了,這一切一定是上蒼的安排……」想起傷心事:「讓我們的孩子留不住,讓我必須離開將軍府,只有我離開了,你才能夠擁有一個平靜的人生,美好的前程!就把我們這一段,放在你心裡,讓它停在最美好的時刻吧!」

「現在都什麼時候了,妳還在說這種話,難道我對妳一點意義都沒有?妳那位神仙母親的遺言呢?我就是妳要找的,命中注定的人!妳看我的手心……」皓禎激動的攤開手心,展

是得不償失啊!上次吟霜也分析過厲害給您聽,她不會承認您的,如果因此傷到了公子,吟霜也會恨您的!當初您遺棄了她,現在不能再毀了她最愛的丈夫啊!」

「雪如知道,秦媽說的句句是實話,握緊那梅花簪,她的心,就像飄落的梅花花瓣,成為

示出像樹的疤痕：「這不是妳娘留給妳的線索嗎？我還幫它添上樹枝了呢！」

吟霜含淚轉頭，不忍去看皓禎手心上的疤痕。

「吟霜吟霜，不要否定我們的相遇，不要否定我們的感情，現在我們就在梅花樹下，梅花正為我們綻放，我們的誓言也沒有改變！記住，妳是梅花我是梅花樹呀！」

吟霜心中一痛，緊緊依偎著皓禎。一陣風過，花瓣飄飛在兩人身上，片片如雪，點點如淚，悽美而憂傷。

# 72

宰相府裡的夫人采文，最近心神不寧。她看著伍震榮常常來找世廷，又看到寄南、靈兒和漢陽越走越近，這也罷了，連太子也會突然闖進宰相府找漢陽，到底，朝廷上發生了什麼事？她是個逆來順受、恪守本分的女子，對世廷的事、漢陽的事、朝廷的事……都保守的不敢過問。但是，每當她心裡有事時，她一定會到祠堂去上香，好像在這世上，已經沒人能夠瞭解她，也不會有人關心她的心事，只有祠堂裡那些列祖列宗，還有她逝去的婆婆，才會聽她細訴衷懷。這天，她又去祠堂了！又對逝去的婆婆說了很多知心話，剛剛上完香，轉身要離開祠堂。紀媽匆匆過來，對采文說道：

「夫人！後門有個老乞婆，一連三天都在那兒等，說是要見夫人！我給了飯菜也給了錢，她就是不走！堅持要見宰相夫人！」

「啊？要見我？」采文驚訝的說：「老乞婆婆總之是可憐人，去看看也好。」

采文帶著紀媽從後門出來，一個衣衫襤褸、背脊傴僂的老婦就迎上前來。采文關心的問道：

「老婆婆，妳找我嗎？我就是宰相的夫人！妳需要什麼幫助嗎？」

老婦仔細凝視采文，不勝感慨的說道：

「哦！終於見到妳了！二十一年了，宰相夫人大概早就忘了我！」

「我們見過嗎？」采文驚愕的問。

「二十一年前，我們見過一面，我就是當初那個牙婆啊！」

采文臉色大變，轉頭看向紀媽，聲音顫抖的說：

「紀媽，妳去幫我拿件披風，天氣好冷！」

紀媽應聲離去。采文就一把攙住了老婦的手，急急的、祈求的說道：

「妳需要什麼，我都給妳！只要妳保密！二十一年前的事，不要跟任何人說起！我求妳了！」

「妳甚至……不想知道那孩子的去處嗎？」老婦問。

「妳……妳知道那孩子的去處？」采文大震。

200

「是！」老婦說：「當年妳追著馬車哭，我也是做娘的人，心裡跟著妳痛，都是窮人家，才會這樣做呀！我就想著，不知這孩子會到什麼樣的家裡去？我就悄悄跟在馬車後面，進了長安城，看著那孩子，被抱進一個大戶人家的後門裡去了！」

采文臉色慘白，用手扶著門框，勉強支撐著自己，激動到一塌糊塗，屏息的說：

「長安城？原來就在長安？」用手抓著胸前的衣服，幾乎不能呼吸了。「大戶人家？難道是他？大家都說，外甥多似舅，我每次見到他都疑惑，怎麼長得跟我弟弟那麼相像？但是不可能呀！他爹娘那麼疼他⋯⋯」盯著老婦問道：「那家姓袁？是不是？將軍府，是不是？我那孩子，被送進了將軍府，是不是？」

老婦點頭，含淚的說：

「這是祕密，不該跟妳說的，我也一直沒說，可是我病了，快要死了，不讓妳知道，我不能闔眼呀！我只想來告訴妳，他過得很好！真的很好，妳可以安心了！」

采文一個顛躓，身子緊緊的貼在門邊的牆上，淚水奪眶而出，低聲喊道：

「老天可憐我，終於讓我知道他的去向！牙婆，謝謝妳來告訴我，我會安排妳的住處，安排妳日後的生活，如果妳有兒孫，也接來一起住！這事，就是妳我兩人知道，好嗎？妳再也別對任何人提起，好嗎？」

老婦拚命點頭，說道：

「二十一年，宰相府，將軍府，那孩子沒有白白失去，夫人，都值得了！」

「想了二十一年，哭了二十一年！」采文說道：「現在知道他是誰了，我卻不能相認啊！

值得嗎？他成了駙馬，成了驍勇少將軍，是皇上的愛將，怎麼我還是這麼心痛呢？值得嗎？

我不知道啊！」

❖

值得嗎？現在的驍勇少將軍，正被羽林軍重重包圍在將軍府裡。他已不是駙馬，也不是

皇上的愛將！將軍府門前，項魁得意洋洋的拿著懿旨，坐在一個高台上，對羽林軍神氣的喊

道：

「給我看緊了，什麼人都不許進出！除非他們交出那個妖女白狐！」

項魁正神氣活現的說著，太子帶著鄧勇，大步來到。太子大喝一聲：

「羽林軍聽令，立刻撤軍回宮！這是本太子的命令，誰再守在這兒，軍紀處分！」

羽林軍看到太子，嚇了一跳，立刻行軍禮，齊聲應道。

「太子威武！羽林軍聽令！」就要撤軍。

項魁揮舞著懿旨大喊：

「誰敢離開，就是違背皇后懿旨，殺無赦！」

他拉下高台，大罵道：

太子一個飛躍，就躍到項魁面前，一招「平地飛龍」，一個擒拿扣，鎖住項魁右臂，把

他們公平作戰，我打賭十招之內，讓你趴在地上當狗！」

「你這個作威作福的左監大人，敢不敢在你的羽林軍面前，跟本太子大戰三百回合？我

項魁得意忘形，嚷嚷著：

「我五招之內，就能把你打成泥鰍！但是，本官不想打！」

太子把項魁的手一扭，就扭到身後去，項魁頓時痛得哇哇叫。太子怒聲問：

「想打還是不想打？想打我們就公平的打！不想打我就把你的手先廢掉！」再用力一

扭，項魁痛得大叫：

「哇！打打打！」

太子放開項魁，一招「推窗望月」，立刻一拳狠狠打向項魁胸膛，把項魁打倒在地。太

子大喊：

「才一招就趴在地上當狗，太沒用了！起來再打！」

項魁縮在地上，從腰間拔出一把匕首，就滾了過來，想用匕首去刺太子的腳。太子腳一

踢，就把他踢得飛了出去，匕首脫手，差點刺傷一個羽林軍。項魁亂喊：

「太子用踢的不算！說好是打⋯⋯」

項魁話沒說完，太子把他從地上拉了起來，一招「大蟒纏身」，左右開弓，打得他身子像陀螺般亂轉。太子不讓他倒地，左一拳，右一拳，足足打了九拳才鬆手。項魁被打得鼻青臉腫，趴在地上哼哼的叫。

太子對眾羽林軍說道：

「你們都是證人！公平打架！一招倒地，九招趴下！剛好十招！以後你們遇到敵人，就要這樣打！乾脆俐落，不能拖泥帶水！」

眾羽林軍大聲歡呼，齊聲叫好：

「太子打得漂亮！太子教導有方！太子威武！」

鄧勇這才高聲喊道：

「還不讓出走道來，太子要進將軍府！」

羽林軍趕緊讓出走道，行軍禮讓太子大步進門去。太子就這樣威風八面的進了將軍府，走進大廳，面對柏凱家人以及靈兒、寄南。太子黯然說道：

「啟望沒有達成任務，想必你們也知道了！父皇幾乎被我說服了！可是，皇后一出現，

204

我又功虧一簣！現在，必須另想出路！那羽林軍有皇后懿旨，看來不會退兵，至於伍項魁，我已經先幫袁大將軍教訓了他一頓！袁大將軍，你的左驍衛⋯⋯」

柏凱正色的打斷：

「左驍衛是保護京城的軍隊，怎能因家庭私事來和羽林軍作對？何況，左驍衛都駐紮在營區，也遠水救不了近火！上次伍震榮來鬧，也只調了練武場的一百多人而已！」

皓祥忿忿難平，上前說道：

「爹！連太子這招，也不管用了，趕緊送走那個妖孽才是上策！也好讓外面的伍項魁和羽林軍撤走呀！」瞪著吟霜：「這白吟霜根本就是拖累我們袁家的禍水！」

皓禎氣憤起身，大吼：

「皓祥！是伍項魁指使你來催促的嗎？你和誰狼狽為奸我不管，但是不准你詆毀吟霜！」

「怎麼不許說了？」皓祥偏要說：「昨兒個我們全家差點滿門抄斬，不都是因為白吟霜所賜！這個家會弄得雞犬不寧，」指著皓禎：「都是因為你帶進來了這個禍根！你還好意思對我大吼大叫！」

「皓祥！現在你們家裡有難，何況吟霜還是你的大嫂，應該是團結對外的時候，你不要這麼張牙舞爪，幫助外人打擊家人！」太子按捺不住說道。

吟霜見眾人為自己爭吵，難過至極。靈兒和寄南，眼露凶光瞪著皓祥，忍著一肚子氣。

翩翩上前說道：

「太子殿下，您是太子，我們不敢得罪！但是，我家事也不是您能瞭解的！請不要為這個妖不妖、人不人的白吟霜辯護！」

「二娘！」皓禎怒吼：「請妳說話客氣一點！吟霜是我的妻子，她該何去何從都不干你們母子的事，你們通通住口吧！」

「怎麼不干我們的事？」皓祥嚷著：「就是你這個最自私的長子，仗著爹的疼愛，硬拉著我們全家當你們的陪葬品，我袁皓祥不會任你擺布的！」轉向煩惱至極的柏凱：「爹！不能再猶豫了，早一點送走她，我們全家才能保命啊！」

「是啊！」翩翩接口：「老爺，難道非要鬧到我們袁家都滅了，才來後悔嗎？」

寄南仗義執言：

「大將軍，請容小輩說句話。皇上既然給了三日的期限，那麼時辰未到，我們不該這樣就放棄！」

「大家都說，皇上對你最好，或者皇上會聽你的話！」靈兒急急推著寄南：

「啟望，我們再進宮去如何？」

「對對對！太子、寄南，你們行行好，現在我們袁家上下都無法進宮求情，只有你們可以，不管要付出什麼代價，只要能挽救吟霜，我們袁家在所不惜！」雪如哀求著。

「什麼袁家在所不惜？」皓祥大叫：「你們想付出代價被砍頭，不要包含我們母子！」

柏凱威嚴的說道：

「好啦！你們都不要再吵了！現在的局面你們還看不清楚嗎？越是去求情越可能遭殃！我們袁家是看在蘭馨對皓禎的不捨上，才能暫且保命，現在吟霜好歹還有一條活路，若再激怒了皇上和皇后，說不定她連活路都沒有了！」

寄南痛心止步。吟霜已淚流滿面，身子搖搖欲墜。柏凱無奈的望著吟霜說：

「聖命難違！妳也別怪我們將軍府無情……」一嘆：「早晚都得走，今天妳就去青雲庵吧！免得羽林軍守在門口，這對將軍府實在是莫大侮辱！」

吟霜跪向柏凱，說道：

「爹！您說得對，聖命難違，大家不要再為我求情，也不要再吵了……」茫然無奈的磕下頭去……

皓禎和雪如同時悽屬的大喊：

「爹、娘，請你們多保重了！」

「不！她不能走！」

吟霜起身，用手摀著嘴，努力不讓自己哭出來，奔向了畫梅軒。皓禎、寄南、太子、靈兒、雪如、柏凱……等人，也追向畫梅軒。

　　不久之後，吟霜含著淚，已收拾好簡單的衣物，眾人圍繞，除了皓祥、翩翩，個個面容慘烈。雪如哭倒在柏凱的身上，秦媽、香綺、小樂、魯超等眾家僕也淚流滿面。

雪如對柏凱說道：

「如果你要把吟霜送走，你也一併把我也送去青雲庵吧！」痛悔的：「反正我一身罪孽，我也該去廟裡懺悔贖罪！」

吟霜跪倒雪如身前，哭喊：

「娘！不要說了！您讓我安心的走吧！娘！請為我保重！」

「雪如，妳這是做什麼？」柏凱問：「什麼懺悔贖罪？難道妳還分不清楚事情輕重嗎？」

如果吟霜一個人能換來我們全家保命，那是吟霜救我袁家數十條人命，勝造七級浮屠啊！」

「爹！」皓禎痛喊：「如果要用吟霜交換我們袁家的苟且偷生，那我不如就死在你的劍下！」皓禎瞬間抽出柏凱身邊的長劍，立刻被寄南奪走。寄南凜然的喊：

「皓禎！你要冷靜啊！事情還沒有嚴重到你死我活，你怎麼能如此輕視你的生命呢？漢

陽去和蘭馨談了，或者還有轉機呢？」

太子沉痛的說道：

「漢陽昨天進宮，和蘭馨談得非常不愉快，不要指望漢陽！他還有好多大事要忙，我們必須想出新的辦法來！」

柏凱悲痛無奈，拍著皓禎的肩：

「皓禎，你是一個男子漢，就應該懂得大義大勇，吟霜都比你懂事！你不要再兒女情長了，會造成今天的局面，你也有責任！」

「吟霜有什麼錯呀？皓禎又有什麼錯？為什麼好人要受這麼多苦難？壞人卻在外面招搖，人心是怎麼了？怎麼那麼沒有天理呀！」靈兒傷心不平。

「好了！」皓祥不悅的說：「你們這些外人不要在我們袁家假惺惺了，外面監送官也等得不耐煩了！」大喊：「來人啊！把白吟霜押出去！」

吟霜叩別柏凱和雪如：

「爹，娘，吟霜帶給袁家的痛苦，也會隨著我離去而恢復平靜。兒媳不孝，你們的恩情，只有等待來生再報了！」

雪如終於崩潰，痛哭失聲⋯

「不！我不能等，我不知道還有沒有來生讓我贖罪，我不能再等了！也不能再錯了！」

一把抓住柏凱，用力搖晃，衝口而出：「救救你的女兒吧！她是你的女兒！親生女兒呀！她不是白狐，是我們的女兒啊！」

柏凱莫名其妙，皓禎混亂不解，太子等眾人全部驚愕！吟霜撲向雪如，失聲大喊：

「娘！您不要胡說！不是的！不是的！我不是您的女兒！」

「吟霜！不要再瞞妳爹了！我不能再讓錯誤延續下去！柏凱！吟霜是你嫡親的女兒，你不能斷送她一輩子呀！」雪如哭著喊。

「娘！我求您不要再說了！」吟霜大喊：「不要再說了！不是不是的！」

皓祥抓著吟霜的手……

「妳這可惡的妖狐，臨走之前還再對大娘作法，居然讓大娘說出這麼可怕的話！皇上簡直是太仁慈了，應該就直接把妳賜死！」

「對對！我是白狐，你快把我送走吧！娘說的話，全部都是假的，全都是受我的蠱惑控制！」吟霜慌亂急切的說：「我招了，我就是皓禎放掉的那隻白狐！」

雪如衝過來抓著吟霜，激動萬狀的喊：

「妳為什麼要承認自己是白狐？妳寧願承認是白狐，也不承認是我的女兒嗎？不要這

樣……」搖著吟霜哭喊……「娘不能再瞞下去了！娘快要崩潰了……」

柏凱忍無可忍的暴吼一聲……

「夠了！」大步上前把雪如一抓……「我真是不敢相信，妳因為捨不得吟霜，竟然捏造出這種謊言，妳是不是瘋了？」

雪如豁出去大叫……

「我沒瘋！我沒瘋！我在二十一年前捏造了一個謊言，我欺騙了你二十一年！我現在告訴你的才是事實，是真相啊！」一手握著吟霜，一手抓著柏凱，淚眼婆娑的說……「這是咱們的女兒，真的是咱們的親生女兒……」

皓禎悲痛的喊道……

「娘！妳這樣說也救不了吟霜，不要再編故事了！」

「我沒有編故事……」

「不！」柏凱咆哮……「我不要再聽一個字，翩翩說得沒錯，妳根本是得了失心瘋，入了魔了！」將吟霜手腕一扣……「這個魔就是她！」

吟霜神情慘然的一震。柏凱面孔抽搐，咬牙道……

「咱們將軍府一刻也容不得妳！」

秦媽見紙包不住火，對柏凱撲通一跪，落淚喊：

「大將軍！瞞著您二十一年的祕密，終於還是得見光了！吟霜夫人確實是您和夫人的親生女兒！奴婢是活生生的人證，吟霜夫人身上的梅花烙，也是鐵證呀！」

「梅花烙？」柏凱疑惑。

皓禎一聽「梅花烙」三字，臉色頓時刷白。

太子、寄南、靈兒、翩翩、皓祥等眾人錯愕萬分。雪如痛哭著，拉著吟霜就往自己寢室跑去。眾人莫名其妙的跟著，雪如邊跑邊喊：

「梅花烙！你們跟我來，讓我告訴你們什麼是梅花烙！讓我證明，吟霜不是白狐，因為她是我親生的，是我烙下梅花烙，失去的女兒……」

片刻之後，在大廳裡，吟霜被動的裸露出右肩，露出了梅花烙，眾人圍成一圈，吟霜背對著大家。雪如舉起手上的梅花簪子，落淚說道：

「丙戌年十月十九日亥時，我就是用這根簪子，在她肩上烙下了這個記號，做為日後相認的根據！」

皓禎再也忍不住，一個箭步衝到雪如與吟霜身邊。

「這究竟是怎麼回事？告訴我！」

雪如與吟霜抬起布滿淚痕的臉望著皓禎，再悽然對望，心知無法再逃避了，彼此皆滿心

忐忑與惶恐。雪如鼓起勇氣的對皓禎說道：

「你……你不是我親生的……」

皓禎腦中轟然一響，踉蹌一退。柏凱怒吼…

「妳胡說！」旋風似的衝了過去…「妳胡說！」

雪如直挺挺的站著，竭力維持著鎮定…

「皓禎是姊姊偷偷抱來的孩子，在我產下吟霜那天，我祕密的做下了一件事，就是把女

兒換成了兒子！因為將軍府需要兒子繼承香煙！」

皓禎面如死灰，身子搖搖欲墜的幾乎站不住。吟霜從他身後把他一抱，哽咽一喊…

「皓禎……」

太子、寄南、靈兒則完全嚇呆了。

柏凱咬咬牙，毫不考慮的，劈手就奪走了梅花簪子。

「就憑一根簪子，和吟霜肩頭上一個形狀相似的疤痕，妳就要我相信這一切？我告訴妳，

這全部都是鬼話！」他氣得用力折斷了簪子，背著雪如，面孔卻抽搐得厲害，強忍著內心深

重的打擊，悲憤得說不出話來。

吟霜痛楚的看著震驚的皓禎，紊亂已極，完全不知所措。皓禎努力想整理自己紛亂的思緒，喃喃說道：

「梅花烙……梅花烙……原來這朵梅花，是這樣來的……我明白了……」

就在這一片驚疑中，皓禎忽然揚聲怪笑起來：

「哈……哈……哈……哈……」

全體驚看向皓祥。皓祥悽厲的喊著：

「梅花簪子可以折斷！」指著吟霜：「可她身上的梅花烙卻抹不掉！」誇張的站到雪如面前，抱拳行禮：「大娘！我對妳真是佩服得五體投地，咱們一家子叫妳給耍了二十一年，現在真相大白，難怪爹不願承認，這實在讓人太難堪了！」

雪如轉開臉去，不願看他譏諷的嘴臉，柏凱則轉過身來，一張臉孔鐵青著。

皓祥跨步至皓禎面前，繼續說道：

「對了！我這位文武全才、皇上器重的皓禎哥哥怎麼說呢？嗯？」做出一個猛然醒悟的表情：「喲！這會兒再喊你哥哥，變得不大對勁兒了，你聽了也怪彆扭的吧？」

皓禎臉孔煞白著，還在震驚中，呆怔著不能言語。柏凱以一種嚴重警告的語氣說：

214

「你給我住口！」

皓祥倏然轉身，近乎瘋癲的對柏凱嚷嚷著：

「呵！這樣天大的祕密給抖了出來，您居然還叫我住口？」指著皓禎，激動起來…「這是個假兒子！」手上上下下的指著皓禎…「徹頭徹尾的冒牌貨……打我出娘胎起……」指著自己鼻子吼著：「我！這個真兒子就被這個冒牌貨欺壓至今，你們知道我現在是什麼感覺嗎？呵？」握著拳頭，憋足了氣的吶喊：「我一輩子都沒這麼嘔過……」

柏凱以迅雷不及掩耳的速度衝上去，把皓祥推倒在地。翩翩觸電似的渾身一震。柏凱對皓祥厲聲的喊：

「你現在給不給我安靜下來？」

皓祥狠狠的瞪著柏凱，翩翩已過來拉起他，並低語著：

「夠了！別鬧了吧！」

皓祥氣不打一處來，甩開翩翩的手…

「妳怎麼還像個小媳婦兒似的？不是當初換兒子的話，妳已經母以子貴，早做了大夫人了，妳懂不懂？妳叫人給坑了，咱們母子都給人坑了……」

啪的一聲，柏凱拔出長劍重重放在桌上。

「誰敢再說一句皓禎是假兒子，我就要他的命！」

翩翩緊緊攙著皓祥胳臂，兩人都呆住了，震懾住了，眼中有著不相信，有忌憚，更有著受傷和打擊。

雪如與吟霜亦噤若寒蟬。皓禎再也忍不住，衝出房門而去。吟霜大喊：

「皓禎！你別走，你聽我說！」

靈兒給吟霜一個撫慰的眼神，便和寄南追向皓禎，太子也跟著追去。

皓禎在花園中疾走，太子、寄南和靈兒跑近皓禎身旁。寄南急忙安慰：

「皓禎，今天袁家的衝擊實在太大了，你也別多想，皓祥那張嘴本來就很壞！找機會我好好教訓他一頓！」

「你娘這個故事實在太玄，你自己應該明白，你從小是如何被袁家對待的！你家一向用梅花當家徽，說不定你娘為了救吟霜，編出這個故事！」太子也分析著。

「夫人這故事編得好呀！」靈兒說：「你想，只要她咬定吟霜是女兒，就不是白狐了，那麼，也不用削髮為尼了，我也不必抖出蠍子蟒蛇的事，這也是好事一椿嘛！你別生氣了！」

皓禎終於開口：

「我有什麼理由生氣？生誰的氣？我娘？吟霜？還是皓祥？」

柏凱與雪如趕來，柏凱走到皓禎面前，握著皓禎肩膀，低沉有力的說：

「你是我的兒子！」

皓禎神情僵硬，目光渙散。太子、寄南和靈兒識相的離開，走向庭院一隅。

太子神情嚴重的看著寄南和靈兒，說道：

「寄南、裘兒，這件事太嚴重了！雖然我剛剛安慰皓禎說這故事不是真的，但是，我看到夫人那神情，看到那梅花烙，我想，故事一定八九不離十！而且，這事馬上就會傳到宮裡去，皓禎是駙馬，又逼瘋了蘭馨，我只怕這次，皓禎凶多吉少！」

「那要怎麼辦呢？最壞的情況是怎樣？」寄南著急的問。

「皓禎是皇后的死對頭，更是伍震榮的死對頭！皓禎可能難逃一死！」

「太子！」靈兒驚喊：「你不能讓皓禎死，他是你的兄弟呀！你趕快想辦法！」又去推寄南：「王爺，你也想辦法，怎樣才能救皓禎和吟霜？」

「寄南，你和裘兒留在將軍府，必要的時候，不妨逃之夭夭！留住生命，才能有未來！現在只有我可以自由出入將軍府，我們還有大事未了，來日大難，恐怕還要我們才救得了！」

「那伍項魁被我痛打一頓，不敢攔我，羽林軍更不敢攔我！我這就出去想辦法！」太子沉重的說。

「我明白了！我守著皓禎和吟霜，拚死保護他們的安全！」寄南說。

「我先走一步！你們也要保護自己的安全！」太子說完，一個跳躍，就上了牆頭，鄧勇不知從何處冒出來，也上了牆頭。

兩人迅速的消失在牆外。

❖

庭院裡，柏凱、雪如、吟霜、秦媽都圍繞著皓禎。柏凱的手，重重握著皓禎的肩。

「皓禎！看著我！」柏凱把他一搖。

皓禎神情動了動，眨眨眼，看向柏凱。柏凱用力的，似乎要把自己全身的感情都放進去，堅定的說：

「你是我的兒子，我親生的兒子，從我看到你第一眼開始，你就是我的驕傲。當咱們父子並轡而馳，挽弓而射的時候，你是我的驕傲；當你隨我打仗，官拜驍勇少將軍的時候，你更是我的驕傲，二十一年也好，多少年也好，你永遠是我的驕傲！」

皓禎只覺得整個人被掏空了似的，張著口，卻不知自己想要說什麼，驀的就濕了眼眶。

柏凱繼續說：

「聽著，你娘太愛你了，她知道你不能失去吟霜，所以為了替你挽留吟霜。她無所不用

218

其極，跟吟霜合起來演這麼一齣戲，她們其情可憫，用心也苦，可是用的法子實在是愚不可

及，完全影響不了我，你也要跟我一樣，不受影響，懂嗎？」

雪如默默不語，發展至此，她既醒悟又後悔。

皓禎無法回答任何話，柏凱回頭一看雪如，嚴峻道：

「妳這個糊塗的女子，簡直是太不知輕重了。妳要編怎樣天大的謊言，我都不在乎，可

妳居然對皓禎說他不是妳親生的，妳實在太過分了！他裏在襁褓裡，依偎在妳懷中的模樣，

妳忘了嗎？他開口第一句學會的是叫妳一聲娘，妳忘了嗎？這二十一年裡不計其數的點點滴

滴，難道……難道妳通通都忘了嗎？」

柏凱痛心疾首的陳述，聽得雪如是淚如泉湧，最後忍不住的失聲哭了。

「我沒忘，我一樣都沒忘啊！皓禎……」伸著雙手奔向皓禎，握著他痛哭流涕：「對不

起，我……我怎麼會對你說那麼殘忍的話，你……你就當我是急糊塗了，昏了頭吧！」痛苦

又紛亂之極的：「原諒我，你當然是娘親生的兒子，你當然是的！」

皓禎眨眨眼睛，一回頭，看到站在那兒，心神俱碎的吟霜。

皓禎一把握住吟霜的手腕：

「跟我去房裡！我們兩個要單獨談談！」拉著她就走。

柏凱、雪如、靈兒、寄南全部怔著，沒有人阻止。

皓禎拉著吟霜進入畫梅軒臥房，甩上了房門。吟霜被動的、含淚的看著他。皓禎定定的看著她，一瞬也不瞬的看著她，啞聲的問：

「妳什麼時候知道真相的？爹娘那些話我都不要聽。我要聽妳說，妳什麼時候知道妳是袁家的女兒？妳瞞了我多久？妳說！」

吟霜眼淚一掉，坦白的說道：

「是……清風道長作法那天，娘發現了我後肩的梅花烙，但是，她告訴我真相，是在從我爹墓地回來那天！」

皓禎痛楚的嚥了口氣：

「是說妳心上有個缺口的那天？」

「是！娘想幫我補那個缺口，才告訴我的……」頓時崩潰的把皓禎一抱，哭著喊：「皓禎，皓禎，老天用換子的方式，讓兩個永遠不會相遇的我們，相遇在一起！只要想到我這樣才能遇到你，我就充滿了感恩！謝謝老天，讓娘把我換成了你，否則，我如何擁有你？如果沒有你，我的生命還有什麼意義？」

皓禎大受打擊的說道：

「所以，妳才是這個家庭裡的梅花，我卻不是這個家庭裡的梅花樹！我是荒草，是雜草，是隨風飄進來的野草……」

「不是的！不是的！不要這樣說，我是梅花你是梅花樹！我們注定要相遇的，上蒼只有用這種方法才能撮合我們，我還是白勝齡和蘇翠華的女兒，你還是袁家的皓禎！不要為這事受打擊，我們還有很多問題要面對！」

皓禎深深凝視她，用手指拭去她面頰上的淚珠，沉痛的說道：

「原來，這二十一年裡，我佔據了妳的位置，讓妳流落在外，讓妳跑江湖看診為生，讓妳被壞人欺負，即使跟了我這個假公子，還要受到種種虐待，做丫頭，做小妾……」越說越痛楚：「我在不知情之下，偷走了妳的人生！」

吟霜急切的喊：

「沒有沒有！你沒有偷走我的人生，你給了我最美好的人生……」

「我不止偷走了妳的人生，我也偷走了皓祥的人生！」

# 73

此時，采文匍匐在祖宗牌位前，哭得唏哩嘩啦，說道：

「娘！當初您作主，讓我失去了那孩兒，二十一年來，妳知道我哭乾了多少眼淚，每夜每夜，每日每日，我都在想念那個無緣的孩子！現在，上天可憐我，讓我知道了他的下落，原來這二十一年來，他離開我就只有幾條大街，母子也幾度見面，卻相見不相識！娘，世廷一直認為那孩子生下就死了，我……我多想去認那孩子啊……我要怎麼辦呢……」

采文正哭得悽慘，漢陽找了過來。

「娘！紀媽說妳一早就在這兒哭，妳怎麼了？又想祖母了嗎？娘，我最近忙得天翻地覆，實在照顧不了家裡，爹一早就被榮王找去，我覺得也沒好事！我……」

漢陽話沒說完，在衛士大聲的「太子到」的通報聲中，太子帶著鄧勇，急急的直闖過

來。太子著急的說：

「漢陽，經過跟你的幾次深談，現在只有來找你！皓禎生命危險，我們得趕快想辦法去救他！」

「什麼？皓禎生命有危險？」漢陽衝口而出：「難道伍項魁敢闖進將軍府去殺人嗎？」

采文一聽，臉色蒼白的從地上站了起來，直奔過來，連行禮都忘了，看著太子，驚慌失措的問道：

「皓禎怎會有生命危險？他病了嗎？他跟公主不和，觸犯了皇上嗎？太子！請告訴我！」

「宰相夫人，此事說來話長，皓禎確實得罪了皇室，現在生命懸於一線，不過此事和宰相府無關，夫人不必為此操心！」對漢陽使眼色：「有地方讓我們兩個談談嗎？」對采文施禮：「救人要緊！我和漢陽有事商量！啟望告辭！」

采文身不由己的追著他們喊：

「救得了皓禎嗎？救得了嗎？」

太子回頭，肯定的嚷道：

「救不了也得救！他是我兄弟，是本朝舉足輕重的人！是我捨命也要相救的人！」

漢陽拉著太子就走。

采文整顆心都跟著去了。

❖

漢陽跟太子騎著馬來到曠野。鄧勇騎馬跟在後面保護。漢陽大驚的說：

「什麼？你要借我那張圖一用？這是什麼計策？」

「我拿那張圖給父皇看，讓他明白，來日大難是什麼？絕對不是皓禎的身世問題，而是本朝的命脈問題！我朝在此時此刻，需要的是忠心的大將之才！皓禎父子能保住我朝江山！這樣才能說服父皇，饒皓禎一死！」

「不行不行！那張圖怎能輕易拿出來？那是我們的大祕密，你不要為了救皓禎，弄得方寸大亂！何況，你何以見得皓禎會被處死？」

「皇后要他死，伍震榮要他死，你爹可能也要他死！伍家個個人要他死！蘭馨發瘋回宮，皓禎等於已經死了一半，如果再來一個『身世不明』、『欺君大罪』，他豈不是死定了？」

「現在我那兩個助手在哪兒？」漢陽整理著思緒。

「我讓他們守在將軍府，必要的時候，說服皓禎帶著吟霜逃走！可是羽林軍守在那兒，要突圍有點困難！不過，我太子府有東宮十衛，各種武士都有，可以調來一用！」

「萬萬不可！」漢陽大急：「你的東宮十衛紀律嚴明，到時候可能要大戰羽林軍，絕對

不能出面，萬一暴露身分！你這太子也成了謀逆！」

「所以我才要借你那張圖用用！」太子說。

「這張圖是絕對不能拿出來的！」漢陽堅持：「我們還要按圖索驥，還要追出對方的大

本營！如果這張圖在皇宮暴露，讓對方有了防備，我們會全盤皆輸！」

太子吸口氣，耐心的解釋：

「漢陽，我知道你跟皓禎的關係不像我，我跟他等於手足之情！如果救不了他，我身為

太子，會永遠無法原諒自己！」

「太子別急，我們下馬，好好的計畫一下吧！那皓禎，我也敬之如兄弟！」漢陽看太

子，認真的說：「不過，我只會辦案，還不曾研究過如何突圍！有件事太子一定要答應我，

如果皓禎他們突圍，太子一定要待在太子府避嫌！絕對不能跑去幫忙！」

太子鄭重的點點頭。

❖

當太子和漢陽在曠野上，緊急商討營救皓禎的時候，皓祥正在他的房裡發瘋，對翩翩咆

哮著：

「大娘揭開了這麼天大的祕密，爹居然不肯相信，還出手推我，想用劍殺我，這算什麼，把咱們娘兒倆當傻子耍嗎？」

翩翩心思紊亂已極，激動道：

「原來咱們真當了二十多年的傻子！回首這些年來倍受冷落，腰桿兒始終都挺不直的日子，想來就千萬個不甘心！」

翩翩忍不住哭了，皓祥神情一動，上前把翩翩一握，積極有力的說：

「所以啦！現在是咱們母子轉敗為勝，揚眉吐氣的時候了！爹想掩蓋事實，門兒都沒有！我才是正統的袁家人，咱們要跟爹爭，爭這二十一年的公道，不能再像今兒那樣默默認栽，任由爹祖護那個假兒子，而動手教訓他唯一親生的兒子，這口氣，我無論如何都嚥不下去！」

皓祥憤慨陳述中，翩翩聽得神情大動，頗有認同之意。他們卻不知，門外的柏凱，已聽得震動一退。

「可咱們爭得過嗎？我瞧你爹那麼堅決……」

皓祥非常激動的說道：

「他是老糊塗了，還死命的當皓禎是寶！」激憤已極，神情猙獰的怪笑起來：「哈……這下可是滑天下之大稽，他以為血統純正的寶貝兒子，原來是個雜種，而受盡他鄙視的，卻

227

道道地地是他的種，真是太諷刺了！哈……」

砰的一聲，房門被一腳踹開，柏凱一張臉鐵青，出現在母子二人面前。

皓祥的笑聲戛然而止，翮翮亦大吃一驚，本能就衝上前，張臂攔在皓祥前面，青兒、翠兒嚇得對柏凱撲通跪下。翮翮對柏凱急聲道：

「您別發脾氣，他……他這也不過是發發牢騷罷了！」

被護在身後的皓祥，一時也瞠目結舌著。青兒和翠兒各喊各的：

「大將軍！原諒皓祥吧！大將軍息怒呀！」

柏凱痛心達於極點，渾身都為之顫抖了，指著皓祥：

「我怎麼會有你這樣的兒子？胸襟狹窄，自私自利，無知又尖酸苛薄，在全家面臨著生死存亡的關頭，你不知同舟共濟，一味只顧著你自己……」

皓祥受不了的打斷：

「我不顧自己的話，誰顧我？你？你眼裡只有皓禎，即使明知他不是你的兒子，你仍然那麼重視他，你就只看見他受了傷，至於我和那白吟霜，是你真正的一對兒女！可你在乎咱們的感受嗎？你才自私！」

柏凱踉蹌一退，痛心疾首的說：

「你⋯⋯你若是有一點兒人性，就不會在這節骨眼兒上同室操戈，好歹他也做了你二十一年的兄長。他已經一無所有，你還需要跟他爭什麼呢？你⋯⋯你若是有一點兒人性，就該明白我推你、吼你，不單為了保護皓禎，更為了保護咱們一家子。倘若我真糊塗，現在也不會急匆匆的趕來安慰你跟你娘了！」

這番批評，聽得皓祥臉色大變、火冒三丈。他一把撥開翩翩，往前一站，衝著柏凱激動的嚷著：

「安慰？你一腳把門踹開，凶神惡煞似的模樣，你這叫做安慰？打你開口到現在，你對我只有辱罵和輕視，充滿憤怒與恨意！當你安慰皓禎的時候可不是這個樣兒，你怎麼可以這樣對我呢？他不過是個雜種！一個不明來歷，卑賤低下的雜種啊！」吼得面紅耳赤，額暴青筋。

柏凱死死的、靜靜的看著皓祥，心寒透頂，半晌後，他哀莫大於心死的低沉著聲音，不帶感情的說出：

「有子如你，才是我家門不幸，我要一個有人性有良知的兒子，即使不是我的血脈！如果你有皓禎一半的心胸氣魄，你都會是我的驕傲！今天知道了真相，我最痛心的是你！你明白嗎？為什麼我親生的不如皓禎？你從小不長進，才會失去我對你的信心和愛！你懂嗎？」

怒目一瞪，抓著皓祥衣襟，厲聲的：「關於皓禎的事，如果你敢洩露一字半句……」

皓祥怒吼接口：

「原來你是來對你的親生兒子滅口？真是好一個親爹呀！哈哈哈！如果你要豁出去了，我奉陪！」

凱：「袁柏凱！」翩翩大叫：「你到底是不是人啊！你居然想殺你兒子滅口是嗎？」搥打柏

翩翩與柏凱扭成一團，皓祥趁機迅速的溜了出去，邊走邊吼：

「娘！親生不如雜種，老天會來收了這個殘酷的老頭子……」

翩翩與柏凱的扭打中，皓祥已逃得不見蹤影。

皓祥逃出了家門，和伍項魁一陣交頭接耳，項魁一聽，簡直喜出望外，立刻親自陪著他進宮去見皇后。皇后正在寢宮外面的偏殿裡，伍震榮也在。聽了他報告的事，皇后大驚失色的喊道：

「什麼？假兒子？皓禎不是袁柏凱的親生兒子？白吟霜才是袁家的親生女兒！」

皓祥跪在皇后面前：

「是的！皓祥如實稟報，不敢有所欺瞞！還請皇后為我們母子作主！」

「哈哈哈！」伍震榮大笑：「真是天助我也！皇后，不須咱們苦思對策，袁柏凱這一家子總算玩完了！」

皓祥不安的看向伍震榮，說道：

「榮王，你們答應過我，要動袁家，不包括我和我娘呀！」

「放心啦！」伍項魁笑著：「有我爹擔保，你還有什麼好擔憂的！等皇上一下旨，咱們就有好戲看了！」

「袁柏凱、袁皓禎膽敢犯下欺君之罪！不必等皇上下旨了，現在就傳本宮懿旨，全力捉拿袁皓禎和白吟霜！」

皇后話才說完，皇上一腳踏入偏殿。

皇上迅速的掃了眾人一眼，見榮王、項魁都在，又見皓祥，不悅的說道：

「皇后，在開什麼祕密議事大會？那將軍府，不是已經有皇后懿旨，被羽林軍包圍了嗎？」

皇后立刻接口說道：

「皇上，原來現在袁柏凱那兒，又有全新的發展！那袁皓禎根本不是袁柏凱的兒子，而

是個抱來的冒牌貨！皇上來得正好，請趕緊下旨，把他們全家捉拿賜死，他們個個都犯了欺君大罪！」

皓祥衝口而出：

「不包括我！我是來報信的！」

皇上一怔，疑惑的看著皓祥，驚愕的思索。

「皓禎是袁家抱來的？此事大大可疑！皓祥，你和你哥哥不和，人盡皆知！此時來通風報信，你是想陷害全家嗎？怎有這樣的弟弟？就算是真的，你也是袁家養大的！」

伍震榮趕緊接口：

「皇上！此事千真萬確！聽說太子當時也在，親眼目睹了證據！」

「太子怎麼會牽扯到袁家的家務事裡去？既然太子知道，等朕問過太子再說！」

皇后著急，大聲說道：

「皇上！您還不抓皓禎？要等他們逃跑嗎？」

「羽林軍不是包圍著將軍府嗎？他們怎麼逃？難道我們的羽林軍如此不堪一擊？那袁凱忠心耿耿，即使鬧成這樣，也沒用左驍衛對付羽林軍！朕信得過他！至於假兒子一事，還要徹查！說不定皓祥才是假的！這事，皇后最好不要插手，朕自有定奪！」看眾人一眼：

「你們也可以散了！」說著，大步出門去。

皇后無可奈何，咬牙切齒的大聲說道：

「加派羽林軍，牢牢守住那個將軍府！」

❖

寄南好歹是個靖威王，很快就得到消息，知道皓祥進宮告狀的事。在畫梅軒大廳中，扼腕的大嘆特嘆：

「想不到這可惡的皓祥，真做得出這種賣祖求榮的事情來！這下是欺君大罪，非砍頭不可了！」

「所以我說嘛！」靈兒說：「早勸你們要遠走高飛就是不聽！我們不是還有護國大業嗎？如果你們被皇上砍頭了，那我們天元通寶的弟兄該怎麼辦？木鳶又從不露面，以後誰帶我們去伸張正義？」

皓禎還陷在身世的痛楚中，喃喃的說道：

「護國大業、保李行動、滅伍計畫……現在離我都很遙遠，好像是幾千幾百年前的事……」

寄南一躍，就躍到皓禎面前，抓住皓禎胸口的衣服一陣亂搖，生氣的喊：

「你還是我們大家的袁皓禎嗎？你還是黑白雙煞的那個煞星嗎？你還是出生入死的英雄人物嗎？一個身世問題就把你打倒了？是誰生你，是誰養你，有什麼重要？重要的是，你是我們大家無法缺少的將領！你醒醒吧！」

皓禎掙開寄南，一吼⋯

吟霜走過來，伸手握住皓禎的手。

「可是這身世問題，已經把全家逼到絕路了，你懂嗎？」

「我們都振作起來吧，大家商討商討，現在還有沒有生機？最起碼，你不要再痛苦了，行嗎？」

「好！我振作！」皓禎吸口氣：「但是要我逃走，讓爹娘獨扛欺君之罪！我做不到！」

「如果進退都要鬧得殺頭，那麼我們為何不拚一場，也許就被我們殺出一條血路來了呀！」靈兒激昂的說。

「我們？」吟霜驚疑的問：「妳的意思是⋯⋯妳和寄南也打算一起逃走？可是你們奉命要在宰相府，那右宰相明為『管束』，實際就是『監視』！如果你們也鬧失蹤，不是更加坐實你們和我們的關係！」

「已經管不了那麼多了，本王爺早就想離開宰相府，現在正是時候，我們就保護你們一

起逃出長安城！」寄南說。

皓禎終於鎮定下來，能夠分析思想了，說道：

「吟霜說得對！將軍府和宰相府同時丟了人，那肯定讓皇上氣得跳腳！到時候連你也一起砍頭，說不定還株連了漢陽！」

「砍頭就砍啊！誰叫咱們是一起出生入死的好兄弟！」寄南豁達的說：「至於漢陽，方世廷和伍震榮關係那麼密切，一定會把責任推得一乾二淨，不會牽連漢陽的！你別操心那麼多！」

正討論著，柏凱和雪如嚴肅的走進大廳來。柏凱說：

「皓禎，帶著吟霜一起走吧！不用管爹娘了！」

「爹、娘，這個萬萬不可啊！皇后一心想除掉我們袁家，絕對不會放過將軍府的！」吟霜著急的說。

「就是因為皇后處心積慮，你們才更應該離開。聽娘的話，你們趕緊和寄南離開長安城！有寄南陪著你們，娘會安心的！」雪如說。

「你們不要為爹娘擔心，爹還是輔國大將軍兼左驍衛上將軍，還有神威軍支持，這點即使是專權的皇后，都還要顧慮三分。皇后就是想逮到機會，連根拔除將軍府的勢力，為了

以防萬一，皓禎和吟霜更應該保命！萬一爹娘有什麼閃失，你們才有機會回來拯救我們將軍府！」

「可是，爹娘這樣會……」皓禎猶豫。

柏凱搭著皓禎的肩膀，注視著他的眼睛，鄭重的囑咐：

「皓禎，咱們將軍府的使命還未了，萬一爹無法達成的事情，你一定要幫爹完成。我們這面保國的大旗，已經高高掛在天際之上了，不能對不起我們的列祖列宗，和本朝的社稷，你只准成功，不准失敗！」

柏凱正說著，魯超奔進門，喊道：

「將軍，公子！不好了！咱們將軍府被更多的羽林軍整個包圍，已密不透風！」

眾人大驚失色。寄南跌腳大嘆：

「就說要你們快走快走！這下好了，要走都走不成了！」

突然，窗櫺上咚的一響，眾人奔到窗前，皓禎從窗格上拿起一個金錢鏢。打開紙箋，只見金錢鏢上寫著：

「午夜東隅突圍——木鳶。」

皓禎唸著內容，抬頭看眾人：

236

「木鳶終於出面了？他安排好了？東邊羽林軍裡有我們天元通寶的兄弟？木鳶也要我們走？在這樣重重包圍的羽林軍之下，他還能射進金錢鏢？可見……」

「可見，羽林軍裡有木鳶的人！」寄南振奮接口。

柏凱下決心：

「就這麼辦！沒時辰再猶豫了！」

❖

距離午夜還有一段時辰，大家緊張的準備行裝、急救藥囊、武器等。柏凱進房來，在眾人面前打開一張地圖，說道：

「皓禎，你們就往東北方向走吧！從蒲州出發到河東道的代州！代州府的府尹王大人是我故交，不過你們亡命天涯，要隱姓埋名，不要去打擾他們！只是以備萬一！如果碰到困難，說不定有用！」

「爹！你的路線都設想好了？」皓禎感動。

「原來大將軍已經有安排和設想！那好！咱們就去代州府！」寄南十分驚喜。

「這回出門不比以往出任務，何時能夠回到長安也是不得而知，你們四個就好好彼此照應吧！魯超會跟著你們、保護你們！」

皓禎對著柏凱跪下，說：

「爹，此路漫漫，皓禎不能在家盡孝，請恕兒子不孝！」

柏凱扶起皓禎。

「千言萬語都不必說！只希望有朝一日你們都能平安歸來！時候不早，你們快點準備行裝吧！」

❖

雪如和秦媽緊張的在收拾著皓禎和吟霜的行裝。雪如說：

「天氣很冷，快要下雪了！把我那件羊毛披肩拿來，隨時可以披著保暖，夜裡還能當被蓋，這樣出去等於逃難，餐風飲露都可能的，厚衣服一定要帶！」

秦媽拿著一件男用斗篷：

「這件將軍的斗篷，就給公子帶去吧！」

兩人正忙碌著，忽然有人敲門，吟霜急急進門，返身就把房門閂上。

「娘！我有幾句話要跟您說！」

「是！」雪如站起身，對秦媽說道：「關好窗子，到門外守著！千萬防著皓祥和翩翩！」

「是！」秦媽急忙關窗出門去。

吟霜見屋內無人了，就用雙手握住雪如的雙手，急促的說道：

「現在我們必須逃亡，未來的命運，我們誰也不知道！和娘再相見的日子，是哪一天也不知道！我必須在離別前，把我的感覺告訴娘！」

「妳說！我等著妳的判決，無論是愛是恨，我都接受！」

「當初，您因為我是女兒，而拋棄了我！這個事實，確實重重的打擊了我！我想，我怎樣也無法去接受一個拋棄我的母親。何況我的神仙爹娘，對我寵愛有加，如果我認了您，等於背叛了把我養大的父母！再加上皓禎的緣故……我不能認您！這就是我知道身世那天的心態！」

雪如眼淚一掉，點點頭。

「可是，在我心裡，對您有同情，有憐憫，有愛，就是沒有恨！我想，當初那個烙上梅花烙，把我放棄的您，一定是心如刀割的！」

雪如頓時淚落如雨，拚命點頭，說不出話來。雪如哭著，把吟霜緊緊一抱：

「娘明白了！妳愛皓禎勝於一切，願妳的愛能彌補我給皓禎添上的傷痕，一路上你們要好好的照顧自己，皓禎和妳都是我的心頭肉！」

吟霜就對雪如跪下，雙手放在身前行大禮，落淚說道：

「謝謝娘的照顧，請娘為了我們兩個，珍重再珍重！健康的等我們回來盡孝！」

雪如滑落地，心痛已極的抱住吟霜，兩人一起落淚。

❖

寂靜的暗夜裡，皓禎、吟霜、寄南、靈兒四人換上遠行勁裝，帶著武器，五匹馬上都放著包裹行囊。魯超一身夜行衣，在旁緊張的東張西望。吟霜擔憂的看向屋裡，低語告別：

「從此一別，不知何時還能再見，爹娘、香綺、小樂，你們要保重了！」

「現在該擔心的是咱們自己！東邊突圍！」靈兒指著東邊方向。

「吟霜，趕快上馬！午夜快要到了！妳現在騎馬的技術應該沒問題吧！」皓禎說。

「你放心！我騎得和你一樣好！」

五人就各騎著一匹馬。皓禎對寄南小聲的交代：

「等會兒突圍以後，就照我們的計畫走，如果途中我們失散了，記得到蒲州的溪口村會合！」

「知道了！咱們快出發吧！」寄南說。

「這時候，木鳶安排的天元通寶兄弟應該都在待命，咱們衝向東邊吧！」魯超說。

就在此時，一聲大喝傳來，皓祥現身。

「好啊！幸虧我從宮裡趕回來了，可給我抓到了，你們半夜偷偷摸摸，是要潛逃嗎？全部站住！」

皓禎、寄南等人大駭，此時，柏凱一聲不響的出現在皓祥身後，用劍柄敲昏了皓祥。柏凱沉聲說道：

「時辰到了！快走！突圍時小心！」

「爹！珍重！」皓禎和吟霜同聲說。

五人騎在馬上，最後一次回顧。牆邊，雪如滿眼含淚，在秦媽陪伴下目送著一行人。寄南、靈兒、魯超、皓禎、吟霜都是一身勁裝，背著武器袋，手裡拿著武器。只有吟霜沒有武器，馬背上掛著沉重的醫藥袋。寄南低喊：

「東邊！衝啊！駕！」

五匹馬就疾衝而去。衝出東邊偏門，羽林軍迅速的圍了過來。

「天元通寶！讓路！」皓禎喊道。

「站住！誰也不能過去！將軍府的人，全部封鎖了！」

不是天元通寶的人，依舊圍了過來，喊道：

魯超、寄南、皓禎、靈兒同時拔劍，殺了過去。雙方人馬激戰起來。只見若干天元通寶

241

的羽林軍，紛紛出現，迅速的打倒了那幾個擋路的羽林軍，一切快速解決。一個天元通寶的

羽林軍行軍禮說道：

「天元通寶兄弟們恭送少將軍，寶王爺！一路平安！」

「謝了！兄弟們！後會有期！」皓禎說道。

皓禎等人，就衝過重圍而去。

❖

柏凱知道皓禎等人，已經突圍而去。就把剛剛從地上爬起來，還想去追皓禎的皓祥，一路拖進了皓祥的房間，他一手抓著皓祥胸前的衣服，另一手一拳頭對皓祥打去。柏凱罵道：

「你有沒有一點良心？先去皇后那兒告密，再去後門口攔阻皓禎和吟霜！他們好歹是你的哥哥和嫂嫂，即使不是哥哥和嫂嫂，也是姊姊和姊夫！你真心想要他們死嗎？」

翩翩過來拉扯著柏凱，嚷著：

「放手！放手！這個兒子你不要我還要！我們將軍府因為野種引來了禍端，你不怪皓禎，反而來怪皓祥！難道你真的瘋了嗎？」

柏凱大怒，轉身給了翩翩一個耳光，大吼：

「誰是野種？我三令五申的，要你們母子不許亂說！這個禍水，是妳的好兒子皓祥給引

「進門的！」

皓祥憤憤的說道：

「現在我們每個人的腦袋都不保了！你們做父母的，還把主犯給放走！明擺著就是要我和我娘陪葬，我明天再去皇宮告密，就說爹和大娘放走了皓禎和吟霜……」

皓祥話沒說完，柏凱盛怒的撲了過來，抓住皓祥一陣搖撼。

「如果你從小肯好好念書，就知道什麼是忠孝仁義，我會多麼珍惜你！但是，你只會讓我失望！我們和伍家一向是對立的，你居然倒向伍家，你還配當我的兒子嗎？」

「配不配又怎樣？早知道會因為皓禎而砍頭，我娘是嫁錯了人，我是投錯了胎！我才不稀罕當你的兒子！」皓祥喊。

柏凱氣得發昏，對著皓祥一陣拳打腳踢。青兒、翠兒嚇得跪向柏凱，哭著磕頭。

「大將軍饒命呀！饒命呀！」

翩翩尖叫著：

「皇上還沒砍我們的頭，你先把兒子打死了！皓祥被你打死，皓禎逃命去了！你身邊邊還有誰幫你送終？」

柏凱氣得快瘋了…

243

「我怎麼會有你們這一對母子⋯⋯」

雪如聞聲而來，急忙上來勸架⋯

「柏凱！柏凱，不要打了！好歹是你的兒子⋯⋯將軍府已經被羽林軍包圍，明天大家是生是死都不知道，現在就團結一點吧⋯⋯」

雪如話沒說完，柏凱對著皓祥揮拳，雪如往前一擋，這拳竟然打在雪如下巴上，讓她應聲倒地。

柏凱大驚，喊道⋯

「雪如！雪如⋯⋯妳居然幫皓祥擋這一拳⋯⋯」

74

當皓禎等人「午夜突圍」的時候，宮裡的蘭馨正在睡覺。她睡得並不安穩，輾轉反側，夢囈連連。忽然，她從床榻上坐起身來，四面看看，驚叫：

「我在哪兒？這是哪裡？這不是我的床榻！」

崔諭娘急忙奔過來，拍著她，哄著她：

「公主公主！這是妳的閨房呀，咱們回宮了！妳父皇和母后把妳接回宮了，難道妳忘了嗎？」喊宮女：「趕快把燈點亮一點！公主怕黑！」

宮女們睡眼惺忪，趕緊起身點燈。一盞一盞燈都亮了起來，蘭馨坐在床上迷糊的巡視著四周，搖頭說道：

「這不是我的房間，我要回我的房間睡！」

「公主！妳再看看清楚，這是妳宮裡的房間呀！妳出嫁以前，都住在這兒呀！」

蘭馨赤腳跳下了床，跑到窗子前，摸著窗櫺，驚懼的說：

「怎麼沒有貼符咒？道觀給本公主的符咒呢？」又去摸門框：「這兒也沒有！」到處摸著：「符咒呢？我的房間都有貼，這明明不是我的房間！」就上前抓住崔諭娘，拚命搖著她：「為什麼妳說這是本公主的房間？妳也聯合起來騙我！」

崔諭娘驚嚇，喊著：

「公主！不是不是！妳完全不記得回宮的事了嗎？」

「回宮？」蘭馨思索著，努力回憶：「哦！母后把我帶回來了！」突然恐懼大叫：「母后是不是把皓禎殺了？是不是把將軍府給滅了？」

蘭馨喊著，打開房門，就衝了出去，一路飛奔著喊：

「母后！母后……父皇……父皇……」

崔諭娘和宮女們趕緊追著蘭馨跑。崔諭娘邊追邊喊：

「公主！趕快回來呀，現在深更半夜，妳要吵醒宮裡每個人嗎？」

蘭馨這樣一陣喧鬧，宮裡長廊各處，一盞盞燈都亮了起來。皇后這晚正好也留宿在皇上的寢宮，寢宮裡的燈，也亮了起來。皇后和皇上驚醒，雙雙起身。

只見房門砰的一聲衝開，蘭馨穿著寢衣，光著腳丫，直闖進門。莫尚宮和崔諭娘追在後

面，各喊各的：

「公主請留步！皇上皇后都休息了！」

蘭馨直奔到床前，就搖著皇上，喊道：

「我想起來了！父皇，伍震榮要殺袁柏凱！」

「什麼？」皇上大驚問。

皇后跳下床去摀著蘭馨的嘴：

「蘭馨！妳病得頭腦都不清了嗎？怎麼半夜三更在這兒胡言亂語？趕快回房去！崔諭

娘、莫尚宮，把她拉回去！」

蘭馨大力的推開皇后，皇后不敵蘭馨的力氣，摔在地上，直叫哎喲。崔諭娘和莫尚宮趕

緊來扶皇后。蘭馨就急道：

「父皇！要小心伍震榮父子！他們到處抓亂黨，要抓皓禎和他爹，不能殺……不能殺！」

皇后厲聲打斷：

「可是可是……」

「妳要氣死本宮嗎？好不容易把妳從泥巴堆裡救出來，現在妳不玩小泥人了？又變了花

樣？妳的白狐怎樣了？」

蘭馨頓時洩了氣，沮喪的說道：

「白狐是打不死的，母后，妳不要抓白狐，也不要下蠱，如果妳下蠱，到處都會有蟲子的！宮裡也會有蟲子的！」

皇后突然打了一個冷戰，害怕的伸手握住胸前的衣服。蘭馨混亂的說道：

「那些蟲子會咬妳，會讓妳痛得滿床打滾，我不騙妳！我親眼看到了，母后，千萬千萬不要下蠱！」

皇上摸不著頭腦，問道：

「蘭馨，妳到底在說些什麼？妳要告訴父皇什麼？」

蘭馨苦苦思索，是的，她有重要的話要告訴父皇，但是，是什麼呢？她喃喃說道：

「我要告訴您……皓禎對不起我，吟霜是白狐……但是袁柏凱和皓禎都是您的忠臣……

在您身邊，幾乎沒有忠臣了！」

皇上震撼的聽著，像是從夢中驚醒。皇后再也受不了，大聲喊道：

「把蘭馨公主拉回她房間裡去，關好門別讓她亂跑！」

宮女和崔諭娘、莫尚宮一擁而上，拖著蘭馨回房去。

蘭馨一面被拖著離開，一面大喊著：

「父皇父皇！我還有一件重要的事情要告訴您……我還沒說完……」

砰的一聲，房門關上了，皇后心驚膽顫的想著：

「早知道就把她留在將軍府！原來她現在這麼麻煩！這可真是個大問題，她知道的事還真多，如果隨時來個半夜大叫，本宮防不勝防她都來不及！」

皇上躺在床上，真的深思起來，說道：

「袁家的欺君之罪，朕有必要再查清楚，讓朕再想想吧！」

「啊？您還要想想？」皇后驚訝的問，她咬牙看著皇上，多少枕邊細語，皇上都沒聽進去，蘭馨的瘋狂大喊，卻讓皇上聽進去了？這皇上，越來越難控制了！

❖

衝出將軍府的皓禎、寄南、靈兒、吟霜、魯超分騎著快馬，繞過了城中心，從住戶稀少的邊緣地帶，奔向城門口，一路穿過樹林，越過小橋，終於來到了城門口。因為繞道耽誤不少時辰，大概已是丑時了。

城門在望，皓禎與吟霜看著寄南和靈兒，四人心有靈犀的一個對望之後，帶著魯超，五人策馬衝向城門。驟然間，城門立刻關閉，同時湧出了重重官兵。項魁從重兵的隊伍中走出

來，大笑說道：

「哈哈哈！我爹料想你們會來這招，果然是一幫貪生怕死的鼠賊，看你們往哪裡逃，來人！把他們通通抓起來！」

項魁話聲才落，一群蒙面的黑衣人帶著各種兵器從天而降。魯超對皓禎大喊：

「少將軍快走！弟兄們趕來為您開道！你們儘管衝出城門吧！」

大批的官兵和魯超等黑衣人大打出手，為皓禎等人開路。皓禎叮囑吟霜：

「拉緊馬韁，我們快馬衝出去！」

一群官兵攻上來，皓禎乾坤雙劍錚然出鞘回擊，銳不可當的刺倒不少官兵。皓禎一面打，一面護著吟霜，在黑衣人的馳援下，雙雙衝出了城門。靈兒和寄南分騎在馬上，各持著刀劍，對官兵勢如破竹的砍了出去。靈兒鬥志如虹，大罵道：

「這個臭蛤蟆，臨走前還要讓我練武，我就殺你個片甲不留！」

靈兒一邊持劍應付官兵，同時也靈巧的射出幾個連環飛鏢，擊倒了想襲擊吟霜的官兵。

寄南殺到了前方，玄冥劍俐落的刺倒了幾個阻止皓禎前進的官兵，對皓禎大喊：

「一路向前，快走！」

寄南與皓禎邊衝邊砍的殺出了重圍。

伍項魁見到皓禎與寄南等人衝出城門，也快速上馬，帶著騎兵隊，追向了皓禎。項魁對騎兵們大喊：

「捉拿朝廷重犯袁皓禎、竇寄南！還有那個狐狸精！一個都不能讓他們跑掉！」

大批騎兵隊，快馬追向皓禎等人。

魯超也帶著若干黑衣人快速跳上馬，追出了城門。魯超大喊：

「保護少將軍！快追！」

皓禎急速的駕著馬，一邊拉著吟霜的馬韁飛奔。靈兒和寄南押後，保護皓禎和吟霜快馬飛馳，但是伍項魁帶領的騎兵大隊，也快馬追向皓禎等人。魯超等黑衣兵團又趕過來阻止騎兵大隊，幾路人馬，在馬背上互相襲擊砍殺。

突然左邊一個快馬騎兵，超趕過皓禎的馬之後，撒出了一張大網，讓右邊的騎兵接住。兩騎兵橫攔的一張大網，讓皓禎和吟霜衝不過去。

「吟霜，我們繞道！往左邊！」皓禎喊。

皓禎去拉吟霜的馬韁，吟霜的馬直立而起，吟霜驚叫一聲，滑落在地。

伍項魁趕來，大叫：

「抓住地上那個姑娘！」

皓禎飛馬過來，低俯身子，就一把抓住吟霜的手，拉上自己「追風」的馬背。寄南和靈兒飛騎過來，和追來的項魁及騎兵大打出手。靈兒喊著：

「皓禎，先帶吟霜衝出去，我們擋住他們，跑掉一個是一個！」

皓禎大叫：

「魯超！保護寄南和裘兒！」

皓禎就帶著吟霜，衝出重圍，不安的問：

「吟霜，妳還好嗎？剛剛摔下馬，有沒有受傷？」

「沒有沒有，真的沒有！」吟霜趕緊說道：「可是我那匹『嘯月』跑掉了，上面有我的藥箱，怎麼辦？」

「放心，『嘯月』是我們袁家軍訓練有素的軍馬，牠會找到我們的！」皓禎說。

靈兒、寄南和項魁打得天翻地覆。

魯超帶著一群黑衣人，和眾騎兵也打得天昏地暗。

只見寄南連續打倒了幾個騎兵，拉住了正在狂奔的「嘯月」。寄南飛騎到皓禎身邊，大笑著說：

「哈哈！好久沒有這麼痛快的打架了！吟霜，妳的馬給妳送來了！皓禎，接著馬韁，我

再去幫靈兒和魯超！」

皓禎急忙接過馬韁，帶著吟霜往前飛騎而去。

騎兵團已經衝出了黑衣兵團的圍剿，跟著伍項魁追向靈兒。寄南飛騎趕來，大叫：

「魯超，不要戀戰，去保護公子和吟霜！」

「是！」魯超應著，打倒幾個騎兵，追向吟霜和皓禎。

於是，項魁帶著大批人馬，都追向了靈兒和寄南。項魁對騎兵大喊：

「抓到一個是一個！快把這芝麻王爺和他的斷袖小廝拿下！」

靈兒視死如歸，對寄南說：

「甩不開這群混蛋，咱們就和伍項魁算個總帳吧！」

「這還要妳說，我今天不讓他見血，我就不叫寶寄南！」

寄南和靈兒與騎兵團交戰，邊打邊跑。只見曠野越來越荒涼，也不知道跑向了什麼地方，騎兵緊追不捨，兩人拚死抵抗，前方地勢高聳，馬兒狂奔，忽然間，馬兒長嘶一聲，兩人一看，竟然被逼到山崖絕路處。靈兒、寄南的馬，差點踩空墜崖。兩人趕緊勒住馬兒。伍項魁和騎兵隊趕到，一步步把寄南、靈兒逼近山崖邊。項魁下馬，幸災樂禍的說：

「我就說你們無路可逃了吧！還是乖乖束手就擒吧！你們這對斷袖兄弟！」

靈兒火大，看到項魁，各種冤仇齊聚心頭，跳下馬，用男聲大罵：

「什麼斷袖兄弟！你這陰魂不散的鬼東西，有種下馬和我單挑呀！」

如此近距離，伍項魁依然沒有認出靈兒，一來天還沒亮，光線不足；二來想也沒往靈兒身上想；三來靈兒的「男聲」實在太逼真；四來打架已經來不及，根本沒辦法分心。聽到靈兒發出挑戰，他輕蔑的說道：

「哼！一個小小隨從，有什麼身分與本官單挑？」

寄南跳下馬，霸氣的喊：

「她沒身分，那麼就由我這個有身分的王爺來會會你囉！」舉劍出手，使出一招「二分天下」：「看招！」

寄南聲到劍也到，項魁大驚急閃，持劍亂砍一通。寄南快手快腳，玄冥劍的劍花亂點，劍鋒到處，連續劃傷了項魁的手臂。項魁哎喲哎喲直叫，猛烈回擊，卻砍不到寄南，見自己武藝遠遠不如寄南，勃然大怒，對旁觀的騎兵大吼：

「看什麼看！把他們兩個通通抓起來呀！全上！」

騎兵下馬與寄南、靈兒開打。寄南靈兒寡不敵眾，兩人背靠背並肩作戰，被逼到山崖邊緣。艱險的地勢下，靈兒的防守顧此失彼，手臂突然被劃上了一刀，她手上一痛，腳步不

穩。項魁便一腳踢向靈兒的肚子，靈兒驚慌的踏空，墜落山崖。千鈞一髮中，寄南撲倒在地，就地一滾，伸手拉住靈兒一隻手。寄南大喊：

「裘兒！抓住我！」

靈兒一手抓緊寄南的手，往下看是萬丈深淵，落石紛紛掉落，懸崖深不見底，靈兒驚恐的喊：「寄南！」

項魁蹲在寄南身邊，戲謔的說道：

「嘖嘖嘖！本官只看過男女鴛鴦，還沒見過斷袖鴛鴦！既然這麼難分難捨，本官就成全你們！」拿出長刀說：「下去吧！」

伍項魁對寄南拉著靈兒的手，一刀砍下，接著再用力將寄南也踢下山崖。

寄南鮮血直流的手臂，依舊緊緊抓著靈兒的手不放，兩人一起不停墜落。寄南大喊：

「裘兒！」

靈兒同時大喊：

「寄南！」

項魁在崖上得意的大笑：

「哈哈哈！本來想活捉你們，既然你們這對狗男子這麼恩愛！就一起去見閻羅王吧！哈

「哈哈！」

懸崖邊的空中，寄南拉著靈兒，隨著彼此的呼叫聲，兩人向懸崖下不斷墜落。

靈兒和寄南墜了崖，吟霜和皓禎還在飛騎狂奔。魯超殿後，眼觀四面八方，保護著吟霜和皓禎。皓禎說道：

「這樣一陣飛跑，應該已經擺脫伍項魁了！」

「寄南和靈兒把他們引開，不知道他們兩個怎麼打得過這麼多人。我們五個人，應該還是不要分開才好！」吟霜說。

「說得也是！不過靈兒和寄南都很機智，我們的路線和計畫也都擬好，希望到了下一站，大家可以會合！」皓禎十分擔心，卻安慰著吟霜也安慰著自己。

魯超忽然大叫：

「公子！小心右邊，有弓箭手！」

魯超剛喊完，一排弓箭對吟霜和皓禎激射而來。眼看躲不過這麼多枝箭，忽然從山谷中竄出一隊約十人的斗笠大隊，各各手持長劍。眾長劍組成陣式，築成一道劍幕，在千鈞一髮之際，將那些雨點般射來的箭，迅速的攔截打落。但仍有無數枝箭射向皓禎和吟霜。皓禎下

馬，把吟霜也抱下馬背，就用身子護著吟霜，用乾坤雙劍飛舞出劍花，武力全開，把箭都打落於地。魯超也下馬，飛奔過來，一起揮舞長劍，打落那陣箭雨。

一批箭打落，第二批又激射而來。斗笠怪客對皓禎喊道：

「弓箭手眾多！帶人向東跑！這兒我來抵擋！」

「謝了！天元通寶兒！」

皓禎就把吟霜抱上馬背，「追風」與「嘯月」一陣飛騎，擺脫了弓箭手的埋伏範圍。皓禎不禁傷感痛罵：

「還埋伏了弓箭手來對付我！沒料到為國盡忠，居然被羽林軍包圍，現在還被重重追殺！幸好有斗笠怪客，否則會葬身在弓箭手中！」

魯超又大喊：

「公子小心，後面有追兵！」

後面，伍項魁帶著騎兵隊伍，追了上來，大喊：

「袁皓禎、白吟霜，你們投降吧！竇寄南和他的小廝已經被我逼到『萬仞崖』，墜崖而死，剩下你們兩個，不要再做困獸之鬥，納命來吧！」

皓禎跳下馬，撲了過去，一劍「燕子抄水」，劍鋒橫掃項魁的馬腿，馬兒倒地，項魁也

跟著滾落地。魯超急忙過去護著吟霜，擋掉第二批刺殺而來的羽林軍。皓禎持劍，一劍就對

項魁刺去。項魁就地一滾，驚險避掉，跳起身子。

又有分散的弓箭手亂箭射來，差點射中項魁。項魁又驚又氣，大叫：

「弓箭手停止！誰是主子，誰是敵人，你們認不清嗎？」

散亂的弓箭手，趕緊停止。隨著項魁追來的騎兵，卻圍著皓禎打。皓禎打倒若干人，就

直奔項魁，罵道：

「你的胡說八道，才騙不了我，寄南和他的小廝，大概把你打得落荒而逃，才改變路線，

跑到這兒來追我的吧？」

項魁大笑：

「你還不相信？寄南對那個小廝，原來挺有情的，小廝掉下懸崖，他居然去救。本官就

成全了他們兩個，一刀砍在寄南手上，他們就雙雙殉情了！」

吟霜聽得心驚膽顫，怒瞪項魁：

「不會的！他們兩個絕對不會死在你手上！」

項魁太得意了，忽然舉起手來喊道：

「暫時休兵！讓這對白狐夫妻死得明明白白！」

騎兵都停止了打鬥，皓禎、吟霜、魯超也稍獲喘息。項魁喊：

「把寶南和他小廝的馬牽來，給少將軍和白狐夫人過目！」

便有兩個騎兵，牽來靈兒和寄南的馬。馬上還馱著兩人的行李和包袱。皓禎和吟霜一看，駭然變色。吟霜顫聲的說：

「皓禎，這是他們兩個的馬！」

皓禎瞪著項魁，悲憤已極的喊：

「你了他們的馬？你了不起只是一個偷馬賊！寄南和裘兒絕對不會死！如果他們死了，你拿屍體來看！」

「哈哈哈哈！」項魁大笑：「萬仞崖下有他們的屍體，等到你們死了，魂魄可以去找他們相聚！別走錯路，是萬仞崖！摔下去的人，從來沒有活口！何況他們已經被我打得遍體鱗傷！」對手下一聲吆喝：「一起上！捉活的！這個駙馬還可以到公主那兒去邀功，這個白狐會巫術，有用！」

頓時，官兵把吟霜和皓禎圍得密不透風，皓禎護著吟霜，打得十分辛苦。吟霜也早已下馬，兩匹馬兒在大戰中，已不知去向。兩人背靠背，皓禎看看情勢不妙，魯超在外圍苦戰，寡不敵眾。天元通寶的兄弟，也越戰越少。斗笠怪客不過十來人，顯然還在和眾多弓箭手苦

戰。他心中飛快的轉著念頭，一面看天色，發現隨著曙色，有濃霧正在飄浮過來。皓禎就

對吟霜急道：

「吟霜，讓我去面對皇上，妳快跑！妳活著才有救我的機會！去宮裡求蘭馨，她雖然恨

我，但是我們畢竟做了一場掛名夫妻，她儘管刁蠻，卻良心未泯！用妳的善良，用妳所有的

能力救我，看到那片霧沒有？利用它，快走！」

吟霜聽到皓禎這篇話，知道逃不掉了，悲憤至極，急道：

「皓禎，我沒辦法丟下你……我辦不到！」

皓禎低語：

「我把敵兵引開，妳盡量跑！魯超會保護妳的！」

「哈哈哈！」項魁大笑：「白狐夫人不是有妖術嗎？妳再變個戲法讓我瞧瞧啊！」

皓禎雙劍銳不可當的揮向項魁面門，大叫：

「我的連環劍，要把你碎屍萬段！」

項魁大驚，不敢迎戰，回頭跑，喊著：

「大家去打呀！」

皓禎就一夫當關的全力進攻。

大霧湧了過來，瞬間濃霧把眾人全部罩住。項魁喊道：

「起霧了！大家別散開，圍住袁皓禎，別讓他跑了！」

皓禎在霧中飛跑，邊跑邊喊：

「來追我呀！看你們追得到還是追不到！」

項魁帶著眾追兵，向著皓禎追去。

吟霜在濃霧中分辨不清方向，慌亂的和皓禎分散了。廝殺聲和馬蹄聲都聽不見了，安靜讓她更加恐慌，她不斷的奔跑著喊著：

「皓禎！皓禎……你在哪兒？你在哪兒？」

回答她的，只有濃霧中隱隱飄蕩而來的回音。

　　❖

這場大戰，雖然出動了天元通寶，依舊讓皓禎和吟霜分散，讓寄南和靈兒墜崖……追殺他們的，竟然是他們效忠的李氏皇軍！英雄兒女淚，亂世兒女情！此時此刻，他們堅信的忠孝仁義，又在何方？

# 75

萬仞崖，那確實是個「死亡谷」，掉下萬仞崖的人，沒有人生還過，這都是事實！當項魁對皓禎和吟霜炫耀時，也沒有誇大。皓禎是知道萬仞崖的，看到寄南、靈兒的馬，聽到他們墜崖的消息，心中已充滿不祥的預感。如果寄南、靈兒為他而死，他又怎能獨活？救吟霜，那時，他只想救吟霜，才會對吟霜吩咐了一篇話，對自己的生死，早已置之度外。

但是，掉下萬仞崖的人，沒有人生還過，那是指「掉下去」的人。靈兒和寄南命大，兩人就掉下墜崖時，寄南受傷的一手緊抓住靈兒，另一手卻在胡亂揮舞中，抓住了一條藤蔓。懸在那兒晃著，寄南傷口上的血，沿著手臂，流到靈兒的手臂上。寄南放眼看去，看到不遠處有一個凹進去的山洞，就對靈兒喊著：

「裘兒，看到右邊那個山洞沒有？我把妳甩過去，妳想辦法跳到那山洞裡！千萬別摔下

去了啊！」

靈兒看向那個山壁，吃力的說：

「好！我盡力跳過去！」

「什麼盡力，妳一定要用上妳吃奶的力氣！」寄南說，又抱怨著：「沒想到妳這麼重，我甩不甩得過去還不知道呢！看妳的運氣吧！」

寄南使出全力將靈兒甩到那個山壁，山洞空間不大，靈兒驚險的跌進山洞裡，摔痛了屁股，一面喊著哎喲，一面爬起身，站在山洞邊緣，對寄南喊：

「換你了！跳得過來嗎？」

不待靈兒說完話，寄南奮力的輕功加跳躍，也躍進山洞。他用力過猛，把靈兒又撞倒在山洞裡，寄南生怕靈兒的腦袋碰到石壁，趕緊用沒受傷的左手托住靈兒的頭，緊擁著她倒進山洞中。幸好山洞中積滿落葉，靈兒才沒有被他壓傷。他幾乎仆伏在她身上，兩人臉孔對著臉孔，大難不死，驚魂未定，雙雙凝視著彼此的雙眸。片刻後，靈兒終於崩潰，抱著寄南大哭，說道：

「我以為我們這次必死無疑了！我以為我再也聽不到你罵我、嫌棄我的聲音了！我以為你再也不能打我的頭了！」

寄南死裡逃生，緊抱著靈兒。冬日的寒風吹襲著，寄南感受到她身體的溫暖，不禁深情的盯著她，手指擦拭著她的眼淚，最後情不自禁的擁吻了她。靈兒先是驚訝一愣，接著慢慢融化在寄南的深吻吻裡。她的心怦怦跳著，一股熱浪，從心底湧到面頰湧到嘴唇，本能的反應著寄南的吻。**這一吻，來得如此熱烈，如此刺激，如此驚心動魄。儘管寄南曾經在風月場合**

**打滾，這一吻竟勝過人間無數！**寄南吻完，盯著她說道：

「我以為我沒有機會對妳這麼做了！」

靈兒羞紅著臉問：

「你……你一直想這麼做？想……親我？」

寄南凝視著靈兒：

「嗯！常常想，又常常不敢想！怕妳不知道會不會突然猛打我一拳！或者給我一記風火球！現在這個地方這麼小，妳要打我，我也沒地方逃了，妳想打，就打吧！」

「打！當然一定要打！」靈兒說：「如果我們還能活命逃出這個山洞的話！我會找你算帳的！」看到寄南的手傷：「讓我先看看你的傷口！」

寄南和靈兒挪動了身子，在有限的空間中，讓彼此能舒服的坐下。

靈兒檢視著寄南的刀傷，從口袋裡掏出藥囊，找出藥膏幫寄南擦藥，又用藥囊裡的棉布

條包紮寄南的手臂，一邊包紮一邊說道：

「還好我們都隨身帶著吟霜的『急救藥囊』，你這傷口應該縫線，但這我就沒辦法了，先馬馬虎虎包紮一下再說！」

寄南看著傷口說：

「還好天氣太冷了，血也流不動了，居然都不流血了！」看靈兒的手傷：「妳的傷呢？我也幫妳包紮一下！」拉過靈兒的手，幫她擦藥包紮。

「我只是皮肉傷，沒關係的！」靈兒感覺好冷，瑟縮著身子：「風怎麼越吹越大？好冷啊！」雙手摩擦身子：「咱們好不容易沒被摔死，會不會在這裡凍死了？」

寄南握著靈兒的手驚喊：

「妳的手怎麼冷冰冰？我抱著妳，就不會那麼冷了！」寄南就緊緊的抱著靈兒，擔心的看著靈兒蒼白的臉色，著急的、心痛的想著⋯

「之前一直把妳當小廝看，畢竟妳只是個姑娘，靈兒，千萬千萬要挺住！」

當寄南和靈兒困在山洞中時，在曠野引開項魁的皓禎，發現濃霧散了，吟霜已經不見，

而項魁帶著許多追兵將他團團圍住。項魁說：

「看你還要往哪兒逃？」

皓禎看看那些圍住自己的追兵，除了羽林軍，裡面還有許多伍家的殺手，天元通寶的兄弟不在，斗笠大隊也不在，知道自己插翅難飛。這是他的宿命！他站住，一嘆：

「好吧！不打了，我跟你回長安見皇上！」

項魁對眾羽林軍嚷道：

「去把他綁起來！」又對皓禎喊道：「還不把武器放下！」

皓禎見對方人多勢眾，長嘆一聲，手中雙劍落地，抬頭挺胸說道：

「不用綁我，給我一匹馬，我跟你回去就是！」

「想得美！」項魁得意的冷笑：「你現在是我的俘虜了！俘虜就要有俘虜的樣子！來人呀！用繩子把他的雙手綁起來！」

皓禎兩手被繩子綁在一起，長長的繩子，另一頭繫在項魁的馬鞍後面。項魁騎著馬，就這樣拖著皓禎往前跑。皓禎的背部貼著地，眼睛看著天空，一路的石頭沙礫，摩擦著他的背脊，幸好是冬天，他的衣服厚重，即使如此，沒有多久，衣服便磨破了，石頭直接撞擊著他的背部。他唯一能做的，是利用自己的功夫，盡量讓頭部撐在繩索上，以免撞得頭破血流。

就這樣，皓禎被項魁一路拖向長安城，羽林軍和伍家衛士勝利的隨行。

❖

吟霜在濃霧中和皓禎分散了，聽著皓禎遠去的聲音，她慌張的喊著：

「皓禎！皓禎！」

聽不到皓禎的答覆，卻聽到四周沉寂下來，追兵全部去圍捕皓禎了。她心慌意亂，沒有皓禎，沒有寄南，沒有靈兒，她要怎麼辦？她不住喊著，毫無目的的奔跑，濃霧漸漸散去，

她四面張望，找尋皓禎，依舊喊著：

「皓禎！皓禎！」

突然魯超騎馬奔來，手上另外牽著「嘯月」。魯超下馬奔向吟霜：

「吟霜夫人，您還好吧？有沒有受傷？」

吟霜四面觀望，著急的找尋：

「我沒事，沒事！可是……皓禎呢？皓禎呢？魯超，你看到皓禎沒有？」

魯超四面打量著：

「這裡四下無人，怕是少將軍真的引開追兵，然後被伍項魁的人馬抓走了！」

吟霜回想，深吸了一口氣……

「皓禎說他要回去面對皇上……要我去求公主……」她走向馬兒……「那我們也快回長

安！我們要想辦法營救皓禎！不知道現在將軍府怎樣？我們還能回到將軍府嗎？」

「我們從東邊突圍出來的，那兒的羽林軍，是木鳶安排好的，都是我們天元通寶的兄弟！我們現在還是從東邊進去！」

「那我們趕快回去吧！」吟霜急切的跳上馬背。

吟霜和魯超就疾馳在曠野中跑了一段，來到許多馬蹄雜沓的地方，「嘯月」走到一處，就停下了腳步。吟霜看去，一眼看到地上的「乾坤雙劍」，心臟怦然一跳，知道皓禎一定被俘了。她咬緊牙關，不讓淚水奪眶而出。魯超已經跳下馬，拾起雙劍，慘然的看著吟霜。只見吟霜眼神堅決悽楚，點頭說道：

「我們就先回將軍府，再去營救皓禎吧！」

天空裡，開始飄起雪來。

❖

靈兒和寄南相擁在山洞裡，望著外面的細雪紛飛。靈兒感慨：

「怎麼樣也沒想，我們兩個最後會葬身在這裡，我還以為我會犧牲在戰場裡的。」

「如果我們真的要在這裡結束一生，那我真的死而無憾了！至少我是擁著一個我喜歡的女子，告別這個天下，這一生也值得！」

「你喜歡的女子？你何時開始喜歡我的？」靈兒好奇的問。

「忘了！好像是在咸陽辦案的時候，又好像是妳詐死的那時候，可是又好像第一次在長安大街，見到妳駕著馬車橫衝直撞的時候！」

「原來你第一次見我就有好感⋯⋯」靈兒感動的想著：「可是，小白菜不是你的老相好嗎？」

「小白菜？」寄南一嘆：「唉！我們確實好過一陣，但是後來就變成工作上的熱血伙伴，像姊弟親情那種關係！」想到小白菜之死，相當傷感。

「哦？好過一陣為什麼會變呢？」靈兒昏昏欲睡的問。

「隨著年齡，人都會變的！我風花雪月，從來沒有專情過，直到碰到一個斷了袖子的妳，才把我的生活弄得亂七八糟！反正都快要死了，也不用和妳爭面子了⋯⋯」正經的說道：「我問妳，妳有沒有喜歡過我？」

靈兒沒有回答，寄南低頭一看，忽然發現靈兒陷進昏睡裡，大驚喊道⋯

「靈兒！靈兒！妳可別死，這是我第一次向妳表白，妳千萬不要沒聽完就死掉！」

靈兒迷迷糊糊的囈語著⋯

「爹，裘家班靈兒沒法照顧你了，爹⋯⋯」

寄南慌亂的搓著靈兒的手腳，拍著靈兒的面頰：

「醒來醒來！我去洞外找出路！妳等著我……」脫下外衣，裹住靈兒：「妳等著我！」

寄南把靈兒放在地上，就衝到洞口，差點跌落到萬丈深谷裡。他四面一看，峭壁高聳，完全無路可逃。寄南挫敗的回到洞裡坐下，再把靈兒緊緊擁入懷，喊著：

「靈兒，我想我們兩個已經沒辦法活著出去了！這樣也好，不能同年同月同日生，但卻可以同年同月同日死！我真笨，和妳同住一室，整天打打鬧鬧，都不曾向妳表明我的心跡！」猛烈的搖著靈兒，悽然大喊：「靈兒，我命令妳醒來！要死，也聽完我的表白再死！」

靈兒恍恍惚惚的回應著：

「不要……打我的頭……不要……罵我笨……」

寄南淚水奪眶而出，緊抱著靈兒搖著：

「不打妳，不罵妳，再也不打妳，再也不罵妳，只要妳醒來！」

　　　　❖

皓禎、吟霜、寄南、靈兒就陷在大雪紛飛的絕望裡，各自找尋僅有的希望。皇宮中，太子緊急被皇上召來，詢問有關皓禎的身世。因為將軍府裡的各種傳言，已經傳得鋪天蓋地。

聽到太子的述說，皇上驚呼道：

「梅花烙？吟霜的後肩上，真有一個梅花烙？」

「其實看不清楚，就是有點像梅花的印記而已！」太子急急的解釋：「顯然將軍夫人太喜歡吟霜了，偏偏吟霜身上又有這麼一個印記，就編出這故事來救吟霜！只要這樣說，吟霜就不可能是白狐！」

「為了救吟霜，不惜犧牲皓禎嗎？」皇上驚疑：「這樣一說，皓禎豈不是成了來源不明的人物？不是袁柏凱的兒子，卻娶了蘭馨，這欺君大罪，等於坐實了！哪有這麼笨的『編故事』？」

太子著急沮喪的衝口而出：

「不管這故事笨不笨，反正伍項魁已經帶著眾多羽林軍，去追殺他們幾個了！現在，皓禎也好，吟霜也好，裘兒也好，寄南也好……在那麼強大的武力下，恐怕個個凶多吉少！」

「他們四個都逃跑了嗎？包括寄南，也跟他們在一起嗎？」皇上大驚，心慌意亂。

「差一點連我也跟他們在一起！」

「你說什麼？」皇上震動已極。

太子義正詞嚴，悲切的說：

「父皇說過，周易中說『二人同心，其利斷金』，因為兒臣和皓禎、寄南情同兄弟，父皇感動，把它改成『三人同心，無堅不摧』！當皓禎、寄南有難時，啟望不曾跟他們同在，已經快要急死了！現在他們如果有任何閃失，兒臣就是孤木一枝了！」

「那麼，他們現在情形怎樣？你還不趕快去打聽一下！速來回報！」皇上大急。

「兒臣立刻就去！不過父皇必須明白，他們的生死，遠遠比他們的身世重要！」

皇上揮手跳腳：

「快去！快去！」

❖

太子去打聽「大逃亡」的情形，伍震榮卻在宰相府，對著方世廷得意洋洋的說道：

「哈哈哈！我家那個辦事不牢的小子伍項魁，居然開竅立了一個大功，不旦擊斃了賓寄南和他的小廝，還活捉了袁皓禎！」

采文手中的茶杯，頓時落地打碎，慘烈驚呼⋯

「活捉了皓禎？」

漢陽也慘烈驚呼⋯

「什麼？擊斃了寄南和裘兒？」

世廷無法置信，問道：

「寄南和裘兒，前天還活蹦亂跳的兩個人，怎麼一轉眼就走了？」

「這不可能！」漢陽急道：「榮王怎能把寄南和他的小廝打死？這事我沒辦法接受！他們兩個是下官的助手，有什麼罪要被朝廷的軍隊擊斃？」

「他們幫助朝廷重犯袁皓禎和白吟霜出逃，等同是朝廷的欽犯，而且一路持械拒捕，像寶寄南這種公然與皇上作對的亂臣，死有餘辜！」伍震榮說。

世廷瞪著伍震榮，急道：

「榮王，你這就太造次了！那寄南是宰相府，受皇上聖命託管的人，項魁怎麼可以將他們擊斃？不管怎樣，也得活捉呀！這話是真是假？」

伍震榮得意著：

「當然是真，還有什麼假？世廷你也別在乎那個聖命，皇上不會在乎寄南的！何況袁柏凱也死到臨頭，他犯了欺君大罪，現在人人都知道了，原來皓禎是抱來的，根本不是袁家的骨肉！這故事太離奇了，大理寺也沒遇過這樣的大案子吧！現在好了，這幫眼中釘終於可以拔除，世廷，我們都可以鬆口氣了！」

采文面如死灰，聲音顫抖，一直重複說著：

「被活捉了……被活捉了……」完全失魂了。

「那麼袁皓禎現在被抓到哪裡呢？」漢陽急問。

「當然是在你們大理寺的大牢裡了！」伍震榮犀利的瞪著漢陽：「不過這案子不須你來插手，皇上和皇后親自審案！」對世廷說：「好了，本王另有要事，不能久留！你那兩個麻煩人物，本王總算幫你解決了！哈哈哈哈！」

伍震榮笑著離去，眾人都太震撼了，也忘記相送。

采文面色如死。整個人都像被掏空了一般，皓禎，他是換來的兒子之事已經曝光！他一定恨死了把他遺棄的爹娘！那麼優秀的孩子，她還來不及認他！來不及讓他知道，他的爹娘是誰？來不及告訴他當初的經過。現在，他被活捉了，關入大牢，他會落得什麼下場呢？怎麼可能這樣？怎麼可以這樣？她跌跌撞撞的奔進祠堂裡去了。

❖

伍震榮從宰相府出來，就直接進宮，面見皇上。這次，太子幫等於全軍覆沒，皓禎的欺君大罪，寄南的死有餘辜，就算皇上再如何祖護他們，也無力挽回了。

皇上聽了榮王的報告，一個踉蹌的跌落在矮榻上，脫口驚呼：

「什麼？寄南被羽林軍擊斃了？」臉色慘白：「榮王，你怎可將朕封的靖威王給打死？

你……你……你！你給我把屍體找來！朕要見到屍體，才能相信！」

皇后在一邊說道：

「死了就死了，還找什麼屍體？那小小的靖威王，生活放蕩，養著小廝，你還把他當個

寶？死了才乾淨！」

皇上忽然之間勃然大怒，拍桌怒吼：

「你們知道什麼？小小的靖威王，曾在永業村拿出自己家當救蝗災，也曾在桐縣為老百

姓抓貪官，還曾在驢兒坡不計前嫌救皇后……」指著伍震榮：「你是不是公報私仇？寄南屢

次提出你的過失，朕也不曾追究，你居然殺了寄南？現在朕下旨命令你，立刻去把寄南給朕

找來，朕要活著的他，不要死的！」

伍震榮大驚：

「皇上！他怎麼死的，下官還沒弄清楚，那麼多羽林軍打打殺殺，只怕找來也是一堆殘

骸了！陛下為何如此在乎他？」

皇上氣急敗壞的嚷道：

「朕在乎他，就是在乎他！因為他真心愛著百姓！因為他……」眼中含淚了：「就是蘭

馨說的那句話，是我身邊少有的忠臣！還不止於此……」對伍震榮怒瞪：「你還不去找他？

就算你是不可一世的榮王，我還是當朝皇上！你還要命不要？」

伍震榮一驚，突然感到皇上的威勢了，趕緊回答：

「臣遵旨！臣馬上去找！」和皇后交換視線，心想：「這個昏君是怎麼回事？突然變了

個樣！活的寶寄南，我哪兒去找？」

❖

而活的寶寄南，正手忙腳亂的想救快要凍死的靈兒。兩人在寒冷中緊緊依偎，他搓著靈

兒的手，懇求的看著她蒼白的臉，喊著：

「醒來！醒來！妳會凍死的！睜大眼睛，看著我！」

靈兒神思恍惚的說道：

「很冷，很冷……我……是不是要死了？」眼睛始終閉著。

「胡說！妳不會死！我不許妳死！睜開眼睛看看我啊！」

「很冷……我不會死……」靈兒囈語：

「寶寄南，小心那食人魚……」

「怎麼辦？怎麼辦？」寄南心急如焚：「她快死了，這樣下去，她捱不過一個時辰！」

急促的拍拍靈兒的面頰，忽然提高聲音，生氣的吼著：「靈兒！我問妳，妳既然心裡有我，

277

為什麼又去勾搭漢陽？」

靈兒被寄南這樣大聲一吼，醒了，睜開了眼睛，看著寄南。

寄南看到靈兒睜眼，心裡一喜，更大聲的問：

「妳給我說清楚！為什麼勾搭漢陽？」

靈兒真的醒了，雖然衰弱，卻生氣的說：

「我什麼時候勾搭漢陽了？你別給我亂扣罪名！」

「妳有！妳就是有！」寄南咄咄逼人的喊：「我看得清清楚楚，聽得清清楚楚！什麼『大人，大大人，小的，小小的……』妳就是勾搭漢陽！妳想一箭雙鵰嗎？」

靈兒眨著眼睛，忽然想了起來，那天是和漢陽在書房說笑，她說漢陽是「大人，大大人」，自己是「小的，小小的」，還舉了一個例子，對漢陽說：

「大人，大大人，大人一品高升，升到三十三天上，給玉皇大帝蓋瓦！小的，小小的，小的罪該萬死，死到十八層地獄，幫閻王老爺挖煤！」

結果，嚴肅的漢陽，當場噗哧一聲就笑了出來。現在，靈兒才知道寄南都偷聽到了，就生氣的喊：

「原來你都在偷聽、偷看我的行動，你這個王爺，實在太沒風度！和漢陽比起來，他就

278

是『大人，大大人』，我就是『小的，小小的』，行嗎？懂嗎？我欣賞他不行嗎？」

寄南提高聲音：

「那我呢？他是『大人，大大人』，我是什麼呢？」

「你呀！你是什麼？」靈兒想想：「你了不起就是個『氣人，氣死人』！」

寄南一伸手，打了靈兒的頭。

「你又打我了！當心我一腳把你踢到懸崖下面去！」

寄南鬆了口氣，眼中充淚了，柔聲說道：

「吵吵架，妳就不想睡了！妳整個人冷冰冰，一直說夢話，我真害怕妳會凍死。我們兩個都不能死。我們得活著，等會兒再想辦法求生！」就緊擁著她，深深看著她的眼睛說道：

「我不是『氣人，氣死人』，我是『情人，有情人』！今生認定妳了！」

靈兒眨巴眼睛看著他，感動至深，眼角滑下一滴淚。

「你一定要等到我們快死的時候，才對我說這麼重要的話？」

「摸不透妳的心，不敢說！怕被妳打出門去！」

「說得太肉麻，我雞皮疙瘩都起來了！」靈兒說：「不過很好聽！」

寄南就把她緊緊抱住。細雪在洞口飄飛，兩人如同生死訣別時。

皓禎被送進大理寺監牢，由陳大人經手，跳過了漢陽。他坐在大牢一隅深思著，身上衣服被馬拖走得支離破碎，背上傷口眾多，疼痛無比，臉上也有小箭傷。他憂心的想著：

「吟霜，妳能不能逃出這場災難呢？當時只想救妳，才要妳去求公主的！妳不會認真再去找公主吧？魯超會把妳平安送到代州吧？」

皓禎正想著，獄卒送來非常粗糙的饅頭，和一碗髒兮兮的水來給皓禎，毫不客氣的丟在牢門口。皓禎冷眼看了一眼饅頭和水，毫無食欲，對獄卒說道：

「你們拿走吧！本將軍不吃！」

「哼！」獄卒冷笑：「已經是階下囚了還本將軍咧！你愛吃不吃，隨你便，等一會老鼠叼走了，冤枉的是你自己！不知好歹！」

漢陽和太子已經悄然來到獄卒身後，太子怒氣沖沖，用劍柄敲了一記獄卒的腦袋：

「小小獄卒，居然敢在這兒仗勢欺人！」

獄卒挨揍轉身，一見到太子和漢陽，嚇得屁滾尿流，趕緊下跪：

「太子殿下，漢陽大人，小的知錯了，請見諒！」拚命磕頭。

「把這硬邦邦的饅頭撤下，從現在開始，三餐給少將軍三菜一湯外加熱米飯，現在就去

重新送來飯菜！快去！」漢陽命令道。

太子厲聲喊道：

「湯要清燉雞湯！三菜要兩葷一素！雞湯要全雞！」

「是是是！小的立刻就去！」獄卒說完飛奔而去。

漢陽對另外一名守門的獄卒命令：

「開門！」

獄卒開了門，漢陽和太子走入牢內。皓禎迎向兩人，如見救星，著急的說道：

「啟望、漢陽！你們有吟霜的消息嗎？當時我們分散了！不知道吟霜是生是死！還有寄南和裘兒……」

「我沒有親眼看到，當時我們都被伍項魁的人馬沖散了，聽說他們是跌落了『萬仞崖』。」

「伍震榮到方宰相那兒炫耀，據伍震榮說，寄南和裘兒雙雙遇難了！不知道是不是真的？」太子問。

皓禎求助的說：「啟望，我困在這兒，什麼都不能做。你們趕快幫忙，打聽吟霜下落！去萬仞崖找尋寄南、裘兒！」

「我這就去！」太子說：「皓禎，父皇那兒，我去為你備了案，你不要絕望，身世問題

不至於讓你送命！父皇知道你是忠臣，他並不像表面那樣迷糊，他心裡是明白的！他知道你

對我的重要性！」

「我已經把我自身的生死置之度外。現在最重要的，是救寄南、裘兒和吟霜！」

「好好好！」漢陽說：「我們馬上去，救人的救人，打聽的打聽！但是請你也要答應我

們，保持體力，堅強面對！」

「等會兒三菜一湯送來，你必須吃得精光！」太子有力的說。

皓禎落寞的點頭，與太子、漢陽相望，一切盡在不言中。

✤

吟霜終於在魯超的保護下，回到了將軍府東邊的偏門。羽林軍只剩下三三兩兩，大部分

都撤退了，連這三三兩兩也在倚著牆打瞌睡。魯超和吟霜牽著馬走了過來，她穿著披風戴著

帽子，遮住大半個臉孔。一個羽林軍迎上前來問：

「什麼人？」

「天元通寶！」魯超低沉的回答。

羽林軍讓開，魯超就牽著兩匹馬，帶著吟霜溜進偏門去。

片刻以後，吟霜依舊穿著逃亡時的衣服，只卸下了披風，坐在畫梅軒的大廳裡。皓禎的

「乾坤雙劍」，交叉放在桌上。香綺哭著，急急送上熱茶，小樂哭著，急急把火盆移到吟霜面前。香綺哭道：

「小姐小姐！我以為我再也看不到妳了！看妳冷成這樣？趕快喝口熱茶！」

「公子去了哪兒？公子怎麼沒跟妳一起回來？」小樂問。

此時，魯超小心翼翼，躡手躡腳的帶著雪如和柏凱進門來。魯超對吟霜說：

「大將軍和夫人來了，我去外面把守，你們好好談談。」說完低喊：「小樂、香綺出來，我們各自把守一個方向，千萬別讓二公子靠近！」

香綺和小樂就急忙出門去。

吟霜看到雪如和柏凱，恍如隔世，迎向兩人，雙膝一軟跪落地，痛喊道：

「爹！娘！很抱歉！我們沒能逃出去！四個人出門，現在只剩我一個回來！」哭著磕下頭去：「我對不起爹娘！」

「妳快起來吧！」別跪著。」柏凱急忙說，雙手把吟霜扶起。柏凱和雪如，都含著淚，真情流露的雙雙抱住吟霜。柏凱充滿感情的說道：「說什麼抱歉呢！沒逃出去也是天命，我才認了妳，還沒把妳仔細看看清楚，還沒跟妳說上一句父女間的話，妳就走了。現在還能看到妳，真要謝謝老天！」

「魯超把經過都告訴我們了！」雪如拭淚：「我知道妳滿心想著怎樣救皓禎，我們再來想辦法！妳這一天折騰，想必什麼都沒吃，一定餓壞了吧！我已經讓秦媽去廚房幫妳弄點吃的，妳先吃點東西再說！」

吟霜急問：

「爹娘有皓禎的消息嗎？」

「是！」柏凱忍著淚：「他已經被捕，現在關在大理寺的大牢裡！」

吟霜一痛，臉色慘白，說道：

「我要進宮去見蘭馨，我必須去見她一面，只有她才能救皓禎！」

「蘭馨？」柏凱驚訝的說：「她恨死了妳，妳要進宮去見蘭馨？那豈不是再投羅網？何況那皇宮裡，人人要我們袁家人死，妳進去還能出來嗎？」

「就是！」雪如說：「我們另想辦法吧！好不容易妳又回家了，我們大家還有多少日子可活，誰都不知道，我們父母和女兒，就多相聚一天是一天吧！」

「不！」吟霜堅持：「我要進宮見蘭馨，那是皓禎交待我的！我一定一定要進宮見蘭馨！」

風雪停了，陽光露臉。靈兒和寄南兩人在山洞口，看著外面的峭壁發呆。寄南說：

「現在，要想想怎麼脫困？才能享受外面的陽光！」看著靈兒：「妳還很衰弱，讓我摟著妳，千萬別摔到懸崖下面去！」

靈兒依偎寄南，看著四周：

「我們一直卡在這山洞裡，上不上，下不下，到底怎麼辦呢？」

正當靈兒、寄南苦惱之際，山崖上、太子、漢陽、鄧勇帶著一批官兵正在到處搜尋靈兒和寄南。太子對眾官兵命令著：

「懸崖下也好，石頭縫裡也好，你們到處仔細搜尋，不能放過任何蛛絲馬跡！」

一位官兵奔來通報：

「稟告太子，山崖下都已經搜索過了，並沒有見到任何屍首！」

「很好！」漢陽說：「沒見到屍首證明人還健在，你們繼續在這方圓內搜索！」突然大喊：「稟寄南、裘兒，你們在哪裡？」

所有官兵跟著大喊：

「稟王爺！裘兒！你們在哪裡？」

山洞裡的靈兒和寄南聽到了呼喊聲。靈兒喜悅地問：

「寄南，你聽你聽，是不是有人在喊咱們？」

「寄南、裘兒！你們在哪裡？」太子大叫。

「咦！好像是太子老哥的聲音，他親自來找我們了！快！我們快回應他！」寄南大喊：

「啟望！我們在山洞裡，快來救我們！」

鄧勇驚喜大喊：

山崖上鄧勇趴在懸崖邊緣，發現了靈兒、寄南，正伸出雙手在山洞口揮舞。

「太子殿下！」指著懸崖下的山壁：「他們在那兒！」

太子和漢陽伸頭一看，兩人大喜過望。

「快！快拿繩索把他們救起來！」

鄧勇和官兵七手八腳快速垂下繩索給寄南和靈兒。

寄南用繩索，把靈兒綁在自己身上，兩人帶著傷，被官兵拉上了懸崖。

寄南喘息著，感激的說：

「漢陽！啟望！你們怎麼會找到這裡來的？以為再也見不到你們了！靈兒差點在山洞裡

凍死了，有沒有熱水，趕快給她喝一口！」

太子一怔，喊道：

「熱水！哪兒有熱水？鄧勇！沒有就趕快起火燒一鍋！」

「是！」鄧勇喊道：「弟兄們！趕快燒熱水！」

寄南解開繩索，把靈兒放下。漢陽急忙找來毯子，把靈兒緊緊包住。靈兒坐在石塊上，裹著毯子，曬著太陽，感動哽咽著說：

「太子，漢陽大人，現在看到你們就像看到大菩薩，快讓我對你們磕幾個頭吧！」

「見到你們大難不死，我真是萬分高興，但是，現在我笑不出來，因為皓禎被抓進大牢了！」太子又喜又憂的說。

「皓禎還是沒有逃出這個劫難？」寄南大嘆。

「那吟霜呢？也被抓走了嗎？」靈兒急問。

「吟霜沒有被抓走，但我暫時也沒有她的消息。現在伍震榮父子都以為你們死了，你們打算何去何從呢？」漢陽問。

「我終於知道我命不該絕的理由了，當然回長安去救皓禎！」寄南說。

「沒錯！回長安！同生死共患難！」靈兒接口。

# 76

將軍府的一場大難，在深宮裡的蘭馨完全不知道。早上，崔諭娘侍候著蘭馨喝藥。蘭馨有氣無力，愛喝不喝，崔諭娘哄著說：

「公主，這藥最好趁熱喝，都快要涼了！」

「涼了就讓它涼了吧！藥吃再多，又有什麼用呢？」她忍不住長嘆問：「有將軍府的消息嗎？」

崔諭娘面露難色，欲言又止……

「這將軍……公主還是不要知道的好！」

「什麼意思？為什麼我不要知道？妳快說！」

「公主這陣子生病，精神時好時壞，奴婢就怕說了又害您身體更糟呀！」

「本公主都成這樣了，我還能怎麼糟？」發脾氣一吼：「妳快一五一十的告訴我，將軍府到底出了什麼事情！」

「是是！公主別生氣！且聽奴婢慢慢道來！」

崔諭娘便對蘭馨說了皓禎身世的曝光經過。蘭馨這次倒是非常安靜，仔仔細細的聽著，聽完崔諭娘整個述說，震驚無比，精神也集中起來⋯

「這麼說，皓禎已經關在大牢裡了？他居然不是袁家的孩子？那他到底是誰家的呢？他怎麼進了將軍府的呢？」

「現在誰能管得了他是誰家的？總之他已經不是駙馬爺了，恐怕整個將軍府也快要不保！公主，其實這樣也好，咱們從此和袁家一點關係都沒有，您也解脫了！公主就好好養病吧！」

蘭馨把桌上的藥端起來慢慢的喝著，深思的說：

「那白吟霜不是白狐？她才是袁柏凱的女兒？這是真的嗎？事情怎麼會變成這樣呢？她身上有梅花烙，原來她是人⋯⋯」清醒的把藥碗一放：「那她根本不是白狐！她和我一樣，是人生的，父母養的！」

「公主，這下證明沒有白狐也好，您也可以不再擔驚受怕了，是不是？」

蘭馨眼神清亮起來，思想也清晰起來，好像內心深處有扇關著的門豁然打開。她站起身子，在室內徘徊著，嘴裡喃喃的說道：

「我要仔細想一想，我要從頭想一想……」

❖

宰相府的大廳裡，采文面容憔悴，陷在深深的無奈與自責裡。

漢陽帶著寄南和靈兒回到宰相府，才踏進大廳，采文正喝茶，轉眼看到寄南和靈兒，大吃一驚，摔了杯子，自己被茶水嗆了咳嗽不止。靈兒本能的衝向采文，拍著她的背說道：

「宰相夫人，對不起嚇著妳了，妳八成也以為我們死了吧！」

「閻羅王嫌我們在地府礙事，又把我們趕回來了！」寄南打趣的說：「看來只好讓宰相府繼續收留我們了！本來也想直接回我的王府，但是，還有很多事要和漢陽商量，不知那間廂房，還能給我們住嗎？」

采文眼中含淚了，充滿感情的說道：

「寄南、裘兒，兩位大難不死，必有後福！但願袁家人也能逃過這場劫難，不知道皓禎在牢裡怎樣？他是將軍府最寵愛的兒子，在牢裡怎麼過呢？」

「是呀！是呀！」寄南就拉著漢陽……「你有沒有去看看他？有沒有特別關照他？」

「當然！」漢陽說：「就是他告訴我去萬仞崖找你的！放心，太子特別交待，三菜一湯！湯是清燉雞湯，還要全雞！菜是兩葷一素！」看采文說道：「娘！別管伍家怎麼想，我們要認清是非和善惡！寄南和靈兒的性命我擔保，妳也支持一下，讓他們先躲在宰相府吧！他們回靖威王府，太不安全！」

采文不停的點頭：

「是是是！僕人那邊……我趕快去打點！」看著寄南、靈兒狼狽又受傷的樣子……「你們有傷就快去治傷，好好待在廂房別到處亂跑！」

「我的傷沒關係！」寄南著急的說：「現在最重要的事是如何救皓禎？雖然關進大牢，皇上還沒發落，希望皇上是個明君，不管皓禎身世如何，皓禎就是那個十六歲就建立戰功的皓禎！就是那個忠孝仁義具備的皓禎！」

采文聽到這番話，回頭看了寄南一眼，淚水潰堤，急忙去安排一切了！

皇上背負著手，在室內踱步。為了如何發落皓禎，滿臉焦灼和苦惱。皇后和伍震榮都著急的看著他。皇后忍不住了，一步上前說道：

「皇上，如果袁皓禎他們沒有謀反，為什麼要逃？現在，人既然抓回來了，還不趕快下

旨，把他斬了，免得夜長夢多！」

皇上一個回頭，就怒視伍震榮，嚴厲的問：

「你找到寄南了嗎？」

伍震榮趕緊點頭：

「找到了！活生生的靖威王，他和他那小廝命大，掉下懸崖居然沒死，右宰相已經派人跟下官說了！他們兩個現在都好端端的在世廷那兒！」

「好端端的？沒死？」皇上大喜，唇邊浮現笑意，自言自語：「朕就知道，那個靖威王豈是等閒角色，要他的命，才沒這麼容易！」臉色一正，看皇后和伍震榮：「至於皓禎，是不是亂黨，還有商榷的餘地！」

皇后憤怒的接口：

「不是袁家血脈，卻欺騙皇室，娶了蘭馨，這就是欺君大罪！只要這一條，也足以讓皓禎上斷頭台了！」

「那也不是他的錯！」皇上說：「那是將軍夫人的錯！皓禎生下來就被換了，他那時還是嬰兒，如何算是欺君大罪？」

「陛下！」伍震榮積極的說：「臣有很多袁皓禎勾結亂黨的證據，江湖上有『黑白雙煞』

這個名稱，不知道皇上聽過嗎？上次臣奉皇后懿旨，去搜索將軍府，就查到幾件白色的勁裝！這袁皓禎顯然利用駙馬的名義，遮掩他謀反的目的！」

「以幾件衣服定罪，也太牽強了！畢竟是一條人命！」皇上為難的說。

「皇上，您別因小失大！那袁家個個都該斬首，本宮恨死這袁家，也恨死袁皓禎！」她走近皇上，貼近皇上的臉孔，嫵媚的說道：「皇上可還記得，當初封本宮為皇后時，送了本宮一樣禮物？」從衣服裡掏出一面「尚方御牌」，在皇上面前晃了晃：「見御牌如見皇上！有先斬後奏之權！皇上不下旨，本宮也可以用這面御牌，把袁家全部問斬！至於寶寄南還活著，皇上也別高興，他和皓禎是一路的，本宮要他死，他也活不成！」說著，把御牌收回衣服裡。

皇上大驚，不敢相信的看皇后，驚疑的說：

「這御牌是朕對妳的寵幸，送妳討妳歡心！妳今天居然用這御牌來威脅朕，要殺朕身邊的愛將！皇后，妳怎能如此？」

「因為皇上太優柔寡斷，屢次放掉對本宮大不敬的人，逼得本宮拿出這面御牌！這御牌臣妾也知道只是件禮物，但是大臣們不知道呀！」皇后有力的問：「皇上！是死一個袁皓禎，還是死將軍府全家，帶上寶寄南？」

皇上面色慘淡，張口結舌，無法相信的看著皇后。皇后就貼到皇上耳邊，悄悄的輕言細語，聲音溫柔如和風吹襲：

「皇上，臣妾對皇上忠心不二，侍候皇上二十幾年，鞠躬盡瘁，對皇上的心，始終如一，就是不知皇上對臣妾是否已經厭倦？如果皇上還是以前那個送我御牌的皇上，就寵我一次，為了蘭馨的委屈，也該斬了袁皓禎！臣妾會收好御牌，再不拿出來！」

「陛下！」伍震榮不知道皇后在說些什麼悄悄話，提醒說：「袁柏凱和皓禎的勢力已經太大，先殺袁皓禎，也讓袁柏凱知道厲害。他有戰功，又統領左驍衛，還官拜輔國大將軍，不止中央十六衛對他忌憚，邊疆的都督們和他也交情不淺，是陛下的大患！」

「如果皇上不忍殺皓禎，就讓本宮代勞，免得那些小輩劫獄！到時候，恐怕又是羽林軍大戰左驍衛，其他十五衛選邊站，當年的內戰，皇上忘了嗎？」皇后有力說道。

「內戰！皇上一凜。皇后和伍震榮如此強烈堅持，如果不殺皓禎，一定會引起內亂！皇上再默默的看著皇后，眼中浮起了淚霧。怎忍殺皓禎？他是「三人同心」的一員！無力感充斥在他心頭，眼前卻閃過蘭馨玩小泥人的畫面，皓禎確實可惡！罷了罷了！如果不犧牲皓禎，可能還要犧牲寄南，伍震榮虎視眈眈，只怕內戰一觸即發！還有皇后，讓他珍惜不捨的皇后……人，都有弱點，皇上的弱點就是始終放不開這位盧皇后！

於是，這日聖旨來到將軍府，袁柏凱帶著全家老老少少，全部跪於地，曹安拿著聖旨，大聲宣讀：

「皇帝有旨，驍勇少將軍袁皓禎，即日起革除駙馬爵位，袁柏凱降為庶民！袁皓禎因欺君大罪、勾結亂黨、畏罪潛逃等罪，三日後午時，在朱雀大街廣場斬首示眾！」

曹安唸完，袁家一眾人等，個個表情嚴肅悲悽。

等到曹安帶著羽林軍，浩浩蕩蕩的走了。柏凱、吟霜等人聚集在雪如臥室中密談，魯超、秦媽在門口把守。漢陽和微服打扮、遮著面孔的太子突然一起出現。漢陽見到吟霜，喜出望外的說道：

「我只是想來將軍府打探消息，想不到妳真的回到將軍府了！」

「沒想到，本太子現在要進將軍府，也得遮遮掩掩，還說什麼『三人同心，無堅不摧』，父皇把我氣死了！」太子說。

「吟霜，除了太子，我還帶了人來！」漢陽說。

寄南和靈兒一起踏進房內，出現在吟霜眼前。吟霜大驚抬頭，看著寄南和靈兒，悲喜交集的迎向兩人，忘形的抱住靈兒說：

「謝謝老天，你們還活著！謝謝老天，讓我們還能重逢！」

「是啊！」靈兒淚汪汪的說：「看到妳實在太高興了，只是皓禎他……」

寄南激動的說道：

「我太對不起皓禎了。我等會兒就火速進宮，跟皇上懇求，跪也可以，磕頭也可以，拚了我的命，也要皇上收回成命！」

「不是他一個人進宮，是我和他一起進宮！」太子義憤填膺的接口：「看看父皇還是不是我心裡那個父皇！」

漢陽勉強想安慰眾人：

「雖然皓禎問斬，不過，好消息是，除了皓禎，大家的命都保住了！連吟霜是白狐一事，等於也澄清了，不再追究！」

雪如跌坐在坐榻裡，慘然的說：

「皓禎用他自己的命，來換我們全家的命嗎？」

「漢陽！太子！」吟霜痛喊：「請你們去安排，我要見蘭馨公主！」

「這個結果，我完全不能接受，要死，不如全家一起死！」柏凱喃喃的說。

「大家不要慌，皇上下旨是三日之後斬首，顯然有放水的意思。這三天，就是我們分頭

營救的時候！」寄南積極的說。

「大家還記得四王嗎？我們能救下四王，也能救下皓禎！」太子堅定的說。

靈兒撲通一聲，就對漢陽跪下了：

「漢陽大人，小的、本助手給您磕頭，皓禎人關在大理寺監牢，是大人的勢力範圍，您趕快安排我們劫獄吧！」

漢陽一把拉起了靈兒：

「裘兒！你起來！雖然皓禎人關在大理寺監牢，伍震榮卻把這案子扣住不給我插手，我爹又護著伍震榮，我雖然心有餘，只怕力不足啊！」

吟霜心神俱碎的對漢陽說道：

「我要見公主，安排我去見公主！」

「好！大家鎮定鎮定！」漢陽說：「我們一件件來，安排吟霜見公主，這是我的事！我立刻就去安排！」

「我提議發起大臣聯名上奏請願。大將軍在朝廷的影響力很大，我們必須分頭找每個大臣，讓輿論造成力量！只要大臣都同心協力上書了，伍震榮一個人就構不成威脅了！」寄南熱烈的建議。

「最簡單的辦法，還是讓父皇收回成命！這是我的事！」太子說。

「那麼，還有救是不是？」雪如眼睛發亮的問。

吟霜點頭，眼睛也發亮的說：

「不到最後關頭，應該都有希望！」

大家思索著，半晌，漢陽說道：

「我別的力量就算沒有，安排大家探監的力量還有！」

❖

皓禎形容憔悴，靠著牆坐在地上，眼光無神的看著柵欄和虛空。

柵欄外監牢長廊，漢陽帶著吟霜走來，吟霜一身黑衣，用帽子遮著臉。漢陽對獄卒命令的說：

「通通到外面監視著，本官帶了人證來質問人犯，不管任何人，都不得打斷本官問話！」

「是！」獄卒恭敬的應著，通通退下了。

「就算榮王也不成，知道嗎？」

聽到漢陽的聲音，皓禎驚動了，對柵欄外看過來。漢陽取出鑰匙開鎖，把吟霜推了進去，對吟霜說道：

「我到外面看著那些獄卒，你們兩個，長話短說！」

漢陽退了出去。

皓禎看到來人是吟霜，簡直不敢相信，迅速站起身來。吟霜放下帶來的食籃和衣物，奔上前去，抓住了皓禎的雙手，痛喊著：

「皓禎！皓禎！我真怕再也見不到你了！」

皓禎把她緊緊一抱，說不出有多麼珍惜。這個讓他魂牽夢縈的人兒，又在他懷裡了！即使三天後就要天人兩隔，現在還能抱住她，感覺她身體的溫暖，看到她眼中深不見底的深情，和眼神中的千言萬語，他真想對蒼天謝恩！如果這一刻能夠停住不動，讓兩人都化為石像，他也不悔！半晌，他才有力氣說話：

「我們就珍惜這有限的時辰吧！真沒料到，我想給妳的一生，如此短暫！我……」

「我知道我知道……」吟霜哽咽的打斷他，把他推開一些，緊緊的、定定的、牢牢的看著他的眼睛：「我們時辰不多，要說的話卻太多，怎樣都說不完！還能和你相見，已經是上天給我的恩惠……」

吟霜話沒說完，皓禎猝然又抱住她，死命的擁住她，兩人緊擁著，似乎都想把彼此的生命，融進這一抱裡。過了一會兒，皓禎抬頭，吸了口氣說道：

「聽著！我已經知道了，三天以後，我就要問斬！我也知道寄南和靈兒都脫困了，漢陽告訴了我！我猜，你們這三天，一定會想盡辦法救我，萬一不成，請妳幫我們兩個，對爹娘盡孝，他們撫養了來歷不明的我，愛我就像親生兒子，我欠他們太多，請妳……」

「噓！」吟霜噓著，用手指壓在他唇上：「沒用的，皓禎！你休想給我一個大責任，讓我可以在失去你以後，還有力量活下去！你心裡明明知道的，有你才有我，你生我也生，你死我也死！所以我並不害怕，我會跟你一路同行……」

皓禎拉下吟霜的手，命令的說：

「現在可能是我們最後一次見面，妳要不要聽我？」

吟霜堅定的凝視他：

「如果梅花樹死了，梅花還能活嗎？我們的命運，早在你一句話裡定案了！不要說服我，你懂我，比我自己還深！」

皓禎著急，哀懇的說：

**「求妳為我而生，別為我而死！」**

吟霜有力的回答：

**「除非你為我而生，沒有因我而死！」**

兩人話沒說完，漢陽匆匆入內，說道：

「時辰到了！吟霜，我送妳出去！」

皓禎不捨的握著吟霜的手，吟霜眼淚奪眶而出。漢陽拍拍吟霜的肩，吟霜想抽手，皓禎握住不放，她抬眼凝視他的雙眸，兩人眼中戀戀深情，纏綿著人生最真切的愛。皓禎知道終有一別，把手指鬆開，吟霜便慢慢把手指滑過他的手指，一如以前他們每次要離別時做的，兩人的手，都從對方手中滑過去，十根手指，纏繞著幾千幾萬縷的不捨，最後依舊分開了。

吟霜輕喊著：

「我會再想辦法和你見面的，食籃裡都是我親手做的飯菜，你要吃完！衣服是乾淨的，你要換掉！身上的傷要擦藥！就算要上斷頭台，也是英勇的袁皓禎！皇上會允許你不穿囚衣的，儘管只有三天，我們還在努力！」

說完，吟霜就摀著嘴，飛奔而去。

漢陽趕緊鎖好柵欄的門，給了皓禎一個安撫的注視，追著吟霜而去。

皓禎痛楚的靠著牆，滑坐在地上，把食籃拉到面前，緊緊抱著。他不想吃，只想抱著，他知道這裡面每一道菜，都是她一刀刀切著，一片片洗著，一盤盤炒著……那不是飯菜，是她的心血她的愛！數不清有多少，算不清有多少！這個女子前生欠了他，今生也欠了他，才

會為他付出這麼多！來生，他能報答嗎？今生將盡，來世難期啊！

❖

太子與寄南不敢耽誤救援的時機，進宮衝進了皇上的書房。正在苦思無解的皇上，一震抬頭，接觸到太子沉痛的眼神，又看到寄南悲切的注視。太子痛喊出聲：

「父皇！您居然下旨要斬皓禎？您明知道皓禎和我情如手足，您也明知道皓禎對您忠心耿耿，您為什麼一定要殺他？」

寄南氣極敗壞接口：

「皓禎的身世不是他自己能作主的事，一切都是命運作弄，說他犯了欺君大罪，實在太牽強了！」

太子憤慨的再接口：

「說皓禎和亂黨勾結，完全是無的放矢！他非但沒有勾結亂黨，還時時刻刻在幫父皇清除亂黨！父皇，您已經失去忠孝仁義四王，難道還要失去我朝最傑出的年輕將官嗎？還要把『三人同心』削成『二人』嗎？」

寄南急得對皇上一跪，就行大禮：

「陛下！我跪您，我拜您，我求您！趕快收回成命，現在還來得及！皓禎除了對不起蘭

馨，實在沒有大罪啊！」

皇上看著激動的二人，眼中濕潤了，情不自禁的走來伸手拉寄南，說：

「朕以為你被羽林軍殺了，不要跪我，你還活著，就是老天對你的照顧了。讓朕看看你有沒有受傷？」抓住寄南的手，寄南一痛，皇上發現寄南手背上的包紮，震怒的喊：「誰砍傷了你？朕幫你出氣！」

寄南痛楚的甩開手，急道：

「陛下，現在別管微臣那點兒小傷，吟霜已經治過了！請陛下趕緊收回成命，救救皓禎才是！」

「請想想皓禎的好處吧！」太子大聲支援：「想想他多少次為了啟望，出生入死！為了父皇，置生死於不顧！父皇，不用啟望一條一條說給您聽，您心裡是明白的！孩兒一直相信，父皇有顆仁慈的心！請不要讓孩兒失望！」

皇上幾乎是痛楚而無奈的說道：

「你們別再說了，那皓禎是死定了，朕救不了他！多少罪名都在他身上，身世之謎、畏罪潛逃、勾結亂黨、明明沒有資格卻娶了蘭馨！最重要的是他娶了又不珍惜，還逼瘋了蘭馨，這一點，朕最不能諒解皓禎！」

「父皇，勾結亂黨，那都是伍震榮的栽贓之詞！皓禎是何等威武，忠肝義膽的大英雄！父皇不能這樣冤死皓禎啊！」太子喊著。

皇上痛心看著寄南，勉強找理由：

「你不是也為了他，差點送了命嗎？你看，這一切都是皓禎引起的，毀了蘭馨又差點害了你，你不要再為皓禎求情了！」

寄南激動的嚷：

「想害死我的是伍項魁，是他親自把我逼得墜崖的，還好我命不該絕，還好我必須回來救皓禎！」恨得牙癢癢：「陛下，罪大惡極的人，您睜一隻眼，閉一隻眼……」流淚說道：

「真正的英雄，您卻要讓他上斷頭台，陛下的睿智到哪去了？如果真要斬了皓禎，那就連我一起斬吧！」

太子更是義薄雲天的說道：

「兒臣也和皓禎共存亡！要斬，就把我們三個都斬了！反正父皇也說過，我們是『三人同心』的！」

皇上不禁悲憤起來，拍著桌子怒道：

「你們一個個都來威脅朕！難道你們看不出來嗎？朕已經大發慈悲了，多少人想要你們

死！朕只砍皓禎一個，是在救你們大家！包括你寶寄南的小命！」忽然喪氣的跌入坐榻：

「你們兩個，不要拿自己的性命來威脅朕，挑戰朕的極限！」眼中充淚了⋯「朕的痛苦，沒

有人能了解！不是只有你們這年紀的人，才有情有義！朕也有必須對她有情有義的人！你們

去吧！再也不要幫皓禎求情！他算是為你們兩個盡忠吧！」

太子齡出去了，喊道：

「父皇，您就坦白說，到底榮王抓住了您什麼把柄？讓您對他如此退讓？這江山是您的，

不是他的！如果伍震榮有父皇的把柄，孩兒立刻去把伍震榮給除了！」

太子這樣一說，寄南也跳起身子，甩袖說道：

「如果要斬皓禎，不如乾脆斬伍震榮！他才是禍國殃民的大壞蛋！」

此時皇后匆匆踏進書房，嚴肅的說道：

「好啊，寶寄南，你跟皓禎一起勾結亂黨畏罪潛逃，還沒有辦到你，你居然大剌剌的踏

進皇宮，滿嘴胡言亂語，想蠱惑皇上嗎？本宮就在這兒把你這亂賊拿下，來人，把寶寄南押

到大牢，本宮要親自審問！」

大批衛士湧入書房想要捉拿寄南，寄南身手俐落，躍起身子，一式「海底撈月」，拔走

衛士的劍，立即劍拔弩張的與衛士對峙。寄南吼道：

「誰敢捉拿本王？我就讓他去見閻羅王！」

太子踢倒兩個衛士，和寄南背對背，左拳青龍護首、右掌白虎當胸，擺出迎戰的姿態喊：

「誰要碰寄南和本太子，馬上以犯上罪處斬！反正本朝是非不分，人頭不值錢！」

皇上見鬧得不可開交，深怕越弄越糟，大喊：

「啟望、寄南，朕在此，趕快把劍收起來！」對衛士喊：「你們通通退下！」難得嚴肅的

對皇后：「皇后，皓禎的事情，朕已經依了妳和榮王的意思！不要再把寄南和太子攪進去！」

對太子和寄南斬釘截鐵的說：「退下！皓禎的事情聖旨已定，誰都不許再求情，你們走吧！

問斬當日，就代表朕為皓禎送上最後一程！」大喊：「回寢宮！」掉頭而去。

寄南和太子臉色死灰，失望至極。

❖

漢陽拿著一卷奏摺，匆匆踏進書房，方世廷也跟在後面進房，生氣的喊著：

「你到處忙著找大臣，想奏請皇上法外開恩，知不知道你這是癡人做夢，異想天開！」

搶走漢揚手上的奏摺：「你不要再白費工夫了！」

房門口，采文站在那兒，全神貫注的聽著看著。漢陽悍然的奪回奏摺，說：

「爹，我知道自己的立場跟你不一樣，你可以不幫助袁家，但是你也不能阻止我要挽救

「皓禎！」

「你瘋了？虧你還是大理寺丞？你認為誰會跟著你簽名抗旨？難道你沒有分析一下現在這個狀況嗎？伍家也好，皇后也好，皇上也好，現在都只殺皓禎，輕放了袁家其他的人，那是因為袁柏凱還有勢力，一旦弄得不好，就會引起內戰！亂黨也會趁機作亂，殺皓禎已經是皇上最低的門檻！」

「我反正不能眼睜睜看著皓禎上斷頭台！我還要努力！」漢陽堅持的說。

世廷氣急敗壞：

「你怎麼老是頭腦不清楚呢？那袁皓禎已經無救了！犧牲一個袁皓禎，救了其他袁家人，不是也還值得嗎？」又搶走漢揚的奏摺，打開：「你自己看看，你跑了大半天了，有幾個人願意得罪榮王和你一起聯名上奏了？你再鬧下去，萬一皇后認為袁柏凱在朝廷構成威脅，說不定立刻把袁家滿門抄斬！難道你沒看明白，現在皇上一心一意都聽皇后的嗎？事情已無可挽回！」

世廷一句話，如冷水淋下，把漢陽澆醒了，不禁打了個寒顫。

世廷便將奏摺往室內的烤火爐一丟，火焰立刻吞噬了奏摺。

門口的采文臉色慘白的衝進房門，對世廷激動的喊道：

「你為什麼要阻止漢陽救皓禎？他們有兄弟情誼，不是你的驕傲嗎？如果漢陽能救皓禎，不是救了一個文武全才的英雄人物嗎？」

「妳也要插手？」世廷驚愕的說：「難道你們都聽不懂？這些在奏摺上簽名的人，等於都是亂黨，這奏摺遲早會變成證據，和袁家一起送命！別害這些忠臣了，四王的事，你們都忘了？醒醒吧！那袁皓禎是死定了！」

采文失魂落魄，心驚膽顫的喃喃：

「死定了？死定了？他……死定了？」

采文離開了書房，奔進了祖宗祠堂，跪在祖宗牌位前，不斷拭淚說道：

「方家的列祖列宗，求求你們保佑方家的子孫！不管得意的或失意的，都要保命啊！只要保命就好！」磕頭又磕頭，肝腸寸斷的哭著說道：「娘，求求您在天之靈給兒媳婦指示，這痛苦……兒媳婦還要背多久？皓禎，那是我們方家的心頭肉，我剛剛才證實，就要讓我眼睜睜看著他死嗎？早知這麼痛苦，功名利祿，都應該放棄的！娘啊！給我指示，現在，我該怎麼辦？我該怎麼辦啊？」

采文說著，不住磕頭，腦袋在地板上碰得砰砰作響。

# 77

皓禎已經換了乾淨的衣服，臉孔也清洗過了。只是神情憔悴，眼神迷惘。一天已經過去，沒有人帶來任何好消息，顯然太子、寄南的力量都不夠，想到伍震榮還在禍國殃民，自己卻先一步要上斷頭台，他不甘心！想到深情的吟霜，此後漫長孤獨的歲月，他不放心！想到天元通寶的兄弟，和太子、寄南、木鳶……他不捨得！太多的不捨，太多的遺憾……他正在牢裡思前想後，忽然，有個完全意外的人來探監了！

獄卒帶著采文來到監牢柵欄外，開了鎖。采文披著暗色斗篷，戴著帽子，遮著臉孔。

獄卒恭敬的說道：

「夫人，小的們在外面等，夫人慢慢說！」

柵欄內，皓禎驚愕的看向來人。在帽子遮掩下，不知道來者是誰。采文給了獄卒一個錢

袋，獄卒全部退出去了。采文就跨進柵欄，走到皓禎面前，放下帽子，露出面貌。

皓禎驚訝的問：

「宰相夫人？妳怎麼親自來到這麼不堪的地方？難道是漢陽有什麼話要跟我說？他不能來？特地請妳來？」

采文抬頭哀懇的看著皓禎，急促的說：

「不是的！是我有話想跟你說！」

「是嗎？什麼話？」

「當你知道你不是袁家的骨肉後，有沒有想過你親生的爹娘是誰？有沒有想過你為什麼來到袁家？」

采文祈求般的看著皓禎，說道：

「什麼問題？」皓禎驚愕著。

「一趟！皓禎，我要問你一個問題。」

「我的時辰不多，我偷偷來，不能給任何人發現！但我掙扎了很久，還是決定親自跑這

「是誰讓妳來刺探我？」皓禎防備的問，警覺的說：「有人想認我嗎？」頓時帶著怒氣

說道：「不管是誰要妳來刺探我，妳去告訴他們，我通通不認！我只有一對父母，對我恩重

如山，那就是袁柏凱和楊雪如！」

采文凝視著皓禎，淚水一下子衝進眼眶，她哽咽著崩潰的低喊：

「老天啊！你讓我在二十一年後，找到我的兒子，卻是他即將上斷頭台的時刻！我那些說不完的話，怎樣告訴他？我還沒開口，他就這樣恨我了！」一面哭著，低喊著，采文就對皓禎跪了下去，抬頭看著他，一字一字的說道：「你，是我和方世廷的兒子！漢陽是你的親哥哥！」

皓禎聞言跟蹌一退，靠在牆上。

「不可能！怎麼可能？絕不可能！」

「是的是的！我早就懷疑了，你長得就像我的親弟弟，大家都說『外甥多似舅』！可是，袁家對你那麼好，那麼以你為驕傲，我不敢想……不能想……直到幾天前，那個牙婆找來，才證實了你的身分……」采文慘烈的說道：「那是丙戌年十月十九日午時，你是寅時出生的，牙婆的馬車午時就到了，那是我一生最痛苦的一天……」

采文開始回憶，並敘述二十一年前那段經過：

一輛馬車停留在簡陋的小屋前，牙婆拍打著小屋的門，喊著：

「婆婆，我來接孩子了！快點快點！」

房門一開，婆婆拉著采文出門，采文懷裡緊緊抱著小嬰兒。采文哭著說：

「對不起，牙婆！我不賣了，我不能把我的兒子賣掉，我不賣，請妳回去吧！我捨不得……捨不得呀……」

婆婆落淚對采文說道：

「想想世廷吧！他病得那麼重，我們連大夫都請不起，想想漢陽吧！他已經餓得皮包骨，我們連糧食都買不起……我們一家子的希望，都靠這筆錢，有了這筆錢，給世廷請大夫，他病好了才能去考科舉，博功名呀……」

「是啊是啊！」牙婆催促：「趕快把那男娃兒給我吧！他會在一個大富大貴的人家裡，過金窩銀窩的生活，總比你們這樣，根本養不起好！那大富大貴的人家，急需一個兒子，我保證他們會疼愛這個孩子的……」

婆婆就把嬰兒從采文懷裡抱過來，哭著交給牙婆。

「帶走吧！在我們後悔以前，抱走吧！」婆婆哭著說。

牙婆拿出一箱裝著金條的木盒，打開給婆婆看了一眼，交給婆婆，抱走了嬰兒，趕緊上車，對車夫說道：

314

「趕快走！」

車夫一拉馬韁，馬車往前奔去，嬰兒啼哭聲驟然傳來。采文哭著大喊：

「等一下！等一下……讓我再餵他一口奶喝……我還有東西要給他，等一下……等一下……」

采文開始追著馬車跑，追著追著，腳下一個跟蹌，跌落在地。采文匍匐在地上痛哭，哭喊著：

「兒子！兒子……原諒我，爹娘太窮了……原諒我……原諒我……」

❖

「就這樣，我失去了你！」采文說著。

皓禎聽著，淚水在眼眶中打轉，卻努力不讓眼淚落下來。

「這就是妳的故事？因為貧窮，妳把兒子賣了？妳甚至不知道賣給誰？」

「是的，這就是我的故事，我不知道把你賣給誰了！」采文哭著：「這是我和你祖母的祕密，等到你祖母去世，這就成了我一個人的祕密！皓禎，請你原諒我！」

「皓禎嚥了口氣，冷漠的盯著采文：

「賣兒子很值得嗎？那些錢，足夠給宰相治病，讀書考科舉，讓他一路青雲做到宰相，

給漢陽吃飽，讓他當上大理寺丞？」

采文含淚點頭：

「是的是的，都是因為你，他們才一帆風順！這些都是你給他們的，你才是方家的福星，

不，是方家的救星！」

皓禎一語不發，定定的看著采文，打量著她。

采文像個等待判罪的罪人，跪在那兒，抬頭看著皓禎。

監牢內有一陣沉寂。

皓禎突然爆發的說道：

「妳是宰相夫人，妳讀過書，不是農民，不是苦力，妳的丈夫也是讀書人，還寫過讓我佩服的『忠孝仁義論』。妳要我相信，這樣高貴的妳，這樣知書達禮的妳，把兒子給賣了？」

采文淚如雨下，哀聲的說道：

「皓禎……一文逼死英雄漢啊！當你連食物都沒有的時候，哪有高貴這兩個字可言？我不高貴，我卑微渺小，我自責了二十一年！」

皓禎悲痛而憤怒的說道：

「我就要上斷頭台了，妳來告訴我這個故事？讓我告訴妳吧！我寧願相信我的親生父母

目不識丁，是貧民，是災民，是囚犯，是奴隸，是毫無思想的人，是見錢眼開的人，也不要相信是妳這種有身分、有地位的人！我不接受，我不承認！妳也沒證據，妳說完了，可以走了！」

采文痛苦已極的抱住皓禎的一隻腳，哭著哀求：

「我有證據，當初的牙婆就是證據……相信我！當時真的情非得已……我對不起你！原諒我，原諒我……」

皓禎用力把自己的腳抽出來，走到囚房的深處，痛楚的說：

「相信又怎樣？反正快死了，妳知道誰是我的敵人嗎？就是想奪取李氏江山的伍震榮，和那位助紂為虐的方世廷！換言之，是左右宰相聯手，把我送上斷頭台！」對采文慘烈的搖頭：「可笑嗎？妳來告訴我，我的生父也就是斷我生路的人？我的身世還能更加悲慘一點嗎？妳快走吧！離開這個監牢！我不想再聽任何一個字！我也不相信妳說的任何一個字！快走！我就當妳發瘋了，就當妳從來沒有來過！」大喊：「快走！」

采文顫巍巍的起身，哀傷心碎的看了皓禎一眼，轉身奔出監牢。

獄卒進來，卡啦一聲，柵欄被大鎖鎖住。

皓禎靠在牆上，再度心碎的滑落在地，用雙手痛楚的抱住了頭，茫然迷亂的坐著。

吟霜堅持要見蘭馨，漢陽無奈。雖然對這次見面一點把握也沒有，卻不忍心拒絕吟霜。反正各種辦法都用過了，不差蘭馨這一關。於是，吟霜扮成小廝的模樣，隨著漢陽進宮，一路走向蘭馨寢宮的門口。崔諭娘對蘭馨通報：

「公主，漢陽大人來了！」

蘭馨在桌前轉身迎向漢陽，說道：

「漢陽你來得正好，那天你說我也有法力，我似乎明白你的意思了。」

「哦！所以妳願意用仁愛來施展妳的法力了？」漢陽問。

「我只是說我弄明白你說的話，並沒有說我要做什麼。」

「那真可惜了，下官今天帶了一個人來，正好可以讓公主施展法力，公主要不要試一試？」

吟霜在漢陽眼神的暗示下，走近蘭馨，抬起頭面對她。蘭馨認出吟霜，震驚的說：

「是妳？白吟霜！」

「公主，我想妳和吟霜一定有很多話要說，我和崔諭娘就先退下，妳們慢慢說吧。」

「留下公主……這個好嗎？」崔諭娘猶疑的問。

「不是說她才是袁家的女兒嗎？既然她不是白狐，那本公主還怕什麼呢？你們下去吧！

讓我聽聽她有什麼話要說！」蘭馨說道。

崔諭娘無奈的和漢陽一起出門而去。蘭馨怒向吟霜：

「妳好大的膽子！居然敢到宮裡來找本公主，是不是還想拿著銀針來幫我治病呢？讓我告訴妳，離開了那個將軍府，我的病就好了！」

「聽到公主的聲音又恢復了霸氣，吟霜放心了！」吟霜說著，切入主題：「公主，現在救命如救火，我就不和您拐彎抹角了，皓禎畢竟是和公主做了一場夫妻，請您看在這個份上，救救皓禎吧！」

「本公主遇人不淑，嫁了一個來路不明的駙馬，早已經是長安城裡的笑話了，現在父皇作主，替我把駙馬給休了！我為什麼還要去救他呢？」蘭馨冷笑說。

「公主，請先摒除成見和我們過去的恩怨，想想皓禎的好，想想皓禎對您過去的種種善意，想想皓禎教您木劍，你們也玩得挺高興的，不是嗎？還有皓禎為了救您，徒手去抓那麼鋒利的劍！您知道嗎？就因為那時留下的傷，讓皓禎用劍不如從前，才會被捕啊！皓禎從來都沒有想過要傷害公主呀！」

蘭馨色厲內荏的說：

「沒有傷害過我？那麼我的心為何是千瘡百孔的呢？這不都是妳和皓禎一手造成的嗎？

妳現在居然敢大言不慚的說沒有傷害過我？」

吟霜急切而誠懇的說：

「好吧！就算我們都傷害了您，可您是本朝的公主，能不能以一個公主的身分，對一個忠君愛國的英雄，伸出援手呢？」

蘭馨聽到這段話，內心不禁被刺激到，眼中露出矛盾的神情。吟霜更深刻的說：

「公主，皓禎一直知道公主的本性是善良和正義的。是他要我來見您！您知道他一直怕我和您在一起，但是他被捕前，卻要我來找您！在他內心深處，跟您有個最大的共同點，就是忠君愛國！那才是他的大愛，連迎娶公主，也是為了李氏王朝啊！」

蘭馨抗拒大吼：

「夠了！不要再說了，妳就算搬出再多的大道理，本公主也愛莫能助！妳走吧！我不想再見到妳，妳是我今生最大的失敗，皓禎是我今生最大的恥辱！滾！」

吟霜跪下，淚眼婆娑，拉著蘭馨衣襬求情：

「公主！請您救救皓禎，不要造成終身遺憾！現在誰都沒有力量救他了，只有您！今天皓禎是因為妳而上斷頭台！那天您的泥人陣，讓皇上大怒，但是，這都是誤會呀！如果不

是皓禎顧全大局娶了您，這換子之事頂多是家庭私事，也不會變成欺君大罪，不是嗎？」

蘭馨被吟霜說得啞口無言，生氣的甩開吟霜：

「反正你們欺負了我！我父皇已經夠仁慈了，還讓你們袁家有活口，妳不要敬酒不吃吃罰酒！妳快走！妳再不走，我就不保證妳能平安的走出這皇宮！」大吼：「快走！滾出去！」

吟霜失望含淚的走向門口，又忽然回頭說道：

「被皇上流放的那四王沒有死，太子、皓禎、寄南和許多英勇兄弟把他們救下了！現在安養在四個忠心耿耿的百姓家裡！反正皓禎快死了，這祕密也不必瞞您！」

吟霜說完，走向門口。蘭馨卻震撼無比，忽然說道：

「妳回來！我要看看妳身上那個梅花烙！」

吟霜站住，背對著蘭馨，拉下肩頭的衣服，露出那個梅花烙。蘭馨仔細的看著，喃喃的說道：

「原來妳身上真有梅花烙！妳被袁家換成了皓禎，卻兜了一圈，又回到袁家，由女兒變成了兒媳婦！嗯……」眼光深邃的說：「或者，妳命定是袁家人，我不是！妳走吧！」

吟霜心碎的走了。

❖

三天很快的過去了，各種營救都碰了釘子。

這晚，采文跪在祖先牌位前，淚流滿面，對婆婆的牌位哭訴：

「娘呀！我們錯了，我們賣子求榮，已經得了現世報了！」淚水縱橫：「皓禎馬上要上斷頭台，我卻無法挽救他，老天呀！我該怎麼辦？我這可憐的孩子，臨死了也不認我這親娘啊！娘，妳要是能顯靈，請妳救救皓禎吧！妳那個孫子，有情有義，可是他不認我呀……」

采文獨自哭得悲戚哀傷。

漢陽踏入祠堂，見采文痛哭流涕，驚疑不定：

「娘，妳怎麼了？什麼事讓妳這麼傷心？」看向案上的牌位：「又想起祖母了？」

采文趕緊拿手帕擦淚，說道：

「我沒事，突然就想起一些往事……」關切的問：「皓禎……他是不是明天就要行刑了？」著急的問：「你還有辦法救他嗎？」

漢陽嘆氣，痛苦無比，說道：

「唉！總不能去劫法場，那會把情況弄得更壞，我已經無用武之兵，或者，皓禎注定是要犧牲的！」又嘆氣：「這伍震榮真是太邪惡、太狡猾了！皓禎的案子不讓我過問，偏偏上斷頭台行刑的監斬官，卻用各種手段指定我，分明想讓我和他一樣，成為他的同黨，成為雙

手沾滿血污的劊子手！成為袁家的仇人！」

采文大驚：

「什麼？你是皓禎的監斬官？」身體搖搖欲墜，快要昏厥……「不可以！不可以！這實在是太殘忍了！」

漢陽扶著采文喊……

「娘！妳是不是生病了？怎麼全身發抖呢？」

采文克制著快要昏厥的軀體，望向窗外，心中在吶喊著……

「老天呀！你怎麼不開眼啊！怎麼可以讓親哥哥監斬弟弟的頭呢！老天啊！」

✽

最後一個黃昏，太子、寄南、靈兒、魯超、鄧勇和幾個天元通寶兄弟，緊張激動的聚集在竹寒山中。寄南來回踱步，氣極敗壞的說……

「這木鳶是怎麼回事？他還算我們的首領嗎？我都去跪求皇上、無功而返了，他怎麼還不出現？也不指示我們現在該怎麼辦？」

「明天皓禎就要問斬了，時辰已經非常緊迫！寄南你老早就說，我們和木鳶沒辦法商量事情，只能被動的聽命令，他不行動，我們就跟著不行動嗎？」靈兒喊著……「不管木鳶了，

我們個個有手有腳，我們自己來救皓禎！」

「我想，木鳶一定有不得已的苦衷……」太子嘆氣：「伍震榮抓亂黨損失了很多兄弟，上次你們四個突圍，和羽林軍大戰，從將軍府打到城門口，一路打上山，連斗笠怪客的隊伍都抵擋不住，弟兄們更是傷亡慘重，黑白兩軍都元氣大傷！」

「我想，這次皓禎問斬，伍震榮一定會重兵壓陣，我們的弟兄，萬一救援不成，恐怕會被一網打盡！木鳶不會放棄皓禎的，他一定什麼辦法都用盡了！」寄南眼中放光的說：「或者他還在努力中！」

天元通寶眾弟兄熱血沸騰的說：

「為了少將軍，我們願意流血，就算戰到全軍覆沒，我們也要奮力一戰！」

「就是！我們不能讓少將軍砍頭，絕對不行！」眾兄弟個個群情激昂。

「那我們還等什麼？有多少弟兄就集合多少弟兄，能夠帶傷上陣的都算進去！魯超，你有統計過嗎？我們還有多少人馬可以上陣？」靈兒激動的問。

「我和鄧勇都統計過了，我們現在能用的人手，實在不多！帶傷的兄弟不能上陣，目標太明顯，只怕還沒和敵人交手，就會被捕！」

太子冷靜下來，臉色沉重的說：

「劫法場和以往的行動完全不同，不成功，就一定成仁！何況以前都有皓禎帶頭，有周密的計畫。現在實在沒把握能夠成功！萬一劫法場失敗，袁家就真的會面對滿門抄斬的命運！」

「不止如此，恐怕『天元通寶』也會全面瓦解！」寄南嚴重的說。

「那我們就眼睜睜看著皓禎上斷頭台嗎？我們不能從洛陽，從咸陽，從襄陽，從汴州……調人手過來嗎？還有袁家和太子的軍隊，不能出動嗎？」靈兒說。

「袁伯父和我，如果發動軍隊，那就等於跟朝廷開戰了！伍震榮正好把這股忠君愛國的力量，全部剿滅！」太子說中了最嚴重的問題：「說不定，伍震榮就等著我們發兵救皓禎，坐實我們都是謀逆篡位的人……」

太子還沒說完，一支金錢鏢射在一根樹幹上。眾人驚喜萬分，太子取下金錢鏢低喊：

「木鳶的指示終於到了！」

太子打開紙條，看著上面的文字，寄南湊過去唸著：

「避免生靈塗炭，大局為重，揮淚送英雄！——木鳶。」

「揮淚送英雄！」寄南臉色慘變，跌坐在地：

「連……木鳶都指示我們，放棄劫法場，揮淚送英雄！」

個個黯然神傷，靈兒拉著寄南的衣袖拭淚。

落日高掛在天空，彩霞堆砌著，層層疊疊，各種顏色的紅，橘紅、橙紅、紫紅、胭脂紅、玫瑰紅、杜鵑紅……把天空都佔據了，紅色雲層襯托著那輪落日，緩緩下降。大家看著那落日和彩霞，夕陽無限好，只是近黃昏！皓禎，他連這個黃昏都看不到，他只能在監牢裡等死！明日的黃昏，他也看不到了！

❖

最後一夜，漢陽唯一能做的，就是領著雪如、柏凱、吟霜來到大牢探望皓禎。雪如手中提著一籃飯菜。獄卒打開牢門讓眾人進去，漢陽說道：

「明天馬上要行刑了，你們好好的話別吧！有事情我就在外面，喊我一聲就可以！」

漢陽帶著一眾獄卒退了下去。

雪如一見落寞消瘦的皓禎，便嚎啕大哭，邊哭邊喊的奔向皓禎而去：

「皓禎……皓禎啊……」撲跪落地，抱住皓禎：「娘對不起你，對不起你，是我一手改寫了你的命運，是我一手造成了你的悲劇，沒有我，你今天或者在某處某地，安居樂業，娶妻生子，好好過著你的人生！」

皓禎痛苦的往地上一跪：

「爹、娘！謝謝你們把吟霜帶到我的生命裡。和吟霜相遇，是我這一生最大的幸福，以

後，讓她代我盡孝吧！」

吟霜和皓禎交換了悽然一瞥，然後跟著皓禎跪在雪如和柏凱面前：

「爹、娘！也謝謝你們把皓禎帶進我的生命裡，讓我這一生再無遺憾！」

雪如泣不成聲喊：

「皓禎……吟霜……」

「聖命難違，既然判我一死，對袁家從輕發落，那麼就算是我報答爹和娘這二十一年來的養育之恩吧！今晚……是最後一晚了，與其為我傷痛，不如和我靜靜相守吧。」皓禎悽然說道。

柏凱頹喪至極，不能言語，雪如則淚眼汪汪的望著皓禎，痛心疾首。

「皓禎，對不起你，即使擁有調兵遣將的權力，卻無法挽救你，木鳶就怕我發兵，才要我們避免生靈塗炭！」柏凱總算開口了，落淚說：「但你要記住，爹，很驕傲擁有你這個好兒子！」

皓禎真誠的望著柏凱和雪如，說：

「如果可以從頭來過，讓我自己選擇我的命運，我仍然願意選擇做你們的兒子，做你們心目中的皓禎！」

雪如不能言語，心酸已極的撫摸皓禎的臉頰，淚潸潸的、細細的流下。她深深的望著他的容貌，好半晌才哽咽的說：

「如果來生可以選擇，讓咱們再做一對母子吧！真正的母子！」

皓禎動容的，眼睛濕濕的點點頭……

「是！是！娘！」

母子淚眼相看之際，吟霜起身走向竹籃，蹲下去，一盤盤的拿出飯菜。

柏凱就對皓禎說道：

「你娘和吟霜親手做了你最喜歡吃的飯菜，這都快涼了……皓禎，乖，快來吃飯吧。」

執起筷子，把菜往皓禎碗中挾去。

皓禎迅速的揩揩眼淚，過去蹲在柏凱對面，搶過筷子來。

「爹，讓我自個兒來吧。」

柏凱一瞬不瞬，定定的看著皓禎，那神情擾住了皓禎的目光，父子兩人無言的相望。吟霜端著碗，卻只是癡癡的看著皓禎。柏凱點點頭說：

「好好吃，吃飽一點兒……」嘴唇蠕動著，那神情似有千言萬語想要表達，然而他只是困難的再重複一句：「吃飽一點兒。」

皓禎只覺胸口狠狠撞擊了一下，感受到柏凱簡單的語言底下，實際藏著強烈的痛楚，他暗啞的答了一聲：

「好！」

皓禎不住流淚，端起碗，不徐不疾的進食，嚥下的每一口都是苦澀，即使食難下嚥，但這麼簡單的一件事，是他最後一次順從父母、安慰父母的機會了。

晚餐終於吃完了。雪如收拾碗筷進食籃，看著皓禎說道：

「最後的一點時刻，我和你爹先離開，你們兩個再相聚一會兒吧！」

柏凱點頭，和雪如蹣跚的彼此攙扶而去。

牢房內剩下皓禎和吟霜，兩人四目相對，深深的、深深的看著彼此。然後，皓禎張開了手臂，吟霜就投身在他懷裡。皓禎痛楚的說：

「吟霜，聽我說……」

吟霜伸出一根手指，壓住皓禎的嘴唇，低語：

「什麼都不要說，只要讓我這樣靠著你，聽著你的心跳……」

皓禎便抱著她，讓她的耳朵，貼在自己的胸前。兩人含淚依偎著。皓禎在心裡低低說道：**「聽吧，吟霜！這顆為國為民為妳而跳動的心，明天就會停止了！」**

# 78

月黑風高，夜深人靜。漢陽跟著崔諭娘走進蘭馨的寢宮，他誠摯的說道：

「公主，請原諒下官深夜求見！」

蘭馨回頭，對崔諭娘說道：

「崔諭娘，妳出去吧！在門口守著，別讓人打擾我們，本公主想，漢陽此時來訪，一定有很重要的事！」

「是！」崔諭娘對宮女們揮揮手，一起出門去了。

漢陽打量一下室內，確定安全無虞，就一針見血的說道：

「公主！明日午時，皓禎就要問斬，現在除非是有奇蹟，皓禎死定了！難道公主真的恨他到必須讓他死？」

蘭馨臉色一沉：

「哦！你是來找『奇蹟』的！我還以為你是伍震榮的人！」

漢陽一臉正氣，說道：

「我爹和伍震榮雖是一夥，下官卻是公平中立的！皓禎，我敬他是條鐵錚錚的漢子。他是屢次和伍家正面衝突的英雄，在衝突的時候，甚至沒考慮過自身的安全，看到這樣一個『英雄』上斷頭台，下官充滿痛惜的心情！難道公主，妳沒有嗎？」

蘭馨眼前閃過皓禎為救她徒手抓劍，鮮血直流的畫面。蘭馨的心，被猛烈撞擊了。

「英雄？這是本公主這兩天以來，第二次聽到人這樣稱呼他！吟霜是他的小妾，把他看成英雄也就罷了！你這個宰相府的人也這樣說他，就有點稀奇了！」

「當然，吟霜說他是英雄，下官說他是英雄也不稀奇，如果公主眼中的他是英雄，才是稀奇！」漢陽緊緊的盯著蘭馨，有力的問道：「他是嗎？公主現在沒有狐狸害病，已經恢復健康，相信也有真正思考和判斷的能力！他是嗎？」

蘭馨瞪著漢陽，震撼的怔住了。

「明日午時行刑，公主還有一個早上的時辰，救下這位英雄！下官奉命監斬，會從皓禎走出牢房開始，一路押送到刑場！有沒有奇蹟，下官就等公主的消息！夜深了，下官告

332

辭！」漢陽說完，行禮而去。

蘭馨看著他的背影，忽然想起當日選駙馬時，皓禎先抱住了她，發現她是公主，就把她推進漢陽懷裡，漢陽大力一抱，死不放手的情形。再也沒有料到，他們三人，會發展到今天這個地步，皓禎將因她而上斷頭台，漢陽將成為全程目睹的監斬官！而且，這位監斬官，還為了這位死囚，深夜來向她求助！她想著漢陽的話：

「吟霜說他是英雄不稀奇，下官說他是英雄也不稀奇，如果公主眼中的他是英雄，才是稀奇！他是嗎？」

他是嗎？蘭馨回憶著，用手托著下巴，坐到桌前，看著桌上的一盞燈發愣。

❖

這天終於來了。皓禎辰時就從大牢走出，因為從大理寺監牢，到行刑場有很長一段路，這件「皇上斬駙馬」的案子太轟動，沿路都有群眾圍觀。天元通寶的兄弟們，也穿著老百姓的服裝，混在人群裡。雖然大家都接到木鳶的指示：「不可劫法場，揮淚送英雄」，那些兄弟們仍然抱著希望，即使皓禎真的走了，大家也要來送一程。漢陽知道這條押送的路很漫長，生怕路上有變數，官兵衙役重重護衛，早早就動身。

皓禎沒有腳鐐手銬，也換上吟霜送來的新衣服，皇上最後的恩賜，不穿囚衣，不用腳

鐐手銬，一如四王流放時。但四王當時有皓禎等人奮不顧身的營救，皓禎呢？他什麼都不敢想，他也知道，兄弟們萬一沉不住氣劫法場，可能危及木鳶和天元通寶！那是李氏王朝最後的一股力量，不能為他輕易犧牲！這次，他真的無路可逃了！官兵將他關進有柵欄的囚車，漢陽無奈的在一旁監督著。看著皓禎進入囚車，漢陽歉然的說道：

「皓禎，沒想到，居然由我來送你最後一程，請你不要怨我！」

因為采文突如其來的監牢認子，使得皓禎面對漢陽時百感交集。心想，采文說的話可靠嗎？在他的直覺裡，這可靠性相當高，只是不想承認而已。看著漢陽，許多和漢陽的交集都浮上心頭，尤其他被捕後，漢陽一次次安排各路人馬探監。他心中感慨的想著，漢陽真的是他的哥哥嗎？難怪以前對漢陽一直有種莫名的親切感，想著想著，感覺這是命運對自己再一次作弄。**生時無知，死時有憾！**他嘆口氣，對漢陽充滿感性的說道：

「漢陽，不管如何，謝謝你這陣子在牢裡的照顧，一切只待我來生再報了！」勇敢認命的說道：「走吧！我該上路了！」

「啟程！」

漢陽對官兵大喊：

漢陽押著囚車，帶著官兵浩浩蕩蕩的走向了街道，走向皓禎生命的終點。

將軍府中，柏凱、雪如、秦媽及將軍府僕人都穿著素衣，也是一清早就起來了。其實，他們是整夜都沒睡，在皓禎即將處斬的時刻，還有誰能入眠呢？大家神情哀戚。

雪如臉色蒼白，茫然失神的望著遠方。秦媽哀傷的端來參湯給雪如，含淚說道：

「夫人，您好幾天都不吃不喝了，好歹也喝點參湯吧！」

雪如喃喃的說著：

「皓禎，昨夜給我一個約定，他說……」又悲從中來哭泣：「他說下輩子還要當我的兒子，當我的皓禎！我真是罪孽呀！我害苦皓禎了！」痛哭失聲。

柏凱默默拭淚，撫慰著雪如：

「好了，妳不是也答應皓禎，要平靜的送走他嗎？妳就不要再哭了！」

「咱們爹娘送兒子，叫我怎麼平靜啊！應該讓我這個罪孽深重的人上斷頭台，不是皓禎呀！」突然瘋狂的奔向門外，哭喊：「我要去見皓禎！我要去見他最後一面！」

柏凱拉住雪如：

「妳不能去！妳冷靜下來呀！」

雪如掙扎，悽厲的哭喊：

「不要攔我，不要攔我！我要去找我的兒子！最後關頭，我要去陪他！皓禎！皓禎！我

當年鬼迷心竅，把吟霜換成你，讓你面對今天的悲劇，我該死！我該死！」

「雪如！」柏凱拭淚說道：「事情發展至今，我不曾責備妳，因為，如果妳沒有換兒子，

我怎麼能擁有皓禎？我以這兒子為榮，雖然他不是我親生的！命運如此，妳也節哀順變吧！」

柏凱一說，雪如更是淚不可止，忽然呼吸不過來，哭得崩潰昏厥。

柏凱一把抱起她，大喊……

「雪如！雪如！」

秦媽也哭著大喊……

「夫人！您醒醒！您醒醒！」

✧

皓禎的囚車緩緩在街上行走，遊街示眾。漢陽騎在馬上，在最前端帶隊前行。皓禎一臉

凜然，慷慨赴死的模樣。街上民眾對著囚車議論紛紛。

「聽說囚車上的是駙馬爺！」

「啊？皇上連駙馬爺的頭也要砍啊！」

「唉！他們那種皇親國戚勾心鬥角的事兒真多！我們老百姓看不懂！」

336

街上圍觀民眾越聚越多，寄南、靈兒也穿著素衣，低調的夾在天元通寶兄弟和民眾中間，默默的為皓禎送行。當囚車來到寄南、靈兒眼前，漢陽有默契的指揮官兵讓道，寄南、靈兒順利走近囚車。寄南慘然的低語：

「我必須坦白告訴你，我們沒辦法劫法場，木鳶要我們『揮淚送英雄』，恐怕你逃不掉這次的劫難了！」

皓禎淡定的說道：

「我這條命已經無所謂，大家不要白費力氣，護國大業就靠你和兄弟們了，你們一定要有一番作為，我在天上看著你們勝利。」

「皓禎，我不相信你會死，說不定還會有什麼奇蹟發生，我還在等奇蹟！」靈兒堅定的說：「我相信奇蹟一定會來的！」

「奇蹟已經被我們用完了！」皓禎苦澀的說：「這時候我不寄望奇蹟，但是你們答應我，要好好幫我照顧吟霜，這是我最後的請求！」

寄南還要說話，人群擁上前來，寄南和靈兒就被沖進了人群之中。漢陽示意，囚車又向前緩緩前進。

在人群中後端，采文穿著一身暗色便服，瘋狂的追著囚車，在人群中悽然狂喊：

「漢陽！漢陽！你不可以監斬！你不可以下令砍皓禎的頭！漢陽……漢陽……」

一群宰相府的衛士，追向采文，七嘴八舌的喊著：

「夫人！夫人！快回來呀！斬首不要看……快回來呀……」

人群洶湧，采文的聲音淹沒在人群中。漢陽隱約聽到聲音，看向采文，不禁震驚。

「我娘？她在追囚車？」漢陽驚奇的看著，想著…「她在哭？她在喊什麼？」

皓禎也若有所覺，對著采文的方向看了過去。電光石火間，他和采文的眼光相會了。采

文伸長了手哭喊…

「皓禎……你不能死，不能死……讓我替你一死，怎樣才能替你一死……」

衛士衝上前來，拉著失魂的采文回去。采文被迫的拉著，一步一回頭，眼神一次又一次

和皓禎相會，皓禎追蹤著采文，直到視線看不到彼此。皓禎終於眼眶泛淚，在心中低語…

「無緣的親娘，珍重，再會了！」

「皓禎！皓禎！」

突然另一邊的人群中，吟霜的聲音刺耳的喊著。

皓禎急忙看去，看到吟霜穿著一身他送給她的白色衣服，頭髮上束著白紗髮帶，面容素

雅，神色飄逸。因為天氣太冷，她披著一件也是他送給她的白裘披風。她正艱難的在人群中

追著囚車，披風散開，她像那朵峭壁上的石玉曇！她拚命喊著：

「皓禎！」

「皓禎！皓禎！」吃力推開擁擠的人群……「借過！借過！請讓我過去！」大喊……「皓禎！皓禎！」

囚車上的皓禎，對著吟霜激動大喊：

「吟霜！吟霜！為我保重！吟霜！快回將軍府……」

漢陽在最前端帶隊前行，不知吟霜在追囚車的情況。吟霜苦苦追著囚車，當距離皓禎只有幾步之遙時，卻被無情的官兵阻擋。吟霜不停的喊著：

「皓禎！皓禎！」懇求阻擋的官兵…「官爺，請讓我過去，讓我跟我的夫婿說幾句話！

官爺，求求你讓我過去！」

「閒雜人等，不得靠近欽犯！」官兵推開吟霜…「快走！否則別怪我不客氣了！」

吟霜聲嘶力竭的，痛入心肺的喊…

「皓禎！皓禎！」與官兵推撞。皓禎回頭對吟霜喊著…

「吟霜，快回去！不要追了！吟霜，妳要保重！照顧爹娘！」

吟霜突然被一個官兵推倒在地，同時人群擁擠，對吟霜又踩又踏。吟霜被踩得哀鳴，掙扎的爬出人群，沒想到官兵又對著吟霜棍棒齊飛。人群裡靈兒、寄南轉眼看到吟霜痛苦的匍

匐在地上，飛奔過去解救吟霜。靈兒痛打官兵：

「你們就會欺負老百姓！」趕緊扶起吟霜。

寄南一拳揮向官兵，破口大罵：

「一個弱女子被你們打成這樣，你們到底有沒有人性呀！」放聲大叫：「漢陽漢陽！管管你的官兵，居然對吟霜拳打腳踢！」

漢陽被寄南的大吼驚動了，回頭一看，下令隊伍停止，策馬來到人群中。

漢陽一見嘴角流血的吟霜，驚痛無比。吟霜跪求漢陽：

「讓我和皓禎說幾句話，幾句就好！」

漢陽點頭首肯，官兵識相的退開。

囚車裡的皓禎，看到吟霜過來，就身不由己的坐下，才能和吟霜四目相對。

吟霜走近囚車，拉著囚車的欄杆，淚眼婆娑的說道：

「皓禎！你聽著！我們兩個的『石玉曇』相遇，東市裡重逢，鄉間小屋裡的成婚，畫梅軒裡的山盟海誓，都是我們最美好的記憶！所以，生也好，死也好，今生也好，來生也好，我都是你的，永遠永遠都是你的……」

皓禎心魂俱碎，心痛至極的說著：

「吟霜，今生能夠有妳，是我最美好的事！我對妳只有一個要求，要為我活下去，要為我報答爹娘！……」

兩人隔著囚車訴說著，吟霜已幾乎整個人都掛在囚車上。天空開始下雪，兩人在大雪紛飛中，淚眼相看。

「不！只有這一句我不能依你！絕不依你！」

「吟霜！妳要聽我！」皓禎著急的，命令的……「如果是我的吟霜，就要聽我！」

吟霜落淚，卻堅定的說道：

「皓禎，記得三仙崖上，我跳下懸崖，你為什麼跟著跳下去？當時我有沒有要你去追求你的幸福，你怎麼不聽我的？」

皓禎大大一震。

「我現在是那時跳下懸崖的你！我決定的事，也無法改變！」

「吟霜，時辰將至，不能耽誤了！」漢陽提醒，並暗示靈兒和寄南帶走吟霜。

吟霜和皓禎四目相對，眼中，交換著生死不離的悲痛與不捨。

❖

皇宮中，皇上隨著時刻的飛逝，失魂落魄的在書房裡徘徊。

忽然，蘭馨猛的衝進書房。曹安趕緊稟報：

「蘭馨公主到！」

皇上一驚回頭。蘭馨氣勢洶洶的喊道：

「父皇！您還認不認我是您的女兒？」

「妳這樣衝進來，劈頭就胡言亂語，朕何時不認妳這個女兒了？」皇上驚愕的問。

「如果您認我是您的女兒，那麼您相信我的話嗎？」

「當然相信呀！妳到底想對父皇說什麼，就清清楚楚明白的說出來！」

「既然父皇相信女兒，那麼請父皇給我一個特赦令，放了皓禎吧！皓禎罪不致死！他也不是什麼亂黨，從來對父皇沒有謀逆之心，這點，我可以為他擔保！」

「朕故意下旨三天後處斬，妳早不求，晚不求，現在才來，是不是太晚了！何況皓禎八成都已經上了刑台了，一國之君出爾反爾，這成何體統！」

「父皇的意思是體統大於一切？」蘭馨咄咄逼人：「您寧可看著女兒後半輩子，都活在懊悔中？父皇也不怕我恨您一輩子，是嗎？」

「大膽！對父皇說話怎麼可以如此不敬？看來妳的病真的完全好了！又張牙舞爪、囂張跋扈了！」

「是！我的病好了，所以本公主原諒了皓禎，父皇就快給我特赦令吧！救人如救火！」

「唉！皓禎命中該絕！就算朕要特赦皓禎，妳母后也不會答應！」皇上嘆氣。

「父皇，到底您是皇帝，還是母后才是皇帝？」蘭馨氣極了…「為什麼您要受她擺布？父皇，我再問一次，您到底給不給？」

蘭馨語畢，立刻拔了身邊衛士的劍，架在自己的脖子上…

「父皇，您不給，本公主就自刎在父皇面前！」

皇上大驚，還來不及反應，忽然房門被撞開，太子急衝而入，喊著…

「父皇！您的尚方御牌，借我一用！」這才看到架著刀的蘭馨，震動的說…「蘭馨，我們兄妹目標一致！父皇！快給我御牌，去救皓禎！」

蘭馨跟著喊道…

「特赦令也行！不然我立刻自盡！」

「你們兄妹發瘋了？蘭馨，快把劍放下來，有話好好說！」皇上驚慌。

「我跟父皇已經沒有什麼好說的了，除非您特赦了皓禎！」

「時辰已經快到，父皇！如果皓禎死了，兒臣必然追隨他於地下！」太子喊道。

「為了皓禎，你們竟敢一再用生命來威脅父皇？」皇上震撼的問。

「皓禎已經不是我的駙馬，我今天來留他這條命，只因為在本朝，他是父皇真正的忠臣！

再殺幾個忠臣，父皇的江山就不保了！」蘭馨正色的說。

皇上一愣。太子大聲接口：

「父皇，您還不瞭解嗎？真要為了母后和伍震榮，殺掉一個為您效忠的英雄人物？他的腦袋一掉，多少英雄會揭竿而起？那時被反的人就是下令殺人的您！歷史不是都是這樣的嗎？改朝換代不是都這樣的嗎？您知道十六衛已經憤憤不平，蠢蠢欲動！啟望的東宮十衛，也在憤慨激動中，只要皓禎腦袋一掉，父皇最怕的內戰就馬上開始！」

皇上如醍醐灌頂，一臉的震撼，看著面前的一雙兒女。

❖

刑場細雪紛飛。

群眾正四面八方的湧向刑台，方世廷一身便衣，帶著便衣衛士站在群眾中冷冷監視著。官兵們在刑台下圍繞一圈，防範著。官兵後面，伍震榮和伍項魁帶著羽林軍，密切注意著一切動靜。伍震榮低問伍項魁：

「有沒有什麼可疑份子？要密切注意，會不會有人劫法場！」

「整個法場，都圍得密不透風，袁皓禎死定了！方宰相也帶著便衣衛士，在人群裡監督，

344

這次百無一失!」項魁得意的說。

台上有鼓手和劊子手在等候,漢陽領前,官兵押著皓禎步上刑台。皓禎不住回頭張望。

台下小樂、魯超、袁忠帶著一眾袁家奴僕,身穿素衣,跪在一具棺枢前面。小樂等人見到皓禎即將走上刑台,不禁十分激動。大家放聲哭喊道:

「少將軍!少將軍!小的們給你磕頭!」大家磕下頭去。

皓禎見到眾人,也分外激動,說道:

「小樂!魯超!你們不要送我,你們去守著吟霜呀!她跌倒受傷了,現在又被人群衝散,你們快去照顧她呀!」

魯超眼中充著淚,悽絕的說:

「少將軍,此時此刻,我們誰也顧不了誰了……」

話說中,皓禎已被押上刑台。

人群外圍,靈兒、寄南陪著吟霜跟跟蹌蹌的飛奔而來,氣喘吁吁,只見皓禎遠遠站在台上,白雪紛飛。吟霜情急的甩開靈兒,便勢如拚命衝向刑台。皓禎一見吟霜,便激動的大叫一聲:

「吟霜……妳居然追到法場!可是妳怎麼能面對這個!」身子激動一衝,卻被左右官兵

挾持住，急迫的狂喊出聲：「回去！回去！我不要妳目睹我的死，我只要妳記住我的生，快回去！」

吟霜抬頭望著皓禎，急急往前衝，也狂亂的喊著：

「你甚至不要我送你嗎？我還有句話沒說完呢……我說完就走！皓禎！」終奔至台下，卻被防衛的官兵以長矛攔住。

漢陽急喊：

「長矛收起來，讓他們說最後幾句話！」眼中含淚了，拚命忍住。

長矛收起，吟霜奔到刑台前。皓禎急切俯身，吟霜急切仰望。皓禎情急的喊著：

「維持住妳心中的那個我，不要看到我身首異處！」

吟霜知道皓禎不願她見到他的死狀，心領神會，毅然點頭。

「我明白了！我這就回去！不送你了！聽著！」堅決而悲壯的：「我要跟你訂一個約定……」悽絕的喊道：「**午時鐘響，天上相會，生也相隨，死也相隨！**」

吟霜喊完，毅然回身，又從群眾讓出的道路中，飛奔而去。皓禎大震，張口欲喊，身子往前一衝，又倏然止住，不能言語。只見吟霜漸漸奔遠，到人群盡處，吟霜停頓了一下，回頭再深深的與他四目交會，然後毅然轉身，直奔而去。

皓禎目送著吟霜，不再激動，也沒有眼淚，喃喃說道：

「一個約定，一個最後的約定！吟霜，我知道我沒法改變妳！午時鐘響，天上相會，生也相隨，死也相隨！」

皓禎終於知道，這是飛雪中的約定，生死相隨，命運已定。

❖

吟霜一路含淚狂奔，經過各種街道、橋樑、小徑等。雪在她身邊飛舞，因為人人都去法場看行刑，這條回將軍府的路，只有飛雪，沒有行人。吟霜像是一片雪中的白蝶，只有如刀的凜冽寒風，吹送著她，和如絮的漫天雪花，伴隨著她孤獨的、纖弱的身影；如孤鴻、似單鶴，若白蝶……飛向她生命中的唯一。她一面跑，心裡不斷吶喊著……

「皓禎，等我，我會守著我們的約定，天上相會！等我！」

吟霜一面跑，心裡不斷唸著，一不小心跌在雪地裡。她不顧膝蓋上的疼痛，咬牙爬起身，繼續拚命的奔跑。

同時，在另外通向刑場的一大道上，蘭馨和太子，一個手持特赦聖旨，一個手持尚方御牌，往刑場方向策馬狂奔。

吟霜與蘭馨、太子一個往東，一個往西，在兩條不同的街道上，錯身而過。

太子急切的駕馭著駿馬，嘴裡唸著：

「駕！駕！皓禎，我和蘭馨來救你了！一定要等我們！等我們！」

街道民眾閃躲著蘭馨和太子的快馬疾馳。

另外一邊，吟霜繼續奔跑。最後衝進了無人看守的將軍府大門。吟霜滿臉肅穆的奔進了畫梅軒院子，留守在畫梅軒的香綺，也一身素服迎向吟霜。香綺哭著喊：

「小姐，妳回來了！公子……」

「香綺，妳去上房陪著將軍和爹娘，等下一起去門口迎接皓禎的靈柩！快去！」

香綺落淚，也沒細想，就點頭拭淚，走去上房了。吟霜見香綺遠離，立刻鎖上了庭院的大門。

❖

法場上的鐘鼓樓，聲音響起，時辰已到。飛雪飄飄伴著鐘聲陣陣，整個法場都安靜了下來，漢陽神色凝重的站了起來，四面張望，聲音哽塞的揚聲道：

「午時正！」還有「行刑」兩個字，他卻沒有說出口，等到鼓聲停止再說也不遲。

大鼓隆隆敲起。

❖

畫梅軒庭院中，吟霜站在梅花樹下，抬眼依戀的望著梅花樹，白雪紛飛，梅花正在盛開

中。若干花瓣隨著風雪飄下，片片雪花，片片落花，都是離人淚。吟霜張開手心，癡癡望著手心裡那精緻的紅色小藥罐。

❖

法場上，皓禎神色從容無畏，被押著跪落地，頭部被按上了斷頭台，頸子嵌在斷頭台的凹槽中。鼓聲急促中，劊子手就位。

寄南、靈兒、小樂與魯超，神情悲慟的齊磕下頭，匍匐在地上不動。

伍震榮與伍項魁聚精會神的看著。世廷也在人群中監看著。

群眾和天元通寶兄弟，個個不畏雪天風寒，屏息以待。

❖

畫梅軒梅花樹下，吟霜聽到了隱約的鼓聲，她面容平靜的打開了小藥罐，虔誠的、低低的說道：「皓禎！我來了！我在我們最鍾愛的梅花樹下，等你來相會！」

吟霜就在梅花樹下仰藥。身子倒在樹下，花瓣紛紛飄落，和雪花一起，覆蓋著她，似乎要用雪花和梅花，將她重重包裹。此時此刻，她無怨無悔，用生命寫下：

此生盡，

情不滅。

雪花飛，

緣不絕。

多情自古傷離別，

更何堪、

生死茫茫成永訣！

❖

刑場上，皓禎面孔同樣從容，他把眼閉上，等待人頭落地。在他斜上方，劊子手舉起了大斧，鼓手擂鼓聲聲催，乍然鼓停聲止。漢陽無奈，正要喊「行刑」二字，忽然遠遠傳來呼聲。蘭馨悽厲的喊著：

「刀下留人……刀下留人……」

太子同時喊道：

「行刑停止！皇上有特赦令！還有尚方御牌！」

鴉雀無聲中，那呼聲顯得格外清楚，劊子手一怔。漢陽急忙尋聲望去。

兩匹快馬正飛馳而來，太子和蘭馨，一人高舉著聖旨，一人高舉御牌。太子大喊：

「刀下留人……皇上有聖旨……刀下留人……皇上大赦……」

漢陽驚喜，大喜，狂喜！急忙對劊子手大喊：

「住手！暫緩行刑，快退開！奇蹟到了！」

「是！」劊子手斧頭硬生生收住，踉蹌的急急退開。

群眾都驚呼出聲。漢陽急匆匆下台去。皓禎直起身子，有著死裡逃生的恍惚與不真實感。台下寄南、靈兒等人面面相覷，驚愕之餘，燃起希望。

伍震榮和伍項魁臉色一怔，瞪大眼睛。群眾嘩然，若干天元通寶兄弟淚盈於眶。

蘭馨和太子快馬馳到，勒馬停住。兩人躍下馬。漢陽瞪目結舌的還不及發話，蘭馨聖旨高舉，急切的喊道：

「漢陽大人！皇上特赦聖旨！」喘息不已的：「快接旨……接旨啊……」雙手高舉著聖旨，眼看著皓禎，心魂皆碎，驚懼不已。漢陽無暇多想，慌忙跪了下來，接過聖旨。他打開聖旨，大聲唸道：

「皇帝特赦，驍勇少將軍袁皓禎，立即無罪釋放，欽此！」

寄南、靈兒等眾人整個呆住了。群眾嘩然。太子高舉御牌喊道：

「還有尚方御牌，皇上有口諭，**忠孝仁義，英雄人物難覓！移花接木，身世問題不究！**」

兩個特赦，皇恩浩蕩！」

漢陽回頭喝令台上官兵：

「還不快放人！兩個特赦，皓禎得救了！」

官兵奔向皓禎，取刀割繩鬆綁。皓禎簡直不能相信，目不轉睛的望著蘭馨和太子。太子驚魂未定的大喊道：

「皓禎！難得我們兄妹聯手，最後一刻趕到！」

蘭馨長長吐了口氣，充滿豪情壯志的喊道：

「廢除了一個駙馬，挽救了一個英雄！蘭馨也不負此生！」

伍震榮和項魁相對一看，往前衝去。剎那間，一群天元通寶的兄弟，各種雜亂的平民服裝，擁擠的攔在伍震榮父子身前，父子頓時陷入人海，動彈不得。在人群中的方世廷身子一動，另一批兄弟擠了過來，幾乎把他團團包圍。世廷和伍震榮遙遙交換著視線，憤憤不平。

小樂、魯超、袁忠家僕等人這下簡直驚喜若狂，雙雙撲向刑台，連躍帶爬的上了台，撲跪在皓禎身旁。小樂喊道：

「公子！吉人天相啊！」

魯超面向蘭馨、太子，喜極而泣：

「皇恩浩蕩，卑職叩謝皇上恩典！叩謝太子和公主恩典！」連連磕頭不停。

皓禎猛然一震，乍然間心驚肉跳！「午時鐘響……」他破口狂呼出聲：

「吟霜！別管那個約定……」

蘭馨那匹坐騎就在台下，皓禎不假思索的縱身一躍跳上馬背，策馬疾走，人群慌忙走避，登時弄得一片混亂。皓禎衝開了人潮，猛一夾馬肚，呦喝著：

「駕！駕！」

太子驚愕大喊：

「皓禎！你去哪裡？」

皓禎縱馬狂奔而去，心裡在瘋狂的吶喊著：

「吟霜，妳千萬等等我，等等我……吟霜……」

太子、蘭馨、漢陽互看。漢陽驚心動魄的說道：

「他和吟霜有一個雪中的約定，生也相隨，死也相隨！」

「什麼？」太子大喊，縱身上馬：「我們追去看看！千萬不要救了一個，又失去一個！」

「我們快去！」

眾人有的上馬，有的上車，都往將軍府飛騎而去。

❖

將軍府中，正一團混亂。雪如、柏凱、香綺、秦媽、家僕等眾人都擠在畫梅軒門口，又哭又喊的敲著門。雪如一邊敲門，一邊孱弱的哭喊：

「吟霜！妳關著門做什麼呀！妳千萬別做傻事呀！」

「小姐！小姐！妳快開門啊！小姐！妳不要嚇我呀！」

柏凱對家僕指揮：

「你們還等什麼？快撞開這道門！」

幾個男僕用力的撞開了小院的大門，大家奔進院子。

只見吟霜還穿著那身服裝，安詳的躺在梅花樹下。整樹的梅花，全部飄落，淹沒著她。

吟霜悽美的臉孔，露在朵朵梅花之中。似乎梅花為她做了一個葬禮，雪花飛著，花瓣飄著，

她無淚無憾，臉色從容。她已遵守她和皓禎那個生死的約會，正是：

飛越生死，

飛越關山，

身如燕，

魂夢遠，

來與君相見！

耳邊猶記君低訴，

妳是梅花，

我是梅花樹！

從此朝朝與暮暮，

只有香留住。

雪如和柏凱悽厲大喊：

「吟霜！」奔到梅花樹前，見到這種情景，都站住了。

「梅花全部落下來了！梅花包圍著她！」雪如攔著柏凱，落淚的，低喃的說道：「梅花烙，梅花烙……梅花是不是在保護她？她一定沒死對不對？」

眾人圍過去，在吟霜面前蹲下，被眼前的美景震撼住。誰都不敢去觸動她。只見吟霜的手心滾出了紅色小藥罐。香綺痛哭著，撿起藥罐，認出假死藥罐，痛喊：

「小姐吃了整罐的假死藥丸！小姐說過，吃三顆就沒命了！我去找解藥！」就起身狂奔

進房。

柏凱摸著吟霜脈搏，確認身亡，臉色死灰的說道：

「雪如，吟霜已經沒有脈動，她自盡了！她跟著皓禎走了！」

雪如軟癱的坐在地上，崩潰的仰頭看天，喊道：

「老天啊！祢怎麼可以讓我同時失去了兒子，又失去了女兒？」

就在這時，九死一生的皓禎快馬奔到了將軍府大門，快速下馬奔進府內。他用輕功十萬火急的飛躍過庭院，越過內門牆，發現將軍府冷清異常。皓禎感覺不妙，心急如焚，立提內力，連著數個快速點地直躍，狂奔向畫梅軒，邊跑邊喊：

「吟霜！吟霜！」

皓祥和翩翩母子二人聞聲奔出，看到皓禎狂奔的身影，震驚無比。皓祥訝異的說：

「皓禎！」拉著翩翩：「娘，妳有沒有看到？剛剛那個人是不是皓禎？」

翩翩驚恐的眨眼，拉緊皓祥：

「我看到了，他不是才斬首了嗎？難道是皓禎的魂魄回來我們將軍府了！」

二人膽怯的跟著走向畫梅軒去。

梅花樹下，雪如、柏凱等眾人圍繞著，哭倒在吟霜身邊。

皓禎狂奔而來，聲嘶力竭的喊著：

「吟霜，我回來了！吟霜，那個約定沒有了，我回來了！」

雪如聞聲抬眼見到皓禎，失聲尖叫：

「皓禎?!怎麼是你？」

柏凱蹣跚的起身，迎向皓禎：

「你……你不是上法場了嗎？怎麼回來了？」

皓禎雙眼直直盯著地上的吟霜，對周遭的人聲置若罔聞，只一步步走向吟霜。周圍眾人瞠目結舌的看著皓禎。皓祥、翩翩母子也膽怯的跟進了畫梅軒，茫然的觀望。

香綺從房內狂奔出來，哭著喊：「解藥沒有了！全部被小姐處理掉了！」忽然看到皓禎，驚喊：「是公子！公子活著回來了？公子沒死……怎麼會這樣？」

秦媽慘聲的說道：

「公子，您來遲了一步，吟霜夫人她……她已經走了……」

皓禎直勾勾注視著吟霜，發現她一半身子埋沒在梅花中。他立即抬頭看看那棵梅花樹，看到還有一朵梅花，搖搖欲墜的掛在枝頭。皓禎震懾的，眼光發直的看回吟霜，啞聲的說：

「她還沒死，還有一朵梅花，她還沒死……」驟然一吼：「她只是假死，沒有真死！解藥！我去找解藥！」

「公子，解藥全部沒有了！小姐一定預先把解藥處理了！」香綺哭著說。

就在這時，梅花樹上那最後一朵梅花飄然落下，落在吟霜蒼白的唇上。皓禎看著那朵梅花飄落，驚懼的大喊著：

「梅花！最後一朵梅花，你不能落下來！」痛喊：「吟霜，梅花樹還活著，妳看看我，皇上赦免了我，我沒死呀！梅花樹沒死，梅花怎能死去呢？」

「皇上赦免了你？皓禎！你死裡逃生了？」柏凱大震。

皓禎衝上前去，就把吟霜從梅花中抱了起來，喃喃的說道：

「不不不！妳不能死，我們的約定不是這樣，如果我活著，妳也得活著，不是生也相隨，死也相隨嗎？」

吟霜雙手垂著，美麗的屍體上，依舊有著梅花和花瓣。

雪如不禁痛哭出聲……

「吟霜，妳怎麼不多等一會兒？只要多等一會兒！」

皓禎抱著吟霜，對眾人如同不見，他低頭看著懷裡的吟霜，眼中無淚，神情麻木。他低

低的、喃喃的、痛澈心扉的說道：

「午時鐘響，天上相會！吟霜，我一直沒辦法保護妳，沒辦法和妳過最普通平凡的夫妻生活，沒辦法回報妳的一片深情⋯⋯最後，連午時鐘響的約定，我也誤了期！妳現在一個人走，豈不孤獨？找不到我，妳要怎麼辦？」抱著她走向外面⋯⋯「不！我不會讓妳再孤獨！咱們找一塊淨土，從此與世無爭，做一對神仙眷侶，重新來過，好嗎？事到如今，再也沒有任何力量，可以拆散我們了！即使是『生』與『死』，也不能拆散我們了⋯⋯」

雪如、柏凱等人都掩面而泣，連翩翩與皓祥，也都為之動容淚下了。

❖

太子、寄南、靈兒、蘭馨、漢陽、小樂、魯超、袁忠等眾人追到了將軍府，下馬的下馬，下車的下車，急急跨進門來，放眼望去，到處空蕩蕩，將軍府彷彿一座空城。眾人隱隱覺著不安。太子說：「皓禎快馬奔回，這兒怎麼空蕩蕩的？人都到哪兒去了？」

「不大對勁兒，皓禎應該回來了呀！」寄南四面張望。

靈兒力持鎮定，說道：

「或許大家都去畫梅軒了！皓禎大難不死，大夥一定在那兒慶祝！」

眾人正要往畫梅軒方向趕去之時，皓禎抱著吟霜的屍體，面容死灰的走來。後面跟著淚

流滿面的雪如、柏凱、秦媽、香綺、皓祥、翩翩……等人。

太子、靈兒、寄南驚懼，呼吸急促。不祥的感覺衝上大家心頭，太子說道：

「吟霜守住了那個約定？我和蘭馨，以命相拚，拿到兩個特赦，她不會全部錯過吧？我們只遲了一點點時辰，斧頭都還沒落下的時辰！」

靈兒衝向皓禎，大喊：

「吟霜！吟霜怎麼了！」

「吟霜！吟霜怎麼了！」

秦媽痛斷肝腸的說道：

「吟霜夫人她，一心一意要追隨公子……就這麼彼此錯過了！」

靈兒雙眼發直的搖著頭，痛喊：

「不……不會的……不可以……吟霜是神醫，她是救命的活菩薩，她不會死的……」

雪如承受不住的幾乎站不住，秦媽緊緊攬住，柏凱低聲啜泣。寄南忍不住落淚：

「怎麼會這樣呢？一切的災難都化解了，正該好好團聚的時候呀……」受不了悲痛狂喊

「吟霜妳不准死，不准死！」

「一個活了，一個死去，這事太殘忍！」太子大喊落淚……「吟霜！醒來！活過來！我命

「令妳！」

全體為之心酸淚下。漢陽也震撼難過的握拳狠狠一搥牆，說道：

「為什麼會這樣陰錯陽差？為什麼命運要這樣捉弄人？吟霜不該如此啊！」

靈兒不顧自己真實身分，再也忍不住，痛喊出聲：

「吟霜回來，吟霜回來啊！」痛哭的撲通一跪：「皓禎已經回來了，妳也要回來呀！趕

快治好妳自己！」

一片悽悽慘慘中，皓禎神情始終嚴肅、鎮定、堅決，眼光直直的望向遠方。此時，他掙

開眾人，繼續抱著吟霜，往大門外走去，天空雪花繼續在飄著。

太子及時一攔，又痛又驚的問：

「你要帶她去哪裡啊？鎮定下來，看看還能不能救？」

皓禎眼神幽遠，似乎三魂六魄，都不在身上了，喃喃說道：

「她從哪裡來，我就帶她到哪裡去！我現在知道了，終於知道了，她是白狐，原屬於山

林，到人間走一遭，嚐盡愛恨情仇，如今時辰到了，她不是死了，而是不如歸去。我這就帶

她到山林中去，說不定……她就會活過來，化為一隻白狐，飄然而去……說不定，我也會化

為一隻白狐，跟隨她而去……」

皓禎這篇話，讓全體的人都呆住、震住了！在一片死寂中，皓禎漸漸走遠。

飛雪中的約定，也是「生也相隨，死也相隨」的約定！他們這對歷經各種災難的苦命鴛鴦，到了最後，難道就像吟霜在三仙崖前跳水時說的嗎？「不恨世事，不怨蒼天，魂魄總相依，不復來相見！此心煎，此夢斷，此情絕，願三生石上，再續來生緣！」

（未完待續）

國家圖書館出版品預行編目資料

梅花英雄夢. 卷四, 飛雪之盟/ 瓊瑤著. -- 初版. -- 臺北
市：春光出版：家庭傳媒城邦分公司發行, 民109.01
　　面；　　公分. -- （瓊瑤經典作品全集；69）
ISBN 978-957-9439-82-4（平裝）

863.57　　　　　　　　　　　　　108019329

## 瓊瑤經典作品全集⑥⑨ 梅花英雄夢・第四部：飛雪之盟

作　　　　者／瓊瑤
企劃選書人／王雪莉
責任編輯／王雪莉

版權行政暨數位業務專員／陳玉鈴
資深版權專員　／許儀盈
行銷企劃　／陳姿億
行銷業務經理／李振東
副總編輯　／王雪莉
發　行　人／何飛鵬
法律顧問　／元禾法律事務所　王子文律師
出　　　版／春光出版
　　　　　　台北市 104 中山區民生東路二段 141 號 8 樓
　　　　　　電話：(02) 2500-7008　傳真：(02) 2502-7676
　　　　　　部落格：http://stareast.pixnet.net/blog E-mail：stareast_service@cite.com.tw
發　　　行／英屬蓋曼群島商家庭傳媒股份有限公司城邦分公司
　　　　　　台北市中山區民生東路二段 141 號 11 樓
　　　　　　書虫客服服務專線：(02) 2500-7718 / (02) 2500-7719
　　　　　　24小時傳真服務：(02) 2500-1990 / (02) 2500-1991
　　　　　　服務時間：週一至週五上午9:30～12:00，下午13:30～17:00
　　　　　　郵撥帳號：19863813　戶名：書虫股份有限公司
　　　　　　讀者服務信箱E-mail: service@readingclub.com.tw
　　　　　　歡迎光臨城邦讀書花園 網址：www.cite.com.tw
香港發行所／城邦（香港）出版集團有限公司
　　　　　　香港灣仔駱克道 193 號東超商業中心 1 樓
　　　　　　電話：(852) 2508-6231　傳真：(852) 2578-9337
　　　　　　E-mail：hkcite@biznetvigator.com
馬新發行所／城邦（馬新）出版集團　Cite(M)Sdn. Bhd
　　　　　　41, Jalan Radin Anum, Bandar Baru Sri Petaling,
　　　　　　57000 Kuala Lumpur, Malaysia.
　　　　　　Tel: (603) 90578822 Fax:(603) 90576622　E-mail:cite@cite.com.my

內頁排版／極翔企業有限公司
印　　刷／高典印刷有限公司

■ 2020 年（民 109）1 月 30 日初版　　　　　　Printed in Taiwan

售價／400元

城邦讀書花園
www.cite.com.tw

104 台北市民生東路二段 141 號 11 樓

**英屬蓋曼群島商家庭傳媒股份有限公司**

**城邦分公司**

-------------------------------------------------

請沿虛線對折，謝謝！

愛情‧生活‧心靈

閱讀春光，生命從此神采飛揚

# 春光出版

書號：OR1069　　書名：瓊瑤經典作品全集⑥⑨ 梅花英雄夢‧第四部：飛雪之盟

# 讀者回函卡

謝謝您購買我們出版的書籍！請費心填寫此回函卡，我們將不定期寄上城邦集團最新的出版訊息。

姓名：_____

性別：□男　□女

生日：西元_____年_____月_____日

地址：_____

聯絡電話：_____　傳真：_____

E-mail：_____

職業：□ 1. 學生 □ 2. 軍公教 □ 3. 服務 □ 4. 金融 □ 5. 製造 □ 6. 資訊

　　　□ 7. 傳播 □ 8. 自由業 □ 9. 農漁牧 □ 10. 家管 □ 11. 退休

　　　□ 12. 其他 _____

您從何種方式得知本書消息？

　　　□ 1. 書店 □ 2. 網路 □ 3. 報紙 □ 4. 雜誌 □ 5. 廣播 □ 6. 電視

　　　□ 7. 親友推薦 □ 8. 其他 _____

您通常以何種方式購書？

　　　□ 1. 書店 □ 2. 網路 □ 3. 傳真訂購 □ 4. 郵局劃撥 □ 5. 其他 _____

您喜歡閱讀哪些類別的書籍？

　　　□ 1. 財經商業 □ 2. 自然科學 □ 3. 歷史 □ 4. 法律 □ 5. 文學

　　　□ 6. 休閒旅遊 □ 7. 小說 □ 8. 人物傳記 □ 9. 生活、勵志

　　　□ 10. 其他 _____